Manfred C. Schmidt
Kaltblut

Bibliografische Information der Deutschen Nationalbibliothek
Die Deutsche Nationalbibliothek verzeichnet diese Publikation in der Deutschen Nationalbibliografie; detaillierte bibliografische Daten sind im Internet abrufbar über http://dnb.ddb.de

www.niemeyer-buch.de

Der Umschlag verwendet ein Motiv von shutterstock.com
Old fashioned red chair… eAlisa 2013
Druck und Bindung: AALEXX Buchproduktion GmbH, Großburgwedel
Printed in Germany
ISBN 978-3-8271-9512-8

Manfred C. Schmidt

Kaltblut

CW Niemeyer N

Die ostfriesische Stadt Esens, die Umgebung und Institutionen bilden die Kulisse für diesen Kriminalroman. Handlung und Personen sind aber frei erfunden und finden keine Entsprechung in der Realität.

Über den Autor:
Manfred C. Schmidt, gebürtiger Emder, lebt in Esens/Ostfriesland, studierte als Stipendiat der Hans-Böckler-Stiftung in Köln und Oldenburg.
- Mitglied im VDS und SYNDIKAT
- 2004 Gewinner des Jeverschen Poetry Slam
- 2007 Krimisammlung „Mord im Milieu"
- Lesungen mit Christiane Franke und dem Pianisten Dr. Wolfram Nagel als TrioMortabella
- 2007 TrioMortabella (Hrsg) „MordMordMord"
- 2009 TrioMortabella (Hrsg) „Liebe-Laster-Leichen"
- 2010 Debüt-Kriminalroman „Gut Schuss"
- 2013 Kriminalroman „Kaltblut"
- Veröffentlichungen in zahlreichen Anthologien, Zeitungen und Zeitschriften

www.esens-krimis.de
www.ostfriesland-krimi.de

Für meinen Bruder
Heinrich Joachim Schmidt

…
Also seid ihr
Verschwunden, aber
Nicht vergessen
Niedergeknüppelt, aber
Nicht widerlegt
Zusammen mit allen unverbesserbar
Weiterkämpfenden
Unbelehrbar auf der Wahrheit Beharrenden
…

(Bertolt Brecht)

Escudo Mecánica de la Armada
(Mechanikerschule der Marine)
Buenos Aires 1976

Sein Kopf dröhnte. Mit brutaler Gewalt hatte Francesco zugeschlagen, als er Miguel mit der schwerbewaffneten Gruppe von sieben Soldaten im Haus seiner Mutter gefangen nahm. Obwohl Francesco noch jung war, musste er eine steile Karriere beim argentinischen Militär gemacht haben.

„Halt' die Schnauze, alte Kommunistensau!", brüllte Francesco die Mutter auf Deutsch an, die Miguel zu Hilfe kommen wollte und der er mit der rechten Faust brutal an den Kopf schlug, sie blieb regungslos liegen.

Miguel und Francesco kannten sich von früher, als sie im Alter von etwa zehn Jahren kurz in einer Straßenmannschaft zusammen Fußball gespielt hatten. Miguel war dann mit zwölf Jahren zunächst nach Deutschland zu seinem Vater gezogen und hatte nun schon öfter während der Semesterferien in der kleinen Fabrik in Buenos Aires gearbeitet. Dort hatten die Arbeiter eine starke Widerstandszelle gegen die Putschisten organisiert. Mit vielen war Miguel befreundet. Als er vor zwei Tagen gesehen hatte, dass Bewaffnete vor den Werkstoren eine Gruppe von Arbeitern eingekreist hatten, auch Pedro, Carlos und Maria waren darunter, auch sie wurden gefesselt auf einem Lkw abtransportiert, hatte Miguel auf dem Absatz kehrtgemacht und war nach Hause gelaufen. Er dachte, er wäre dort sicher gewesen. Doch nun hatten sie ihn hier erwischt.

Nur mühsam öffnete er die Augen und blieb weiter regungslos auf dem Bauch liegen. Ein kleines, rechteckiges Loch gewährte einem dünnen Lichtstrahl den Eintritt in den ansonsten fensterlosen Raum. Nur schemenhaft waren die Umrisse zu erahnen. In der Ecke blätterten weiße Kalkreste von der schmierigen Wand, an der Abdrücke der Schalbretter zu erkennen waren. Es stank nach Kot, Urin und Blut.

Einem Impuls folgend drehte Miguel sich mühsam auf die Seite, worauf eine Ratte quiekend die Flucht ergriff. Nur langsam gelang es ihm, seine rechte Hand zum Gesicht zu heben. Sich damit auf dem verdreckten Zementboden abzustützen, gelang nicht. Die Hand schien völlig gefühllos zu sein. Er betastete vorsichtig sein Gesicht. Die Verletzungen waren mit Schlagringen zugefügt worden. Der Schmerz der aufgeplatzten Lippen ließ ihn zurückzucken. Er horchte. Schritte schwerer Armeestiefel waren zu hören. Sie kamen näher. Beim Vorbeigehen hämmerten Schlagstöcke auf Holztüren. Dong! Dong! Sie wollten sich bemerkbar machen! Dong! Dong! Vielleicht bist du dran oder du oder du. Dong! Dong! Psychologische Kriegsführung! Angstproduktion im schmutzigen Krieg!

Jetzt hörte Miguel die Schritte ganz nah. Dong! Dong! Er schlotterte, stöhnte leise auf und entleerte seine Blase. Das dünne, warme Rinnsal floss über seine Oberschenkel und brannte in den leichten Hautabschürfungen und tiefen Wunden, ehe es den Boden fand. Dong! Dong! Es donnerte gegen seine Tür. Harte Stimmen. Nun dröhnten die Schlagstöcke vom Ende des Ganges. Dong! Dong! Markerschütterndes, angstbesetztes Schreien drang in Miguels Kerkerraum. Sie holten eine Frau. Der Trupp kam zurück. Dong! Dong! Bald bist du dran, riefen die Schlagstöcke, bald bist du es. Dong! Dong!

Wenn er Francesco alleine sprechen könnte, ... ohne die anderen Soldaten; er musste sich Francesco zu erkennen geben. Sie waren Freunde gewesen, ... Fußballkollegen, in einer Mannschaft...

Die Soldaten zogen jetzt direkt an seiner Tür vorbei. Die weibliche Stimme bittend und flehend: Schläge, Befehle, Schluchzen, Schreie ... Dong! Dong! Die Schlagstöcke hämmerten weiter! Dong! Dong!

Was war nur mit Maria, Pedro, Carlos und den anderen geschehen?

Es donnerte gegen seine Tür! Dong! Dong! Harte Stimmen im Befehlston begleitet vom Weinen, Schreien, Flehen!

Oh Gott, lass sie vorbeigehen! Nicht schon wieder. Francesco würde ihn sicher herausholen ...

Miguel drückte sich mit aller Kraft auf die Knie und Ellenbogen, er schleppte sich vorwärts. Er setzte sich und lehnte mit dem Rücken an der Wand. Es gelang ihm, die Augenbinde etwas hochzuschieben. Die Kälte, die vom Boden in ihn hineinkroch, spürte er trotz der Schmerzen, die seine Sinne betäubten. Er zitterte. Seine Zunge suchte sich den Weg zu den unteren, ausgeschlagenen Schneidezähnen. Er bemerkte den metallenen Geschmack des Blutes. Miguel setzte sich aufrechter hin, stützte sich auf die rechte Hand und hielt die linke vors Gesicht.

Francesco, der Schlächter, hatte ihm brutal mit der Drahtschere ein Glied vom kleinen Finger abgetrennt, während Miguel auf einer fahrbaren Bahre festgebunden war.

„Erzähl, was du weißt! Nenn uns Namen!“, flüsterte Francesco ihm mit krächzender Stimme ins Ohr, während er mit der langen geschwungenen Klinge des Yatagan vor seinem

Gesicht herumfuchtelte. Seine Billigwhiskyfahne flatterte ihm voran. „Ich bin Francesco, du weißt, Francesco, der Schlächter!" Dann schlug er mit der Faust zu. „Und jetzt will ich Namen hören, Namen von deinen Scheißgenossen!", brüllte er und rammte Miguel das Messer in den Oberschenkel. Da Miguel keine Namen nennen konnte, verfiel der Schlächter in Raserei. Mit den drei anderen Männern drehte er die Bahre immer schneller im Kreis und ließ sie mit voller Wucht gegen die Wand fahren. Miguel schlug das Herz bis zum Hals und zerrte an den Gurten.

„Sing'!", schrie Francesco, während er den Elektroschocker ansetzte. „Singe! Namen will ich hören!" Als ein anderer Folterer Miguel mit beiden Händen gleichzeitig massiv auf die Ohren schlug, verlor er das Bewusstsein.

Wie lange saß er jetzt in diesem Raum? Miguel hatte die zeitliche Orientierung verloren. Das Ziehen in der Magengegend erinnerte ihn daran, dass er lange nichts gegessen hatte. Aber noch schlimmer als der Hunger war sein Durst. Seine Zunge war angeschwollen und pelzig, der eigene Mundgeruch unangenehm. Dazu schmerzten die Wunden. Plötzlich kehrten die harten Stiefelschritte zurück. Ohne Begleitgeräusche wurde die schwere Tür aufgestoßen.

„Los, aufstehen, Bastard!" Schon griffen ihn zwei kräftige Soldaten und zerrten ihn hoch. Sie nahmen ihn in die Mitte. Er konnte ihrem schnellen Schritt kaum folgen.

Der Schlächter ging voran. Zielsicher dirigierte er die Gruppe durch die dunklen Kellergänge. Vor einer doppelflügeligen Tür stoppte er kurz, griff die Klinke und trat ein. Miguel sah etwa zwölf Gefangene, darunter auch vier Frauen und Maria, mit erhobenen Händen an den Wänden stehen. Die Soldaten schleuderten Miguel gegen die Wand. Neben ihm erkannte er Carlos. Sein rechtes Auge war dick angeschwollen. Ein kleines eingetrocknetes Blutrinnsal zeichnete sich auf der Wange ab. Eine der Frauen wimmerte. Der Schlächter schlug mit einem Ochsenziemer zu: „Schnauze halten!"

Dann sagte er: „Ihr werdet verlegt. Dazu bekommt jeder eine Impfung, verstanden? Wir wollen ja nicht, dass ihr vorher krepiert", lachte er zynisch.

Als letztem wurde Miguel eine Spritze in den Arm gejagt. Anschließend fanden sich die Gefangenen auf einem Laster wieder, umringt von schwerbewaffneten Soldaten. Miguel sah, dass die meisten seiner Leidensgenossen ohnmächtig geworden waren. Dann verlor auch er das Bewusstsein.

Irgendwann wachte er wieder auf. Er fror, die Umgebung nahm er nur undeutlich wahr, er versuchte, sich zu orientieren. Er blickte mühsam zur Seite und hörte die gedämpfte Stimme eines Paters. War er in Sicherheit? Aber der Pater sprach nicht mit ihm: Er sprach nur mit Francesco und segnete den Schlächter. Es war zugig und Miguel erkannte, dass er sich in einem Flugzeug mit geöffneter Ladeluke befand. Miguel sah kurz auf, als der Pfaffe das Kreuz schlagend ins Cockpit stieg. Dann beugte sich Francesco über ihn. Miguels Lippen versuchten Worte zu formen: … Francesco, du kennst mich! Ich bin's, Miguel. Aber kein Laut kam heraus.

Francescos Yatagan blitzte auf.

1

Fahrradweg nach Bensersiel

Nina fuhr plötzlich schneller. „Na, los! Halt dich ran, alter Mann!"

Hauptkommissar Kerkhoff war überrascht. Nina konnte so sprunghaft sein. Gerade noch fuhren sie gemütlich auf dem Radweg nebeneinander her und von jetzt auf gleich raste sie los. Sie forderte ihn zur Wettfahrt. Nicht nur das: ‚Alter Mann' hatte sie ihm hinterhergerufen. So eine Frechheit, dachte Gerrit Kerkhoff, lächelte und trat vehement in die Pedalen. So ohne Weiteres würde er sich nicht abhängen lassen. Er nahm die Herausforderung an. Ninas Vorsprung war zwar schon recht groß, doch das müsste zu schaffen sein. Gerrit strengte sich an. Lange, tiefe Atemzüge füllten seine Lungen. Das Rad kam in Schwung. Die Beinmuskulatur spannte sich und übertrug die Kraft von den Pedalen über die Kette auf das große Ritzel, das er mit der Gangschaltung gewählt hatte. Doch die Kraftanstrengung fiel ihm schwerer, als er zunächst gedacht hatte. Trotzdem verringerte sich der Abstand etwas. Nina schaute zurück und lachte ihm übermütig zu. Sie schien gut in Form zu sein, denn so sehr er sich auch mühte, die Distanz nahm nicht ab. Fünfhundert Meter hatten sie nun schon zurückgelegt. Kerkhoff legte noch einmal auf. Er schaltete hoch. Der Fahrtwind strich ihm durchs lichte Haar. Der Ehrgeiz hatte ihn gepackt. Jetzt lief das Rad gut. Die gefettete Kette schnurrte über die Ritzel. Er wurde schneller, er kam näher heran. Nina ging aus dem Sattel. Sie hielt dagegen. Doch ganz langsam schob sich Kerkhoff vor. Jetzt lagen nur noch etwa fünf Meter zwischen ihnen. Sein Vorderrad schob sich heran. Konnte er überholen? Nina fuhr auf die Mitte des Radweges, um das zu verhindern. Sein Vorderrad reichte jetzt an ihr Hinterrad heran. Er blickte voraus.

Gegenverkehr. Ein älteres Ehepaar kam ihnen gemächlich auf ihren Hollandrädern entgegen, gerade so schnell, dass sie nicht umfielen.

Touristen, dachte Kerkhoff und musterte verächtlich ihr Outfit. Sie waren in voller Radfahrermontur unterwegs, und zwar im Partnerlook: gleicher rot-weißer Helm, gleiches rot-weißes Radlertrikot, schwarze Radlerhose mit Einlage und gleiche rot-weiße Fahrradhandschuhe mit gekappten Fingerspitzen. Gerrit schüttelte sich. Die Klamotten hatte es vor ihrem Urlaub sicher günstig in einem Discounter gegeben, mutmaßte er. Wahrscheinlich fanden sie sich todschick, sahen aber aus wie die Wurst in der Pelle. Oh ha.

Bislang fuhren die Touristen noch nebeneinander, doch als Nina bis auf zehn Meter heran war, fädelte der Mann hinter seiner Frau ein, um passieren zu können. Als sie vorbei waren, sah Kerkhoff seine Chance gekommen. Er wollte soeben zum Überholen ansetzen, als Nina urplötzlich und für ihn ohne ersichtlichen Grund abrupt abbremste. Gerrit Kerkhoff war so überrascht, dass er ihr nur mit einem gewagten Lenkmanöver ausweichen konnte, um sie nicht umzufahren. Dabei kam er vom Asphalt ab, geriet auf die Berme und steuerte geradewegs auf den Schlot, einen der vielen Entwässerungsgräben, zu.

2

Oldenburg/Bremen

Er hatte wieder dieses Kribbeln verspürt und wusste sofort, es würde wieder losgehen. Er konnte sich nicht dagegen wehren. Die Unruhe wuchs. Er faltete die Finger ineinander und drehte die Hände so, dass sie beim Dehnen den Unterdruck in den Gelenken knackend ausglichen. Mit der rechten Hand bewegte er den breiten Ring nervös hin und her, steckte ihn an den Finger der anderen Hand und wieder zurück. Seine Nervosität wandelte sich in kinetische Energie. Er lief rastlos umher, musste sich einfach bewegen. Dabei zitterten die Hände vor Erregung und seine Fantasien meldeten sich wieder. Lange hatten sie Ruhe gegeben, aber jetzt waren sie wieder da: Er sah zappelnde Leiber, Blut, vor Angst weit aufgerissene Augen, stumme Schreie, Panik … Er musste etwas tun.

Er war weit gefahren, um seine sexuelle Erregung abzureagieren. In Bremen hatte er die junge Prostituierte angesprochen und war mit ihr nach kurzer Verhandlung in ihre Wohnung verschwunden. Er ließ ihr gar keine Chance, sondern stürzte sich gleich auf sie, riss ihr die Klamotten vom Leib. Sie wehrte sich, doch gegen seine Kraft kam sie nicht an.
Tu es! Seine innere Stimme forderte ihn. *Tu es!*

Als er in sie eindrang, schlossen sich seine Hände um ihren Hals, fester, immer fester. *Tu es!*

Er war wie von Sinnen.

Tu es! Er drückte zu.

In diesem Zustand hätte er sie wahrscheinlich fertiggemacht. Daher musste er fast von Glück sprechen, dass ihr Zuhälter hereingestürmt war. Der Loddel hatte sich gleich auf ihn gestürzt. Ein Riesenkerl war das, eine richtige Kante. Es gab einen harten Kampf, in dessen Verlauf er jedoch die Lanzenspitze aus der Innentasche seiner Weste ziehen konnte. Er schlitze seinem Kontrahenten damit den rechten Arm auf. Der Zuhälter ließ sich aber erst nach einem gezielten Wurf mit der scharfen Waffe von einem weiteren Angriff abhalten.

Dann war er draußen, war getürmt, musste aber sein Langmesser zurücklassen. Solch eine Lanze müsste er wieder herstellen, so eine Lanze würde er wieder dringend benötigen, denn damit konnte er umgehen wie kein Zweiter. Dazu musste er jedoch zunächst die kleine Werkstatt, die vom Umzug nach Oldenburg noch voller Krempel lag, aufräumen und die Drehbank und alle anderen Werkzeuge einrichten.

Er steuerte den grauen Golf mit den abgedunkelten Scheiben von der Autobahn in Richtung Oldenburg City. Den Wagen hatte für seine Zwecke entsprechend verändert. In einer Landschaft fällt nichts mehr auf als ein grüner Gegenstand. Aus diesem Grund hatte er den Golf umgespritzt. Beifahrersitz und ein Teil der Rückbank ließen sich so umlegen, dass er bequem im Fahrzeug schlafen konnte. Zur besseren Überbrückung von Entfernungen zierte das Heck ein Fahrradhalter mit dem Mountainbike. Das Auto konnte er also immer in größerem Abstand abstellen.

„Moin!" Der Nachbar vom Haus gegenüber, ein Schwarzafrikaner, nickte freundlich und hob zum Gruß zwei Finger an die imaginäre Mütze.

Er drehte sich mürrisch weg, wollte keinen Kontakt, schon gar nicht zu Schwarzen. Er ging die Treppe zur Wohnung hinauf. Der Schlüssel bewegte das Schloss.

In der Küche schnappte er die Bierflasche, riss den Kronkorken herunter und setzte sie an. Dabei stierte er aus dem Fenster. Der Gedanke wich nicht.

Er war da. Allgegenwärtig. Er bemächtigte sich seiner Sinne, er ließ ihn nicht los.

Auch wenn er sich noch so sehr wehrte und versuchte, den Gedanken zu verdrängen, er war präsent: Wie wäre es, wenn er wieder einen Menschen aufschlitzte?

Rational wusste er, dass es sein Untergang sein würde: Ein Mord wäre zu gefährlich, aber dennoch …

Fahrradweg nach Bensersiel

„Gerrit, alles klar?“ Ein Polizist beugte sich über ihn. Es war der Kollege Peters.

„Äh …“, Kerkhoff stotterte. Völlig durchnässt klebten die Hosen an seinen Beinen, als wollten sie ihn packen und hin und her zerren. Kerkhoff sah an sich herunter; er war mit Antjeflott, mit Entengrütze, bedeckt und stank nach Jauche.

„So ein Fahrradhelm kann doch sehr nützlich sein, oder?“ Der Kollege Peters machte einen auf Schlaumeier.

„W … was ist passiert?“ Kerkhoff setzte sich an den Grabenrand und zog seine Füße aus dem Wasser. Seine Schuhe hatten eine schwarze Farbe angenommen und aus ihnen tropften wahre Sturzbäche zurück auf die aufgewühlte Wasseroberfläche. Er blickte an sich herunter. Seine Jeans und die Jacke waren ebenfalls schlammbedeckt und nass, sein Fahrrad lag zwei Meter neben ihm am Rand des Radweges. Das Vorderrad zierte eine gewaltige Acht und war auch verdreckt.

„Du bist in den Graben gefahren, kopfüber im Wasser gelandet.“ Nina hielt nun seinen Kopf behutsam in ihrer Hand. Nur mühsam konnte sie ein Lachen unterdrücken.

Jetzt erinnerte er sich! „Und warum hast du vorhin so plötzlich abgestoppt?“ Er konnte einen leichten vorwurfsvollen Unterton in seiner Stimme nicht unterdrücken.

„Ich habe einen Vogel ...", begann Nina zaghaft und Gerrit wollte soeben zustimmen, als sie ihre Mütze heranzog. Darin entdeckte Kerkhoff eine zitternde, elendig aussehende Federkugel.

„... also, ich habe einen Vogel gesehen, diesen hier." Sie zeigte auf die Mütze. „Er lag auf dem Radweg. Ein Flügel scheint verletzt zu sein."

Kerkhoff schloss die Augen. Das durfte nicht wahr sein. Wegen dieses dämlichen Vogels riskierte sie, dass er sich den Hals brach?

„Ist wahrscheinlich vor ein Auto geknallt. Ich hätte ihn fast mit meinem Rad überfahren, den kleinen Fratz. Sieh einmal!" Nina wandte sich wieder dem kleinen Vogel zu.

Kerkhoff fasste es nicht. Er lag hier schwer verletzt und sie bedauerte diesen Piepmatz.

„Au ...!" Etwas mehr ächzend und stöhnend als nötig kam Gerrit Kerkhoff von seinem Arbeitskollegen gestützt auf die Beine.

„Ein Glück, dass ich gerade vorbeikam", meinte Peters. „Soll ich das Fahrrad einladen?"

Kerkhoff nickte, schielte aber immer noch zu Nina, die den Vogel behutsam in ihren Fahrradkorb hob.

„Hoffentlich ist es keine Gehirnerschütterung", hörte Kerkhoff seinen Kollegen Peters sagen. Er wollte schon entgegnen, dass so ein kleines Federvieh wohl kaum Gehirnmasse zum Erschüttern habe, so ähnlich wie der Polizeichef. Doch dann ergänzte Peters bereits: „Vielleicht solltest du dich zur Beobachtung ins Krankenhaus begeben. Besser ist das!"

„Ach, was", sagte Kerkhoff abweisend, doch insgeheim war er dankbar, dass sich der Kollege Sorgen machte. Gerrit ging auf den Polizeibus zu.

„Was ist jetzt los?", rief Peters.

„So kann ich ja wohl schlecht nach Hause laufen, oder? Ich denke, du fährst mich heim."

„So? So, wie du aussiehst?" Peters schüttelte unwillig den Kopf. „Nein, nein, diese Gülle will ich nicht auf den Sitzen haben. Wer macht das denn wieder sauber? Du etwa, Herr Hauptkommissar?"

„Wie, du willst mich nicht fahren? Dann weise ich dich hiermit eben an, mich nach Hause zu bringen! Basta!" Kerkhoff war stinksauer. Was bildete der Kerl sich ein?

„Kannst du vergessen! Wir sind nicht im Einsatz. Privat hast du hier gar nichts zu sagen. Damit das klar ist!" Peters kochte, aber auch Kerkhoff war außer sich.

Während sie sich angifteten, kam Nina auf sie zu, nahm Gerrit an die Hand und sagte ganz ruhig: „Sieh doch, wie du aussiehst. Dieser Dreck geht doch nicht mehr aus den Sitzpolstern heraus."

Gerrit sagte nichts. Nun hielt sie auch noch zu diesem Peters. Er glaubte es nicht. Unwillig schüttelte er den Kopf, wobei er jetzt erst bemerkte, wie sein Schädel brummte und wie schlecht ihm war. Er wollte schon etwas entgegnen, doch Nina redete unbeirrt weiter: „Wir gehen die hundert Meter zum nächsten Haus. Ich kenne die Bewohner." Sie zeigte in Richtung Bensersiel. „Und dort nehmen wir den Gartenschlauch und waschen den gröbsten Dreck ab. Anschließend lassen wir uns eine Plane, eine Decke oder so etwas geben. Die kommt auf die Sitze und dann wirst du nach Hause gebracht." Kerkhoff schwieg. Nina drehte ihn in die richtige Richtung und er trottete langsam los.

Auf halber Strecke überholte ihn der Polizeibulli und bog in die Einfahrt des Hauses ein.

Nina hatte ihr Fahrrad an die Hand genommen und ging mit Gerrit los. Mit der Linken hielt er sich am Sattel fest. Im Fahrradkorb piepste kläglich der kleine Vogel. Nach etwa zwanzig Metern übergab sich Kerkhoff.

Im Bulli herrschte eine frostige Atmosphäre. In Höhe der Jugendherberge zerrissen Sirenen die Stille. Gleich darauf schossen mehrere Feuerwehrlöschfahrzeuge aus der Halle und rasten los.

„Was ist denn da los?“ Kaum hatte Kerkhoff seine Frage gestellt, meldete die Einsatzzentrale ein Feuer auf einem Bauernhof in Bensersiel. Als die Adresse genannt wurde, sagte Peters: „Das ist der Hof von Bloempott, Gerd Bloempott. Das alte Schlitzohr. Ein Verbrecher vor dem Herrn. Würde mich nicht wundern, wenn er das selber warm abgerissen hat.“

„Warum sollte er das tun?“ Kerkhoff merkte, dass er Mühe beim Sprechen hatte; zu mächtig hämmerte es in seinem Kopf.

„Warum wohl? Blöde Frage! Er wird den Hof sicherlich gut versichert haben. Die Landwirtschaft selbst musste er schon lange aufgeben. Nun züchtet er noch einige Gäule!“ Peters hupte, weil der Autofahrer vor ihm nicht zügig genug anfuhr.

Dann schaltete er das Blaulicht an und wendete den Wagen wieder in Richtung Bensersiel. „Das sehen wir uns einmal genauer an“, meinte er. „Hältst du das noch aus?“

Kerkhoff nickte und meinte, er solle auf ihn keine Rücksicht nehmen. Das würde schon gehen. In Wirklichkeit fühlte er sich kotzelend. Besonders wenn Peters hart in die Kurven fuhr, donnerte er mit der

Schulter gegen das Bullifenster. Die Erschütterungen setzten sich über den Hals und das Genick in Kerkhoffs Kopf fort.

Endlich bogen sie in eine Allee ein, die zu einem großen Bauernhof führte. Peters parkte etwas abseits, um nicht im Weg zu stehen. Etliche Feuerwehrleute liefen scheinbar ohne Plan hin und her. In Wirklichkeit wussten sie genau, was sie taten - das waren Profis. Eine Drehleiter zeigte auf das Dach. Im hinteren Bereich drang starker Qualm unter den Ziegeln hervor, während in der Mitte bereits Flammen hoch in den Himmel schlugen.

Kerkhoff sah von seinem Platz aus, wie Peters mit einem Kollegen von der Streife sprach und auf den Bulli deutete. Nina hielt Gerrit, der wie ein Häufchen Elend neben ihr saß, an den Schultern fest.

Dann kam Peters zurück. „Es sind bereits genug Kollegen vor Ort. Ich bring euch eben schnell heim." Er startete den Wagen und donnerte die Auffahrt wieder herunter. Nebenbei gab er die neuesten Informationen des anderen Polizisten weiter, die Gerrit Kerkhoff nur noch von Ferne hörte.

Peters bog an der Esenser Mühle links ab.

Er beschleunigte in Höhe des Alleenhofes und überfuhr die Fußgängerampel bei dunkelgelb. Dann umkreiste er die Verkehrsinsel zu dreiviertel und bog in die Siedlung Osthörn ein.

Gerrit Kerkhoff wachte kurz wieder auf und überdachte das, was Peters über Bloempott erzählt hatte. Er wunderte sich mal wieder, wie groß die soziale Kontrolle in dieser kleinen Stadt Esens war, wo sogar die Polizei die Vermögensverhältnisse bzw. die wirtschaftliche Situation von Bürgern kannte und potenzielle Täter im Voraus anvisieren konnte.

„Komischer Name Bloempott“, meinte Nina, die immer noch fürsorglich Gerrits Hand hielt und seine Gedanken zu erahnen schien.

„Jo“, meinte Peters, „ostfriesisch eben, nich.“

„Blumentopf ... Herr Blumentopf, das ist wirklich witzig. Noch nie gehört. Ich kenne wohl eine Musikgruppe, die so heißt, aber eine Person?“ Nina schüttelte den Kopf.

Buenos Aires 1976

Isabel begleitete ihre Mutter nach einigen Tagen im Krankenhaus zurück nach Hause.

„Sie sollten noch ein, zwei Tage zur Beobachtung hier bleiben." Doch ihre Mutter wischte den Rat des Arztes beiseite, denn die Sorge um ihren Sohn Miguel ließ sie nicht ruhen. Die verwüstete Wohnung war von Isabel und einigen Nachbarn im Groben wieder hergestellt worden, aber das war zweitrangig.

„Leg dich erst einmal hin. Ich mache uns etwas zu essen." Isabel führte Luiza mit sanftem Druck zum Kanapee. Sie wusste, wie halsstarrig sie sein konnte, insbesondere, wenn es um ihre Kinder ging; und jetzt ging es um ihre Kinder, in erster Linie um Miguel, von dem kein Lebenszeichen zu bekommen war.

„Du hilfst Miguel nicht, wenn du zusammenklappst!" Isabel rückte das Kopfkissen zurecht und deckte ihre Mutter, der sofort die Augen zufielen, mit der leichten Decke zu. In der Küche legte sie die Zutaten für eine kräftige Suppe zurecht.

Am nächsten Morgen ging es Luiza wesentlich besser, stellte Isabel fest. Sie nahm sie in den Arm; so standen sie für einen Moment lang eng zusammen, jede für sich in tiefen Gedanken an Miguel. Wo mochte er sich jetzt befinden? Was war mit ihm geschehen? Wann würde er zurückkommen?

„Was passiert hier eigentlich?", fragte ihre Mutter, doch Isabel wusste nichts zu entgegnen, nichts, was ihre Mutter auch nur ansatzweise hätte trösten können.

Und Isabel wollte Luiza auch nicht alles erzählen, was sie in den letzten Tagen gesehen und gehört hatte:
Argentinien verwandelte sich in einen überdimensionalen Knast. An allen Hauptstraßen patrouillierten Soldaten. Unzählige Kontrollen musste man über sich ergehen lassen und wahllos kam es zu willkürlichen Verhaftungen. Es schien aber auch schwarze Listen von Regimegegnern zu geben. Urplötzlich tauchten Jeeps mit schwerbewaffneten Zivilpersonen auf, drangen in Wohnungen ein und führten Menschen ab, Männer und Frauen, aber auch Jugendliche. Todesschwadronen terrorisierten die Oppositionellen.

Am vorherigen Tag kam es ebenfalls zu einem Übergriff auf die Anwaltskanzlei von Rodolfo Fernandez, bei dem Isabel seit einem halben Jahr ein Praktikum für ihr Jurastudium absolvierte. Ein junger Mann wurde mit seiner schwangeren Frau aus dem Hausflur gezerrt und brutal in einen wartenden Kleinbus gestoßen. Isabel, auf dem Weg zur Kanzlei, sah dies, drehte instinktiv ab und trat auf die nächstgelegene Haustür zu. Diese war zum Glück nicht verschlossen.

Die Bewohner sahen sie erstaunt an, verrammelten aber blitzschnell die Tür, als Isabel flüsterte: „Razzia!"

Man zog sie in einen kleinen Raum mit rundem Tisch und wies ihr einen Stuhl zu. Eilig stellte man eine Tasse hin und schenkte Kaffee ein. Es sollte so aussehen, als sei sie hier schon länger zu Besuch. Keiner sprach ein Wort, alle horchten verängstigt nach draußen.

Ein vierzehn bis fünfzehn Jahre alter Junge hielt die Spannung nicht aus. Als er die Türklinke fasste, rief eine ältere Frau, vermutlich die Mutter: „Bleib!"

Doch der Junge zog die Tür hinter sich zu und verschwand.

Es vergingen einige Minuten, bis der schwarze Krauskopf des Jungen wieder im Türspalt erschien: „Sie sind weg!"

Ein erleichtertes Aufatmen ging durch den Raum: „Muchas Gracias, vielen Dank!" Isabel erhob sich und wollte sich verabschieden.

„Warte noch, bis er grünes Licht gibt."

Die Mutter des Jungen geleitete sie bis zum Flur, hielt sie aber noch an der Haustür zurück: „Sicher ist sicher!"

Es dauerte nicht lange, bis ihr Sohn mit „Alles klar! Aber Rodolfo hat ein blaues, dickes Auge!" den Weg freimachte.

Isabel stürzte zum Anwaltsbüro. Auf einem Stuhl saß Rodolfo Fernandez und ließ sich von der Sekretärin verarzten.

„Jetzt dringen sie schon in unsere Räume ein und verhaften hier Klienten", stöhnte er resigniert.

Das alles erzählte Isabel ihrer Mutter wohlweislich nicht. Sie sollte sich nicht noch mehr aufregen.

4

Esens - Schaffhauser Wald

Lena Schuster freute sich auf den ersten Ausritt mit der Stute Hope. Das Pferd war zwei Wochen von ihr im Stall behandelt worden, weil es an der rechten Hinterhand lahmte.

„Harry, mach langsam!“ Lena ließ den Labradorrüden aus der Box. Sie hatte dem kräftigen Hund vorübergehend ein Zuhause gegeben, da der ehemalige Besitzer verstorben war. Inständig hoffte sie, und es sah auch zunehmend danach aus, dass der Hauptkommissar Gerrit Kerkhoff das Tier übernehmen würde, denn sie wusste, der Polizist hatte einen Narren an dem quirligen Temperamentsbolzen gefressen. Der größte Hinderungsgrund, den Kerkhoff stets geltend gemacht hatte, war die durchgehende Betreuung des Hundes, die sich mit den unregelmäßigen Arbeitszeiten der Polizei nicht verbinden ließ. Lena wusste, dass es Absprachen mit dem Rentnerehepaar Hermine und Hannes Gerken gab, nach denen diese beiden als Hundesitter eingeplant werden konnten.

Bislang hatte es zwar nur zu einer Patenschaft gereicht, da Gerrit Kerkhoff noch vor dem nächsten Schritt zurückschreckte.

Kerkhoff machte mit dem Labrador lange Radtouren, wenn er denn einmal Freizeit hatte; zeitweise, besonders am Wochenende, blieb der Hund oft mehrere Tage bei ihm. Allerdings war das noch nicht die Regel. In einem Punkt war sich Lena sicher: Kerkhoff und

Harry gehörten zusammen, da ging kein Weg dran vorbei.

„Und ab." Spielerisch schlug sie dem Labradorrüden die Hand auf den Rücken; Harry spurtete über den Hof auf die Wiese, drehte bei, rannte mit einer Affengeschwindigkeit auf Lena zu, die leicht gebückt versuchte, ihm den nächsten Klaps zu geben. Er wich aus, schoss an ihr vorbei in die andere Richtung und drehte bei. Das Spiel begann von vorn. Dabei stieß der Hund derart tiefe brummend-knurrende Töne aus, dass man den Eindruck haben könnte, man habe eine unkontrollierbare Killermaschine vor sich. Dabei war der Hund zahm wie ein Lämmchen.

Hope tänzelte nervös hin und her. Obwohl das Pferd dieses Treiben gewohnt war, denn das Ritual gab es jeden Morgen, war ihr diese wilde Spielerei nicht ganz geheuer.

„Hier!", rief Lena nur kurz, aber bestimmt. Sofort kehrte der Labrador um und sprintete zu ihr zurück. „Sitz!" Der Hund saß nun dicht vor ihr und wartete aufmerksam auf weitere Kommandos. „Fuß!" Harry ging rechts an Lena vorbei, umkurvte sie zur Hälfte und setzte sich so dicht neben ihr linkes Bein, dass keine Briefmarke zwischen sie passte. Nach kurzer Pause lobte sie den Hund, ging zehn Meter, wobei sich Harry ganz dicht an ihr Bein hielt und achtete darauf, wann sie die Kehrwende machte. Lena drehte sich urplötzlich nach links zum Hund um einhundertachtzig Grad, sodass das Tier erneut um sie herumlaufen musste, um weiterhin an ihrer linken Seite bleiben zu können. Als sie stehen blieb, setzte sich Harry ohne weiteren Befehl neben sie. Lena ging wieder los, rief nach fünf Metern „Platz!" Der Hund legte sich sofort hin, während sie weiterlief. Lena wusste, dass dies für Hunde sehr schwierig war und sie wusste auch, dass Harry ein kleines Stück auf dem Bauch hinter ihr her robben würde, aber das war nicht mehr aus ihm herauszubekommen. Nach dreißig Metern drehte sich Lena um und blickte in Richtung des Labradors. Der lag mit aufgerichtetem Kopf sehr aufmerksam auf der Auffahrt und wartete darauf, abgerufen zu werden: Als er den Befehl „Hier!" hörte, preschte er kraftvoll vor. Dann liefen sie zum Haus zurück.

Kurze Zeit später hatte Lena ihr Pferd gesattelt. Es ging los. Harry lief auf der rechten Seite nebenher.

Die Stute wäre am liebsten gleich angaloppiert, doch sie sollte nicht überbelastet werden, damit die Verletzung nicht gleich wieder auftrat. Alle drei genossen den Ausritt sehr. Es ging Lena gut - noch.

5

Krankenhaus

„Sie sollten noch eine Nacht zur Beobachtung hierbleiben, Herr Kerkhoff!“ Der Arzt lugte über die Lesebrille und sah Gerrit direkt an. Kerkhoff brummte nur unwillig, sagte aber nichts; sein Schädel brummte ebenfalls und das nicht zu knapp.

„Ich denke, dass Sie morgen im Laufe des Vormittags nach Hause können!“

Kerkhoff bedankte sich, fügte sich in sein Schicksal und war schließlich froh, aus dem Alltagstrott herauszukommen; auf die Aktenberge auf seinem Schreibtisch konnte er gut verzichten. Ihm fielen die Augen zu. Er kämpfte noch etwas dagegen an, doch nach kurzer Zeit fiel er in einen tiefen traumlosen Schlaf.

„So, Herr Kerkhoff, Ihr Mittagessen, bitte schön!“ Die Tür wurde aufgerissen. Die burschikose Krankenschwester marschierte ins Zimmer, stellte das Tablett mit den in Styropor eingepackten Tellern auf die Ablage. Mit einem professionellen Lächeln rief sie noch „Guten Appetit!“ und war auch schon gleich wieder hinter der Zimmertür verschwunden. Draußen auf dem Flur hörte man Besteckklappern und das Öffnungsgeräusch der Tür vom Nachbarzimmer. „So, Herr Angele, Ihr Mittagessen! Bitte schön!“, hörte Kerkhoff nur etwas gedämpfter als vorhin.

Er war aus dem Tiefschlaf geschreckt und viel zu schnell hochgeschnellt. Er fasste sich mit beiden Händen an den Kopf. Die Schmerzen waren immer noch da. Obwohl er keinen Appetit hatte, setzte er sich auf die Bettkante, stand dann mühsam auf und schlurfte mit dem Tablett zum kleinen Kiefernholztisch am Fenster. Er blickte hinaus. Am Himmel hingen schwarze Wolken, doch insgesamt war es trocken. Im kleinen Park spazierte ein älterer Mann im Trainingsanzug gestützt auf einer Krücke mit kleinen vorsichtigen Schritten. Begleitet wurde er von einer jungen Frau in einem hellen Mantel, die ihn untergehakt hatte. Warum mussten Alter und Krankheit eigentlich so unmittelbar einhergehen, fragte sich Kerkhoff.

Er hob die Styropordeckel hoch: Eine Scheibe Schweinsbraten lag in einer Lache brauner Soße neben vier halben weißgelben Salzkartoffeln. Daneben befand sich ein kleiner Haufen Erbsen und Möhren. Die Birne in der Glasschale hatte auch schon bessere Tage gesehen. Während Kerkhoff das Besteck aus der Serviette rollte, blickte er erneut aus dem Fenster. Der alte Mann im Park saß nun auf einer Bank, die Hände vor die Augen geschlagen. Die Krücke lehnte an der Lehne der Bank und die junge Frau, wahrscheinlich die Tochter, strich dem Alten mit der linken Hand tröstend über den gebeugten Rücken. Ein tieftrauriger, deprimierender Anblick. Kerkhoff riss sich davon los und stocherte lustlos im Essen herum.

„Kaffee?“ Er hatte die Schwester nicht hereinkommen hören.

„Äh … ja, gern!“ Er blickte der stämmigen Frau, die bereits wieder die Tür schloss, nach. „Die müsste doch viel schlanker sein, so viel wie die laufen muss“, dachte er. Er schätzte, dass die Krankenpfleger jeden Tag zehn bis zwölf Kilometer zurücklegten. Hinzu kam die psychische Belastung durch die sie täglich umgebenden Kranken und Krankheiten, die nicht immer zu einem positiven Ende führten. Außerdem mussten sie immer freundlich sein, die Ansprüche und Wünsche von hochnäsigen Privatpatienten erfüllen, unsinnige Berichte für die Akten zum sogenannten Qualitätsmanagement führen. Jeder Pup, jeder Atemzug musste dokumentiert werden, damit alles nachvollziehbar war. Kerkhoff dachte an seine eigene Bürotätigkeit: Die Berichte über die Fälle mussten selbstredend justiziabel sein, aber vieles war andererseits so überflüssig wie ein Kropf. Das gab es in vielen Arbeitsbereichen. Auch Nina beklagte sich über die Verschriftlichung ihres Lehrerberufes. Oft schimpfte sie, dass sie die Energie, die sie für das Aufstellen von Förderplänen und ähnlichem Kram aufbringen musste, lieber in die direkte Arbeit mit den Schülern investieren würde, da so unter dem Strich wesentlich mehr dabei herauskäme.

Kerkhoff fuhr zusammen, als er das Klingeln seines Handys hörte. Er stand auf. Kaum hatte er einen Schritt getan, stieß er an das zweite Bett im Zimmer. Er hielt sich die Kniescheibe. Dann öffnete er die Schranktür, um aus der Innentasche seiner Jacke das Mobiltelefon zu fischen. Das Klingeln war nun lauter, da der Schrank und die Jacke den Schall nicht mehr dämpften. Urplötzlich, wie es begann, erstarb das Geräusch, bevor er abheben konnte. „Ein verpasster Anruf", las er auf dem Display. Das neue Mobiltelefon machte ihm noch zu schaffen: Sowohl die Menüführung als auch der Touchscreen nervten. Er zückte den Stift aus der Halterung und drückte die entsprechenden Icons, aber der Bildschirm reagierte nur langsam. Ungeduldig tippte er los und schon war er zwei Schritte weiter als gewünscht. Brastig zog Kerkhoff die Displayfolie ab, knäulte sie zusammen und warf sie in Richtung Mülleimer. Da sie etwas klebte, nahm das Knäuel den Schwung des Wurfes nicht mit und verfehlte das Ziel.

Kerkhoff tippte erneut die Spitze auf die Anzeige. Nun ging alles viel schneller: Die Buchstaben „Willi" erschienen. Sein alter, kauziger Freund Willi Wedell versuchte also, ihn zu erreichen. Kerkhoff startete den Rückruf.

„Ich dachte, du liegst im Krankenhaus", polterte Wedell sofort ohne Begrüßung los.

„Moin, dort bin ich auch!", entgegnete Kerkhoff und die erneut einsetzenden Kopfschmerzen unterstrichen die Aussage.

„Seit wann darf im Krankenhaus mit dem Handy telefoniert werden?", krächzte Wedell und lachte. „Da hält sich wohl einer nicht an die Regeln, was?"

Tatsächlich hatte Kerkhoff die Nachtschwester gefragt, ob er das Handy benutzen könnte, denn er wollte nicht die Herzschrittmacher bzw. die Messinstrumente der Ärzte durcheinanderbringen.

Sie hatte geantwortet, dass es zwar nicht erlaubt sei, aber die Handys mittlerweile wesentlich besser abgeschirmt seien als früher.

„Und sonst?" Die übliche Frage, wenn Kerkhoff das Thema wechseln wollte und das war bei Willi oft nötig.

„Jo, allens bestens, Leben sitt drin", erwiderte Willi nichtssagend. „Ich wollte dich besuchen, war grad in der Nähe, sitz hier unten in der Cafeteria. Also beweg deinen Beamtenmors!" Willi lachte und legte auf, bevor Kerkhoff antworten konnte.

„Dieser Willi ...", sagte Kerkhoff, blickte kurz verständnislos auf sein Handy, zog die Jacke des Trainingsanzugs an und ging aus dem Zimmer. Eigentlich freute er sich, dass er Besuch hatte, auch wenn es nur der alte Griesgram war.

6

Schaffhauser Wald

In der Deckung des Gebüschs setzte er das Monokular aufs Auge. Nun drehte er die Optik, um das Bild scharf zu stellen. Die junge Frau ritt mit ihrem Pferd auf einem Parallelweg. Die blaue, ärmellose Reiterweste lag eng an und schmeichelte ihrer Figur. Statt eines Helms trug sie nur eine Baseballkappe, aus der die zusammengebundenen, hellen Haare herauslugten. Das Kribbeln begann wieder. Blonde Frauen machten ihn schon immer an. Wahrscheinlich lag es daran, dass er früher hauptsächlich von Schwarzhaarigen umgeben war, Blondinen waren eher die Ausnahme gewesen.

Er setzte das Fernrohr ab und trat einen Schritt zur Seite. Jetzt hatte er freie Sicht. Das Pferd tänzelte leicht. Die Bewegungen des Tieres waren elegant und flüssig. Dennoch bemerkte er eine leichte Schonhaltung an der Hinterhand. Aber die Stute war gut gepflegt, gut in Schuss. Das Fell glänzte. Wahrscheinlich war das Tier einige Zeit geschont worden; es schien aber unter Dampf zu stehen, das merkte er. Auch er stand unter Dampf. Schweiß trat aus den Poren am Haaransatz. Mit tiefen Atemzügen verschaffte er seinem Körper die nötige Ruhe. Es wäre falsch, hier und jetzt zuzuschlagen. Bislang hatte er es noch immer geschafft, durch gute Recherche unentdeckt zu bleiben. Ein fast unmerkliches Zittern, das Gefühl höchster Anspannung und Erregung befiel seinen ganzen Körper, abgelöst von Hitzewallungen.

Durch das Fernrohr beobachtete er weiter die Reiterin. Diese hielt das Pferd plötzlich an, sprang elegant aus dem Sattel und befühlte den rechten hinteren Lauf des Pferdes. Sie schien mit dem Ergebnis zufrieden zu sein, saß wieder auf und gab dem Pferd einen kleinen Klaps. Beide bildeten eine Einheit, fand er. Er beobachtete, wie die Stute nun etwas schneller angetrieben wurde und in einem weiten Rundbogen in den Waldweg wechselte, der direkt auf seinen Beobachtungsposten führte.

Er fluchte. Zwangsläufig würde er entdeckt werden, das war jetzt klar. Es gab keinen Ausweg. Er fingerte in der Jackeninnentasche nach dem Langmesser. Die Reiterin kam auf ihn zu und war nur noch etwa fünfzig Meter entfernt.

Buenos Aires 1976
Aeropuerto Internacional Ministro Pistarini/Aeropuerto de Ezeiza

Gleich nach Miguels Verhaftung nahmen seine Schwester Isabel und die Mutter Luiza Pereira Kontakt zu Richard Geiger in Deutschland auf. Geiger hatte sofort versucht, einen Flug nach Argentinien zu bekommen. Isabel freute sich, ihren Vater wiederzusehen, auch wenn der Anlass beängstigend war.

Richard Geiger trennte sich vor zehn Jahren von seiner Frau Luiza und lebte seitdem in der Nähe Wiesbadens mit Miguel, dessen Papiere auf den Namen Michael Geiger ausgestellt waren.

Sowohl Isabel als auch Michael bekamen die deutsche und die argentinische Staatsbürgerschaft. Ihr Vater sorgte während seiner Tätigkeit als Ingenieur in den Städten Buenos Aires und Cordoba dafür, dass beide Kinder zweisprachig aufwuchsen.

Auch nach seiner Rückkehr nach Deutschland versorgte er die Familie materiell ausreichend, doch Isabel hätte gerne mehr von ihrem Vater gehabt, mehr Nähe zu ihm und mehr Nähe zu ihrem Bruder Miguel, der bei seinem Vater in Deutschland lebte, bevor Miguel als Werkstudent in den Semesterferien nach Buenos Aires kam.

Beide vermisste sie die ganzen Jahre sehr und umso mehr freute sie sich, dass sie ihren Vater nun nach langer Zeit wieder in die Arme schließen konnte. Und mehr noch: Er würde dafür sorgen, dass Miguel wieder freikäme und zu ihnen zurückkommen würde, das wusste sie.

Isabel stand in der Empfangshalle des Aeropuerto Internacional, als die Passagiere des Flugzeuges aus Frankfurt an ihr vorbeigingen. Auffällig viel Militär patrouillierte schwer bewaffnet durch die Gänge. Sie wunderte sich, wie viele Menschen mitgereist waren und je mehr aus der Tür am Terminal B erschienen, desto unruhiger wurde sie. Wo blieb nur ihr Vater?

„Richard Geiger?", fragte Isabel schließlich am Infoschalter nach.

„Ja, der steht auf der Liste. Der müsste noch kommen. Vielleicht hält ihn die Kontrolle auf, so etwas kommt vor. Haben Sie doch noch bitte ein wenig Geduld!" Die junge Frau lächelte Isabel unsicher an.

Isabel wartete weiter, aber niemand kam mehr durch die Glastür.

„Sind Sie Isabel Pereira?" Ein dicker, glatzköpfiger Mann in hellem Trenchcoat sprach sie auf Deutsch an.

„Ja, warum?"

„Ich soll Ihnen das von Ihrem Vater geben. Wir saßen im Flugzeug nebeneinander. Als wir durch die Kontrolle mussten, wurde ihr Vater herausgewunken! Ihr Vater ist doch Richard Geiger?"

„Ja, aber wieso? Ich meine, was passiert denn mit ihm?"

„Keine Ahnung. Es sieht so aus, als wenn er nicht einreisen darf. Aber das hier hat er aufgeschrieben. Mehr weiß ich auch nicht!" Der Mann verabschiedete sich, als Isabel sich bedankte.

„Einreiseverbot? Unmöglich." Rechtsanwalt Rodolfo Fernandez schüttelte den Kopf.

„Er wird versuchen, aus Deutschland zu helfen. Auswärtiges Amt, deutsche Botschaft einschalten usw.", sagte Isabel, die neben ihrer Mutter auf einem Stuhl vor dem schweren Schreibtisch des Anwalts saß. Trotz oder gerade

wegen dieser niederschmetternden Nachricht wirkte Luiza Pereira etwas gefasster als in den zurückliegenden Tagen.

„Ich will nichts beschönigen. Aber ich glaube, da kommt nur wenig dabei heraus", sagte Fernandez.

„Aber Miguel, also Michael ist Deutscher, er hat die deutsche Staatsbürgerschaft." Isabels Stimme zitterte. Es konnte sich doch nicht alles gegen sie verschworen haben. Plötzlich stand ihre Mutter unverhofft auf. Sie bedankte sich bei dem Anwalt, nahm ihre Tochter an die Hand und zog sie sanft hinter sich her.

Isabel sah ihre Mutter verwundert an, als sie durch die Tür auf den Bürgersteig traten.

„Komm!", sagte diese nur. Schweigend liefen sie nebeneinander her, bis sie endlich vor der Kirche Santa Cruz standen. Luiza Pereira trat durch das große, hölzerne Portal und steuerte den Altar mit den Kerzen an.

Isabel sah ihre Mutter erstaunt an. Die lächelte sie an und sagte: „Vamos, wir wollen stark sein, Isabel! Wir wollen kämpfen! Wir werden Miguel finden!"

7

Krankenhaus

„Sportlich, sportlich“, kommentierte Willi Wedell Kerkhoffs Trainingsanzug. „Bloß dort musst du noch die Luft herauslassen.“ Willi tippte an Kerkhoffs Bauch. „Dann entlüfte du erst einmal deine Birne!“ Gerrit Kerkhoff strich mit der flachen Hand über Willis Kopf. „Herr, lass Hirn wachsen!“

Nachdem sie die üblichen nett gemeinten Bosheiten ausgetauscht hatten, erzählte Willi, er habe einen Nachbarn zum Krankenhaus begleitet. Der hatte sich beim Anlassen des Motors den Rasenmäher auf die Füße gezogen. Zum Glück habe er feste Schuhe angehabt, sonst hätte es böse ausgehen können, meinte er.

Während Willi in allen Einzelheiten vom Vorfall berichtete, blickte Kerkhoff sich um. Etliche Patienten saßen mit ihren Angehörigen im Café. Auch sie trugen überwiegend Trainingsanzüge, scheinbar die Standardkleidung der Kranken. Einige unterhielten sich angeregt, einzelne Cafébesucher lasen die Blöd- oder Regionalzeitung. Eine Frau mit großer Oberweite und kräftiger Statur stopfte ein Stück Creme-Sahne-Torte in sich hinein und spülte sie mit einer Cola herunter. Kerkhoffs Blick glitt zur Eingangstür des Krankenhauses. Dort standen die abhängigen Raucher und sogen gierig die Nikotinschwaden in sich hinein. Ekelhaft.

„Unverantwortlich oder was meinst du?“, beendete Willi seinen umfangreichen Redebeitrag, von dem

Kerkhoff nun aber auch gar nichts mitbekommen hatte. Trotzdem sagte er zustimmend: „Unglaublich! Du hast recht!“

Willi brummte zufrieden, rührte den Kaffee um und nippte an der Tasse. Neben einigen Allgemeinplätzen flüsterte Willi noch etwas von „der dicken, fetten Sau!“, wie er sich ausdrückte, während er auf die Tortenesserin deutete; dann meinte er, er müsse auch schon wieder los und verabschiedete sich, nicht ohne noch einen weiteren miesen Spruch loszulassen. Endlich zog er ab.

Auf seinem Krankenzimmer fasste Gerrit Kerkhoff den Entschluss, wieder etwas fitter zu werden und sagte seinen Pfunden den Kampf an. In dieser Nacht schlief er schlecht.

8

Esens - Schaffhauser Wald

Lena Schuster trieb das Pferd etwas an. Immer wieder drehte sie sich um und blickte auf den Hinterlauf der Stute. Alles war gut, das Pferd lief rund, stellte sie zufrieden fest und freute sich schon auf die nächsten Ausritte; die hatten ihr sehr gefehlt. Lena hatte heute die Waldwege ausgesucht, auf denen das Pferd ein weiches Geläuf hatte. Nun wechselte sie auf den Sandweg, weil der bisherige Weg weiter geradeaus einen festen Untergrund bekam. Der Labrador registrierte den Richtungswechsel zunächst nicht, weil er vorausgelaufen war, setzte nun aber zu einem Spurt an. Er raste ihnen mit geöffnetem Maul und wehenden Ohren hinterher. Er sah jetzt mit dem breiten, schwarzen Körper und dem leicht entblößten, kräftigen Gebiss wie ein gefährlicher Pitbull aus. Mit rasanter Geschwindigkeit holte der Hund die Reiterin ein und lief wieder ein gutes Stück voraus. Das gesunde, pechschwarze Fell schimmerte in der Sonne.

Plötzlich stoppte der Labrador wie vom Donner gerührt und blickte in den Wald. Ein kurzes, tiefes Bellen war zu hören.

„Hier!", rief Lena. Sie fürchtete, der Hund hätte ein Reh oder Ähnliches gewittert. Leicht widerstrebend lief der Hund jetzt zu Lena zurück, nicht ohne sich immer wieder umzublicken. Nervös begann nun auch das Pferd zu tänzeln. Sicherheitshalber stieg Lena ab. Das Letzte, was sie jetzt gebrauchen könnte, wäre ein durchgehendes Pferd. Sie führte die Stute am Zügel und ließ den Hund bei Fuß gehen. Ein tiefes Knurren war zu hören. „Aus!“ Das brummende Grollen erstarb.

Einige Meter weiter sah Lena einen untersetzten, breitschultrigen, älteren Mann. Er sah sie mit schwarzen, tief liegenden Augen wütend an. Die gegelten, schwarzgrauen Haare waren glatt nach hinten gekämmt. An einigen Stellen kam die dunkle Kopfhaut zum Vorschein. Er hatte ein Fahrrad quer vor sich gestellt. Wahrscheinlich sollte es den Hund auf Distanz halten.

Lena hatte den Eindruck, dass er sich ertappt fühlte. "Moin!", rief sie freundlich und lächelte, „hoffentlich hat der Hund Sie nicht erschreckt! Er ist noch so verspielt und wirkt nur so gefährlich. In Wirklichkeit ist es ein ganz sanftes Tier!“ Den Zusatz ‚Der will nur spielen!‘ konnte sie sich gerade noch verkneifen; zu abgedroschen klang es mittlerweile.

Das grimmige Gesicht zeigte keine Regung. Er erwiderte auch nichts, sondern starrte sie weiterhin nur böse an.

Plötzlich fühlte Lena sich überhaupt nicht mehr wohl, eine unheimliche Situation; etwas Bedrohliches lag in der Luft. Zu allem Überfluss ließ der Labrador nun auch noch ein tiefes, drohendes Knurren hören, ein Knurren, das ihren Worten Hohn sprach. Das Lächeln glitt aus ihrem Gesicht.

„Aus!“, blaffte sie den Hund an. Aus den Augenwinkeln sah Lena, dass der Mann dabei kurz zusammenzuckte. Das Brummen erstarb, doch der Hund hielt den Mann wachsam im Auge.

Als Lena mit den Tieren an ihm vorbeiging, sah sie, dass er sich blitzschnell umdrehte und etwas Metallenes, etwas Spitzes unter der Jacke verschwinden ließ.

Scheinbar wollte er nicht, dass sie diesen Gegenstand sah, doch ein kurzer Blick aus den Augenwinkeln hatte genügt, um die lange, scharfe Edelstahlspitze zu erkennen. Sie konnte den Gegenstand zwar nicht so recht einordnen, doch das Verhalten des Mannes war so sonderbar, dass ihr noch mulmiger wurde. Sie ging schneller. Nach einigen Metern saß sie auf, schickte den Labrador voraus und ritt scharf an. Lena blickte sich nicht mehr um.

9

Esens Schaffhauser Wald

„Scheiß Köter!", presste er angewidert hervor, als die Reiterin losritt. Er hasste Hunde. Stocksteif hatte er dagestanden, als das Hundevieh, das er vorher gar nicht bemerkt hatte, plötzlich vor ihm stand.

„Piss off!", zischte er nur. Doch der Labrador reagierte nur, als die Reiterin ihn abgerufen hatte. Sein Fahrrad konnte er noch schnell genug zur Abwehr zwischen sich und dem Hund platzieren.

Ob sie die Lanzenspitze gesehen hatte? Na, wenn schon. Wahrscheinlich hatte sie sie gar nicht registriert. Dennoch, alles war schiefgegangen. Sein Bemühen, immer Herr der Lage zu sein, immer zu bestimmen, was anlag, gelang heute nicht.

Sein Plan, die Gegend in Esens mit dem Rad zu erkunden, misslang gründlich. Er sah sich immer lange, bevor er zuschlug, den übernächsten Tatort an. So hatte er es immer gehalten. An einem Ort zuschlagen, den nächsten schon ausgekundschaftet. Kein Mensch würde darauf kommen, dass er nach Wangerooge, gleich darauf in Esens oder Umgebung aktiv werden würde. Zu viele Mitläufer und Trittbrettfahrer funkten dazwischen und erschwerten so das Erkennen seines Bewegungsmusters. Die „Soko Pferd" aus Hannover, die immer wieder Zeitungsaufrufe startete, sollte anhand der Tatorte kein Bewegungsprofil erkennen können.

Aber hier lief nichts glatt. Statt unerkannt zu beobachten, stand er selber unvermittelt einem möglichen

Opfer gegenüber. Dieser hochnäsige Tussi mit ihrem edlen Gaul sollte er eine Lektion erteilen.

Er folgte dem Dreigestirn in sicherer Entfernung und registrierte, wo sie abbogen und wohin sie ritten. Auf dem verwitterten Schild las er die gelben Buchstaben: „Schusters Hundehof". Diesen Ort würde er sich merken, hierher würde er sicher noch einmal zurückkehren. Angenervt und schlecht gelaunt radelte er zum Auto auf dem Großraumparkplatz in der Esenser Innenstadt.

Es wurde bereits dunkel, als er in Oldenburg ankam. Er schloss die Tür auf, schleuderte die Schuhe in den Flur und zog die Lanze aus der Jacke. Mit einer kurzen, blitzschnellen Armbewegung warf er sie auf die hölzerne Wohnzimmertür mit dem Pferdeposter und traf das Pferd auf dem Bild genau zwischen die Augen. Seine Wut hatte sich immer noch nicht gelegt. Aus der Kühlschranktür nahm er ein Bier und aus dem Gefrierfach die eiskalte Ouzoflasche. Die Tür schmiss er mit dem Ellenbogen zu, woraufhin die Kühlung ansprang.

Er lümmelte sich in den alten Sessel und legte die Füße auf den kniehohen Couchtisch. Das Bier schmeckte mit der richtigen Temperatur herrlich bitter. Zischend setzte er ab, griff die Fernbedienung und zappte sich durch die ebenso zahlreichen wie überflüssigen Fernsehprogramme. Während er aufstand und von dem kleinen Bord ein Schnapsglas holte, lief eine Dokumentation über die ostfriesische Küste. Und als er den Ouzo eingoss, sah er Luftaufnahmen von der Insel Wangerooge. Er war zufrieden mit sich: Er musste immer eine Perspektive haben, musste immer wissen, wie es weiterging, wohin er sich anschließend wenden würde. Erst Wangerooge, dann Esens. Der

Wurfpfeil steckte im E des Ortes, einen Zentimeter unterhalb der Küstenlinie in der Wandkarte. Nach der Insel würde er sich ganz auf die Gegend um Esens konzentrieren. Dort würde er als Nächstes zuschlagen, der Ort schien geeignet zu sein. Seine Recherche lief.

Er wählte seine Tatorte nach dem Zufallsprinzip. Etwas später startete er den Computer und gab den Ortsnamen und Schusters Hundehof ein.

Als es plötzlich klingelte, war er hellwach. Wer konnte das sein? Besuch erwartete er nicht. Er bekam nie Besuch und der seltene Kontakt zu den Kameraden lief nur über das Internet; ohne Gesichter, ohne reale Personen, nur über tote Briefkästen. Wer also könnte bei ihm klingeln?

Vorsichtig schlich er zur Tür, die Knarre in der Hand. Freiwillig und ohne Gegenwehr würde er sich nicht ergeben.

Er fluchte, als eine Diele im Flur knarrte und seine Anwesenheit verriet.

„Herr Mahluss? Sind Sie da?“ Eine freundlich, dunkle Stimme hallte im Hausflur wider.

„Hallo, Herr Mahluss?“

Wieso kannte der Störenfried seinen Namen? Er steckte die Knarre hinten in den Hosenbund und öffnete die Haustür einen Spaltbreit.

„Ja, bitte?“

Vor ihm stand der Schwarze von nebenan und hielt ein längliches Paket in den Händen. Er hatte ein breites Grinsen im Gesicht: „Ich bin Hans Akelo. Das ist vorhin hier für Sie abgegeben worden. Der Postbote hat es bei mir deponiert. Sie sind doch Herr Fritz Mahluss? An Ihrer Klingel steht nämlich noch kein Name.“

„Ja, ja“, erwiderte er etwas perplex. „Vielen Dank!“ Er nahm das Paket und zog schnell die Tür zu. Beim

Schütteln des Paketes verriet ihm das metallische Klirren, dass er wieder genug Materialnachschub zur Herstellung der Lanzenspitzen hatte.

10

Esens-Osthörn

„Tee?" Nina füllte den Wasserkocher, als Gerrit nickte. Sie hatte ihn kurz vor Mittag aus dem Krankenhaus abgeholt und nach Hause gefahren.

Kerkhoff zog die Jacke aus und hängte sie an die Garderobe. Die kleine Reisetasche stellte er auf die Holztreppe, um sie später mit hochzunehmen. In der Küche holte er die Teetassen aus dem Schrank und deckte den Tisch.

„Was wollen wir heute Abend essen?", fragte Nina, „Fisch vielleicht?"

Gerrit überlegte: „Hm, ja, warum nicht. Ich habe noch Kabeljau im Gefrierschrank, der ist heut Abend aufgetaut." Mittwochs kaufte er immer Fisch auf dem Esenser Wochenmarkt. Vor der Fahrt ins Büro machte er daher einen Abstecher zu dem Platz neben der St. Magnus Kirche und kaufte ein. Da er den Fisch tagsüber im Auto liegen lassen musste, deponierte er alles in einer kleinen Kühlbox. Die hatte er im März vor einem Jahr auf dem großen, schon legendären Flohmarkt der Esenser Förderschule, Ninas Nachbarschule, gekauft. So blieb alles schön frisch.

„Okay, dann kommst du in den Genuss meiner Kochkunst. Kabeljaufilet, Kartoffeln und Salat", sagte Nina. Sie goss den Tee ab und schenkte ein. Schon nach der zweiten Tasse ließen Gerrits unterschwellige Kopfschmerzen nach.

„Hast du schon angerufen, dass du morgen nicht zur Arbeit gehst?"

„Na ja, eigentlich könnte …“, setzte Gerrit an, doch Nina unterbrach ihn sofort: „Eigentlich könntest du morgen wieder hingehen oder was wolltest du sagen? Kommt gar nicht in die Tüte! Für morgen bist du noch krankgeschrieben!“

Zur Entgegnung hatte Gerrit bereits Luft geholt, doch Nina war so bestimmt aufgetreten, dass er nicht widersprach. Und wenn er es sich recht überlegte, passte ihm ein weiterer Tag Auszeit ganz gut. Gegen 10 Uhr sollte nämlich die Sitzung mit dem Leiter der Dienststelle, seinem direkten Vorgesetzten, stattfinden: Kerkhoff sollte sich einen Anraunzer wegen dem angeblich fahrlässigen Verlust seiner Dienstwaffe beim letzten Mordfall abholen.

Er setzte die dritte Tasse an. Drei Tassen sind Ostfriesenrecht, dachte er. Das heiße Getränk rann seinen Schlund herunter und verbreitete wohlige Wärme. Er griff zum Anzeiger für Harlingerland und las zunächst lediglich die Überschriften. Auf der letzten Seite entdeckte er die Todesanzeige eines früheren Fußballkollegen. Mit starrem Blick ließ er die letzten Jahre vor seinem inneren Auge Revue passieren – die Zeit verging wie im Fluge und je älter er wurde, desto schneller verrann sie.

„Du“, Nina riss ihn aus den Gedanken, „morgen hab ich wegen der Praxistage meiner Klasse erst zur vierten Stunde Unterricht. Und da habe ich mir gedacht … oder bist du noch zu krank?“ Vielsagend lächelt sie Gerrit an und rückte näher an ihn heran. „Oder sollen wir gar nicht erst bis heute Abend warten?“

Gerrit legte die Zeitung weg, nahm Ninas Kopf in beide Hände, küsste sie lang und innig. Mit der rechten Hand öffnete er ihre Bluse …

Buenos Aires 1976

„Nichts. Sie sagen nichts", erzählte Isabels Mutter resigniert. „Oder sie erzählen so einen Mist, Miguel wäre mit einem Mädchen auf und davon. Hätte sie geschwängert und säße jetzt in den USA!"

Sie schüttelte den Kopf. „Die Polizisten wollen uns verhöhnen. Unsere Angst und Trauer ist ihnen nicht genug; nein, sie erzählen uns auch noch diesen Schwachsinn!"

Sie setzte sich auf den alten, knarrenden Küchenstuhl und wirkte noch einmal um Jahre gealtert. „Aber wir sind nicht alleine. Wir sind nicht die Einzigen, die nachfragen!", fuhr sie fort. „Auf den Polizeiwachen gibt es lange Schlangen von Menschen, meistens Mütter, die ihre Kinder suchen; Söhne und Töchter, die genauso wie Miguel verschwunden sind. Kein Hinweis, keine Spur! Die Familien wissen nichts, wissen nicht, ob sie tot sind oder noch leben …

Desaparecidos sind sie, Verschwundene!"

Eine Träne fiel aus ihrem Auge. Für einen kurzen Moment hielt sie den Kopf gesenkt. Dann richtete sie sich auf und Isabel hörte die kräftige, entschlossene Stimme ihrer Mutter: „Heute Abend ist eine Versammlung von Frauen in der Kirche Santa Cruz." Sie blickte Isabel an: „Dort, wo ich mit dir vor einigen Wochen die Kerze für Miguel angezündet habe."

„Ich weiß, Mutter. Aber ist es nicht gefährlich?", fragte Isabel. „Die Soldaten sind überall. Die machen vor nichts halt! Das sind Faschisten, das sind Schweine!"

„Natürlich sind das Schweine. Du hast recht. Aber sie werden noch einen Funken Anstand haben und eine heilige

Kirche respektieren." Luizas Augen blickten die Tochter furchtlos an. „Und uns Frauen werden sie nichts tun, hier in Argentinien herrscht immer noch der Machismo: der überhebliche Männlichkeitswahn. Dennoch gelten bei diesem reaktionären, traditionellen Gehabe der Dreibeine, dass sie eine gewisse Ehrfurcht, eine Spur Respekt vor uns Frauen und Mütter haben."

Gebannt hörte Isabel der Mutter zu – allein ihr fehlte der Glaube!

11

Wangerooge/Ostende – Salzwiesen

Mehrere Wochenenden hatte Fritz Mahluss nun bereits auf Wangerooge verbracht. Um möglichst unentdeckt zu bleiben, war er entweder in aller Herrgottsfrühe oder spät am Abend auf die Weiden im Osten der Insel gegangen. Dabei schlug er immer unterschiedliche Wege ein. Mit einem am Hafen geklauten Fahrrad befuhr er beim ersten Mal den Ostgroderdeich, der um den Ostinnengroden mit den Viehweiden und dem Landeplatz führt. Der unangenehme Ostwind blies ihm entgegen und machte das Treten schwer. Doch von dieser erhöhten Position hatte er einen guten Überblick über die Landschaft bis hin zur Dünenkette an der Nordseite Richtung Strand. Die Fahrt ging am Pumpenhaus der Kläranlage vorbei ostwärts. Doch sein Ziel waren nicht die Sandablagerungsflächen ganz am Ostende. Er wollte zu den einsam gelegenen Viehweiden im Bereich der Salzwiesen. Dort hatte er eine kleine Herde von acht Pferden ausgemacht. Die Tiere setzten die Insulaner auf der autofreien Insel zu Transportzwecken ein oder vermieteten sie als Reitpferde.

Ihm war es gelungen, die Tiere anzulocken und an seine Anwesenheit zu gewöhnen. Durch die mitgebrachten Leckerlis wurden sie zutraulich und kamen gemächlichen Schrittes auf ihn zu, wenn er sie mit leisen Pfiffen anlockte. Die gefleckte, trächtige Pintostute war allerdings noch immer sehr vorsichtig und lief abwartend nervös auf und ab, wenn er ihr harte Brötchen oder Möhren hinhielt. Sie sollte sein erstes Opfer sein, er würde ihr die Arroganz schon austreiben, das stand für ihn fest. Die Unnahbaren, die Hochnäsigen waren von je her seine bevorzugten Opfer.

Nach etlichen Folgebesuchen wurden die Pferde noch zutraulicher. Er wagte es jetzt sogar, nachdem er sich immer wieder vergewissert hatte, dass er nicht beobachtet wurde, sich auf die Weide zu begeben. Unaufhörlich redete er mit sonorer Stimme beruhigend auf die Tiere ein, während sie ihm langsam folgten. Schließlich gelang es ihm sogar, den gebisslosen Kappzaum anzulegen. Er streifte das Stallhalfter den Tieren nacheinander über den Kopf und verband es mit einem Panikhaken am Führstrick. So dirigierte er sie auf der Weide hin und her. Die Pferde schienen es gewohnt zu sein, mit dem Strick zum Putzen oder zur Hufpflege angebunden zu werden.

Nach einiger Zeit löste er den Anbindeknoten und ließ die Pferde mit einem Klaps wieder frei. Diese Prozedur wiederholte er mehrmals. Er hatte sein Ziel erreicht, die Pferde fassten Zutrauen zu ihm. Am nächsten Samstag würde er losschlagen.

In seiner Deckung hinter einem Busch packte er die Utensilien in den Rucksack und machte sich anschließend in Richtung Strand auf. Der sandige Weg schlängelte sich durch Sanddornsträucher und schief gewachsene Krüppelkiefer. Ein leichter Wind blies ihm entgegen. Er hielt sich nah am Wassersaum, wich kurz den Burgen und Kanälen, die Kinder im Sand gebaut hatten, aus und blickte hin und wieder auf die ruhige See. Am Horizont fuhren Segelboote, Kutter und große, hochgeschossige Containerschiffe.

In weitem Bogen lief er über die Strandpromenade zurück zum Dorf. Durch die Flaniermeile Zedeliusstraße im Zentrum von Wangerooge gelangte er schließlich zum Bahnhofsgebäude. „Kehre wieder“, las er über der Uhr im Frontgiebel. Das würde er machen, sagte er sich, sehr bald sogar.

Mahluss hielt sich links, stieg in die Bahn und fuhr zur Fähre. Er setzte sich in einer windgeschützten Ecke auf eine der gelben Sitzbänke an Deck und wartete aufs Ablegen. Eine Schulklasse hatte ihren Spaß beim Füttern der Möwen, die die Brotreste mit ihren spitzen, kräftigen Schnäbeln aus den Fingern der Jugendlichen stibitzten. Zum Dank gab es den gezielten Schiss einer Silbermöwe, der unter dem Gejohle der Schüler ihren Lehrer an der Baseballkappe und am Kragen traf. Ein Matrose machte dem Spektakel schließlich ein Ende.

Während des Einlaufens in den Harlesieler Hafen scannte er mit zusammengekniffenen Augen die örtlichen Gegebenheiten. Die Fahrt ging wegen der einsetzenden Ebbe und dem geringen Tiefgang nur schleppend an den mit Steinen befestigten Buhnen vorbei.

Am gegenüberliegenden Ufer lag das Versorgungsschiff Harle-Gatt mit geöffneter Rampe an der Pier. Etwas weiter fand er, was er suchte: vier im Wasser dümpelnde Motorboote. Während die restlichen Fahrgäste in Windeseile ihren Pkws zuströmten, bog er links ab und schlenderte an der Kaimauer entlang. Man hätte ihn für einen Touristen halten können.

Er hatte den Liegeplatz nun erreicht. Ganz außen lag ein blaues Kajütboot, das genau seinen Vorstellungen entsprach. Er kramte sein Handy hervor und machte unauffällig einige Fotos. Dann drehte er bei, lief über das Pflaster zum Fahrradstand und öffnete das Schloss.

Mit Rückenwind befuhr er die Straße Am Harlesiel, die später in die Schleusenstraße mündete. Von der Bahnhofsstraße gelangte er nach einer Kurvenfahrt in die Wittmunder Straße. Vor der Buchhandlung stand sein Golf; er öffnete die Heckklappe, spannte das Vorderrad mit den Schnellspannverschluss aus und legte das Fahrrad diesmal auf die umgeklappten Sitze seines Autos, denn den Radträger hatte er zu Hause gelassen.

12

Polizeiinspektion Wittmund

Nach einer Woche Schonfrist betrat Gerrit Kerkhoff sein Wittmunder Büro. Die Kollegen begrüßten ihn herzlich. Er freute sich, dass er wieder an Bord war.

„Na, alles klaro?“ Czerlikowski stürmte herein. „Schön dich zu sehen!“

„Grüß dich“, erwiderte Kerkhoff, drehte den Stuhl und sah seinen Kollegen an. Der war zwar adrett gekleidet, wirkte aber etwas unausgeschlafen: schwarze Ränder um die Augen, unrasiert ... anders als gewohnt.

„Haste den Gang nach Canossa schon hinter dir?“ Czerlikowski schaute gar nicht auf, sondern setzte sich mit der Zeitung vor Augen hin.

„In einer halben Stunde soll ich antanzen.“ Kerkhoff spielte den Coolen, doch innerlich fragte er sich schon, welche disziplinarischen Konsequenzen sein Lapsus mit der Waffe haben würde. Er blickte seinen Kollegen an. Irgendetwas stimmte nicht, das war deutlich zu spüren.

„Kaffee?“

„Hmm?“ Czerlikowski registrierte die Frage gar nicht. Immer noch blickte er in die Zeitung.

„Ob du auch einen Kaffee willst?“ Kerkhoff sprach deutlich lauter als bei der ersten Frage.

„Wie? Ja, bitte!“, murmelte Czerlikowski abwesend.

„Dann musst du dir einen machen“, sagte Kerkhoff. Sein Kollege hörte gar nicht zu, da konnte er sagen, was er wollte.

„Schwarz, zwei Stück Zucker!“, murmelte Czerlikowski, als Kerkhoff durch die Tür verschwand.

Gerrit schlurfte über den Flur und betrat das Sekretariat.

„Moin“, sagte Marike und schenkte Kerkhoff ein strahlendes Lächeln. „Wieder auf dem Damm?“

„Jo, weißt ja: Unkraut und so …“. Kerkhoff lächelte zurück. „Hast du mal zwei Kaffee für uns? Czerlikowski scheint noch dringender einen zu brauchen als ich.“

„Hör bloß auf“, sagte Marike, „da ist schon seit Tagen Dampf in der Bude: So schlecht gelaunt habe ich ihn noch nie gesehen.“

„Hat er Probleme mit der Obrigkeit?“, bohrte Kerkhoff erstaunt nach und fragte sich, ob er wohl nicht der Einzige war, der Dunst von oben bekam.

„Viel schlimmer“, bemerkte Marike. Eine kleine, bedeutungsschwangere Pause entstand, als sie von ihrem Stuhl aufstand und Kaffee in die Becher schenkte.

„Schlimmer? Mach's nicht so spannend. Nun erzähl schon“, meinte Gerrit genervt. Die ließ sich ja alles aus der Nase ziehen, dachte er ärgerlich.

„Naja, soviel ich gehört habe“, begann Marike ihren Informationsdienst und sie begann immer mit der absichernden Einschränkung ‚soviel ich gehört habe‘! „Stunk zu Hause! Volle Elle!“

„Bei Czerlikowski, unserem Primus?“ Kerkhoff blickte die Sekretärin erstaunt an. Für ihn war sein Kollege immer ein Vorbild an Korrektheit, fast schon pedantisch, ohne Fehl und Tadel: im Dienst und privat! Und jetzt so etwas!?

Wissend zog Marike die Augenbrauen hoch und runzelte die Stirn: „Ich will nichts gesagt haben!“ Sie schob den Zuckertopf zu Kerkhoff herüber.

„Nee, lass mal! Schwarz." Gerrit Kerkhoff fasste die beiden Kaffeepötte, ging mit einem kleinen Nicken zur Tür, öffnete den Spalt mit dem Fuß und rief dann: „Danke!"

„Gerne!", flötete Marike, wobei er nicht wusste, ob sie das auf den Kaffee oder auf die geheime Information über Czerlikowski bezog.

Während er über den Flur zurückschlurfte, dachte er über diesen nett gemeinten Ausdruck „Gerne!" nach. Hatte Marike einen Kommunikationskurs absolviert? Diese kleine Bemerkung drückte zwar einerseits eine angenehme Freundlichkeit aus, nutzte sich andererseits doch ziemlich ab, fand er: Es war mittlerweile von allen Mitarbeiten der Telefonhotlines am Schluss eines Gesprächs zu hören, wenn man sich für die Auskunft und die Mühe bedankte; sei es bei dem Service der Telefongesellschaft, wenn man überhaupt durchkam, bei der Versicherung, der Sparkasse oder sonst wo: „gerne!", „gerne doch!" oder als Steigerung: „sehr gerne, Herr Kerkhoff!"

Gerrit Kerkhoff grüßte einen Kollegen, der schnell mit Akten unter dem Arm vorübereilte. Kurz bevor er die Tür zu seinem Büro öffnen wollte, rief die Sekretärin über den Flur: „Gerrit, der Termin beim Chef hat sich verschoben! Du sollst eine Stunde später kommen!"

Hauptkommissar Kerkhoff guckte grimmig beim Wort Chef aus der Wäsche! Chef! Er hatte keinen Chef, er kannte nur einen Dienststellenleiter und der leitete die Dienststelle genauso wie ein Zitronenfalter Zitronen faltete. Uralter Witz, aber der traf den Kern. Er wollte soeben einen bitterbösen Kommentar loswerden: Musste der Büroschlaf verlängert werden oder

Ähnliches? Doch dann besann sich Kerkhoff plötzlich, glättete seine Stirn und antwortete lächelnd: „Gerne!“

Noch bevor Kerkhoff die Tür zu seinem Büro öffnen konnte, kam Staatsanwalt Hajo Nordbeck um die Ecke. Kerkhoff bemerkte ihn erst, als der ihn auch schon anfrotzelte: „Na, voll bewaffnet?“ Der Staatsanwalt hätte die vollen Kaffeetassen meinen können, aber Gerrit Kerkhoff wusste, dass er süffisant auf den Verlust seiner Dienstwaffe anspielte.

„Ja, ja. Du mich auch!“ Den Ton konnte sich nur Kerkhoff gegenüber Nordbeck erlauben, kannten sie sich noch aus der Schulzeit. Ohne weiteren Kommentar schob der Hauptkommissar ab in sein Büro, während er vom Flur noch das Lachen Nordbecks vernahm.

Das scheint ja Gesprächsthema Nr. eins zu sein, dachte Kerkhoff.

13

Harlesiel-Wangerooge/Ostende

Das Motorboot hatte er schnell geknackt. So früh war noch alles ruhig. Fritz schmiss den Rucksack auf den hölzernen Boden, löste die blaue Persenning an den Druckknöpfen und schlug sie zurück. Ein leichter Dunstschleier zog über das Wasser, der zwar die Sicht und Orientierung etwas erschwerte, aber gleichzeitig Schutz vor neugierigen Blicken bot. Die glatte See kräuselte sich nur dort, wo der leichte Wind eine kleine Angriffsfläche fand. Fritz orientierte sich am Steindamm, der die Fahrtrinne durch das Watt markierte. Die leichten Wellen, die die Fahrt des Bootes verursachte, glitten keilförmig nach hinten zur Seite weg und breiteten sich ölig aus. Nur direkt am Heck schlug die Schraube das Wasser schaumig. Als Ziel steuerte er das Ostende Wangerooges an.

Aber er war weit davon entfernt und die Sicht gab die Insel nicht frei. Entgegen dem Wetterbericht setzte sich die Sonne noch nicht durch; im Gegenteil, je weiter er rausfuhr, desto schlechter wurde die Sicht. Um die richtige Richtung beizubehalten, steuerte er dichter an den Steindamm heran. Es herrschte eine gespenstische Ruhe. Selbst die Seevögel schienen beeindruckt zu sein; nur hin und wieder hörte man das Pfeifen eines Austernfischers.

Plötzlich knirschte es leise und die Fahrt verlangsamte sich. Fritz Mahluss fluchte. Sollte er sich festgefahren haben? Er ließ den Motor aufheulen und versuchte sich rückwärts aus dem Dreck zu ziehen. Zunächst schlugen seine Bemühungen fehl. Erst als er sich mit dem Bootshaken und dem Paddel aus dem Gefahrenbereich herausstaken konnte, schwamm das Boot wieder frei. Fritz hielt nun ausreichend Abstand zum Damm. Nach endloser Fahrt glaubte er, das Ostende Wangerooges erreicht zu haben.

Hier wollte er sich trocken fallen lassen. Er verknotete ein Tau am Bug des Bootes und schmiss den Anker über Bord. Die nieselige Luft kroch ihm in die Klamotten. Ein frostiger Schauer lief ihm über den Rücken. Von wegen Sonne. Er verfluchte den ungenauen Wetterbericht.

Fritz kroch unter die Persenning, griff in den Rucksack und holte den Proviant hervor. Mit dem Messer pellte er die Wurst ab, biss ein Stück trocken Brot ab und streckte die Beine aus.

So weit, so gut, dachte er.

Nachdem er ein weiteres Brot verzehrt hatte, packte er alles in den Rucksack zurück. Anschließend ordnete er die Waffen.

Nach einiger Zeit ließ ihn ein leichtes Schaukeln des Bootes aufmerken. Vorhin war die See noch ganz ruhig gewesen, nun schien leichter Seegang eingesetzt zu haben. Er kletterte nach draußen und stellte verblüfft fest, dass der Seenebel sich verzogen hatte. So schnell, wie er gekommen war, war er wieder verschwunden.

Die Zeit verging schleppend. Fritz döste den Großteil des Tages vor sich hin. Den Nachmittag verschlief er komplett in der Kajüte.

In dieser Zeit, in der er sich unter Deck befand, hatte sich das Wetter total geändert. Ein leichter Seewind kroch nun über das glänzende Watt, im Westen über der Insel senkte sich die Sonne wie auf einer kitschigen Postkarte.

Fritz Mahluss sehnte die Nacht herbei, da er fürchtete, zu früh entdeckt zu werden. An Schlaf war nicht zu denken, zu aufgedreht war er. Erst gegen Mitternacht dämmerte er im Halbschlaf dahin. Einige Stunden später erwachte er durch das Grunzen der Robben, die sich zahlreich auf der nahen Sandbank eingefunden hatten. Das Motorboot neigte sich leicht bei seinen Bewegungen, als er aufstand. Aus der Hosentasche kramte er den gläsernen Flachmann, den er ansetzte. Der Inhalt rann brennend seinen Schlund hinunter, füllte den Magen zunächst mit einem unangenehmen Druck und dann mit wohliger Wärme. Die leere Flasche pfefferte er mit Schmackes weit ins Watt hinein. Mit dem Handrücken fuhr er sich über den Mund und die Bartstoppeln.

Die einsetzende Morgendämmerung gab ihm das Zeichen zum Aufbruch. Es war Ebbe. Das Boot lag nun leicht schräg auf dem Meeresboden.

Mit geschultertem Rucksack sprang Fritz über Bord, ließ seine Schuhe am Rucksack baumeln und lief barfuß durch den schmatzenden Schlick. Das glibberige Watt drückte sich bei jedem Schritt durch alle Zehen.

Die Stirnlampe erhellte mit schwachem Licht den Weg. Das Watt war an dieser Stelle nicht sehr tief, so sank er lediglich bis zu den Knöcheln ein. Am Anfang des Priels sackten seine Beine allerdings tiefer und verfärbten sich bis zu den Knien. Die aufgekrempelte Hose blieb aber trocken.

Der Wind hatte zugenommen und strich kühl um die nassen Hautflächen. Er fröstelte. Am anderen Ufer des Priels hatte er im sandigen Grund einen flacheren Stand, hier spülte er sich die Beine sauber.

Er sah sich um. Alles war ruhig, keine Menschenseele unterwegs.

Der Wind hatte weiter aufgefrischt und trieb die Wolken vor sich her. Es wurde ungemütlicher.

Als er die Insel erreichte, nieselte es bereits. Sie lag noch im Tiefschlaf. Die ersten Vögel waren allerdings schon erwacht und begannen zu piepen und pfeifen.

Die Idylle würde nicht lange halten; dafür würde er bald sorgen. Mit schnellen, kleinen Schritte kam er gut voran und erreichte ungesehen den Ausgangspunkt für seine Operation. Er verschwand in der kleinen Baumgruppe, in der die dichtgewachsenen Büsche ringsum guten Sichtschutz boten.

Fritz Mahluss pumpte den Sauerstoff der salzhaltigen Nordseeluft in seine Lungen. So langsam merkte er sein Alter. Alles fiel ihm schwerer als früher. Er brauchte einige Zeit, um sich von der Anstrengung zu regenerieren.

Er setzte sich auf einen Baumstumpf und zog den Rucksack nach vorn. Er öffnete die Lasche und fischte die Lanzenspitze und den Verlängerungsstiel heraus. Beides schraubte er zusammen und legte die Lanze mit den Halftern und Seilen zur Seite. Nun zog er den dunklen Maleroverall, an dem die Hosenbeine gekürzt waren, aus der Schutzhülle und streifte ihn über. Der Plastikanzug sollte ihn vor den Blutspritzern schützen und möglichst keine Faser- oder sonstigen Spuren hinterlassen. Er bot zudem eine gute Tarnung und ließ sich hinterher gut entsorgen.

Fritz schloss die Lasche am Rucksack, den er im Gehölz versteckte. Die Handfeuerwaffe verschwand in einem Holster. Sie war sowieso nur für Notfälle vorgesehen.

Er stand auf und sah sich sichernd nach allen Seiten um. Er konnte das Gelände gut überblicken. Niemand würde ihn überraschen, es war immer noch alles friedlich. Auch er selbst war äußerlich nun ganz ruhig.

Tu es! Tu es jetzt!

Er lief los, lief schneller als er wollte. Der Jagdtrieb hatte ihn gepackt.

Tu es!

Ja, er würde zuschlagen. Endlich konnte er sich wieder austoben.

Fritz sah die Pferde dicht beieinanderstehen, das Hinterteil in den Wind gedreht. Ein Tier lag daneben im Gras. Sie hatten ihn bereits bemerkt und liefen zum Gatter, das sie gleichzeitig mit ihm erreichten. Er keuchte heftig, als er hinüberkletterte.

14

Landstraße Wittmund Esens

Hauptkommissar Czerlikowski saß hinter dem Steuer seines Passat-Variantes und befuhr die Landstraße in Richtung Esens. Der ganze Vormittag war an ihm vorbeigerauscht, ohne dass er auch nur ansatzweise wahrgenommen hatte, was um ihn herum geschah.

Nur am Rande hatte er das Fluchen und den Bericht seines Kollegen Kerkhoff verfolgen können, der sich vom Dienststellenleiter wegen des Dienstvergehens einen einschenken lassen musste. Kerkhoff hatte mächtig herumgemault und sich über die Schnarchsäcke, wie er die Vorgesetzten nannte, mit einem Sermon von Schimpfwörtern ausgelassen. Sein Kollege hatte zwar recht, fand Czerlikowski, aber wie bei allen anderen Gesprächen, hörte er heute gar nicht richtig hin. Dumpf hatte er in die Zeitung oder auf die Tasse Kaffee geblickt. Daneben erledigte er mechanisch die anstehenden Berichte, wobei er sich mehrfach unkonzentriert vertippte. Dann hatte er sich krankgemeldet, das erste Mal seit Jahren, und in sein Auto gesetzt, um nach Hause zu fahren.

Das war es also gewesen. Aber es hatte ja so kommen müssen. Immer wieder diese Streitereien, Tränen, Schreie … Sie würde dieses Leben nicht mehr aushalten, hatte sie geschrien, diesen Job, diese unzähligen Überstunden; und sie wusste sowieso nicht, ob er mit seinem Beruf oder mit ihr verheiratet wäre usw.

Und Miriams Schulprobleme würden ihn auch nicht interessieren, alles müsse sie alleine entscheiden und alleine machen. Nie war er da, wenn er gebraucht wurde.

Und dann war sie einfach gegangen: Seine Frau hatte ihn verlassen und war zu Wolfgang Frieling gezogen, diesem Bruchpilot.

Ein lautes Hupen riss Czerlikowski aus seinen Gedanken. Während der Fahrt war er immer langsamer geworden. Hinter ihm bildete sich eine lange Schlange nervöser Autofahrer, die schnell nach Hause wollten, aber wegen des starken Gegenverkehrs nicht überholen konnten. Als sich dann doch eine Lücke ergab, zogen zwei Autos an ihm vorbei. Der letzte Fahrer zeigte ihm einen Vogel. Er zog einen Pferdeanhänger hinter seinem alten Mercedes Benz. Waghalsig scherte er mit dem Gefährt wieder in die Fahrspur, denn von vorn tauchte ein beladener Lastkraftwagen auf.

Verrückt, mit zwei Pferden so ein Manöver zu fahren, dachte Czerlikowski. „Reiterferien in Ostfriesland und www.Reiterhof-Bloempott.de', las er laut die Aufschrift an den Schotten des Anhängers. Typisch Gerd Bloempott, dieser arrogante Hund. Czerlikowski kannte ihn gut: Er war der Vorsitzende des Reitvereins und Reitlehrer seiner Tochter gewesen, bis es diese Gerüchte gab. Dass er die Mädchen unsittlich angefasst hatte, konnte man ihm nicht nachweisen, aber ganz koscher war dieser Kerl nicht. Miriam hatte auch nie etwas gesagt und auch auf eine direkte Ansprache hatte sie diese Übergriffe verneint. Czerlikowski hatte keinen Grund, seiner Tochter nicht zu glauben, dennoch: Den Kerl konnte er nicht leiden.

Und mir den Vogel zeigen, darüber werden wir uns sicher noch einmal unterhalten, nahm er sich vor.

Czerlikowski beschleunigte wieder. Nach zweihundert Metern bog er auf einen Parkplatz ab und kurbelte das Fenster herunter. Er brauchte Luft, er musste wieder klar werden.

Aber statt frischer Nordseeluft drang penetranter Güllegestank in den Wagen.

So eine Scheiße, dachte er, was für ein beschissener Tag.

Er blickte durch die Beifahrerscheibe und entdeckte auf dem benachbarten Feld eine Zugmaschine mit riesigem Gülletank. Die schwarzbraune Suppe ergoss sich mit einem mächtigen Schwall in hohem Bogen auf die Wiese.

Offiziell hieß dieser stinkende Stoff organischer Dünger, aber letztlich handelte es sich doch nur um ganz normale Scheiße, dachte Czerlikowski. Das war Scheiße, roch nach Scheiße und sah nach Scheiße aus. Und es kennzeichnet genau seinen Gemütszustand! Wie würde es jetzt weitergehen?

Bevor er das Fenster wieder hochfuhr, spuckte er in hohem Bogen nach draußen. Dann setzte er seine Fahrt fort.

Zuhause fuhr er den Wagen nicht in die Garage, sondern ließ ihn auf der Auffahrt stehen und verriegelte mit der Fernbedienung die Türen.

Warum war die Haustür verschlossen, warum machte Miriam nicht auf? Nach kurzem Suchen fand er in der rechten Hosentasche den Schlüssel. Im Flur schmiss er die Tasche unter die Garderobe auf den Boden und ging in die Küche.

„Miri? Miriam?“ Seine Tochter war ebenfalls ausgeflogen. Er setzte sich auf den knarrenden Küchenstuhl an den Tisch und stützte seinen Kopf in beide Hände.

Plötzlich nahm er dieses bleierne Gefühl von trostloser Einsamkeit wahr, das sich im ganzen Haus ausbreitete. Es war still – totenstill.

15

Weide/Wangerooge

Fritz Mahluss holte tief Luft. Er nahm den typisch süßlich herben Pferdegeruch wahr, mit dem Hauch Ammoniak und dem intensiven Duft des frischen Strohs vom Unterstand. Seine ausgestreckte, flache Hand fütterte die Pferde, er klopfte ihnen den Hals und legte die stabilen Lederhalfter an.

An den Führstricken brachte er die Tiere weiter in die Weide und band einigen von ihnen Fußfessel an. Diese Bewegungseinschränkung verhinderte, dass die Pferde flüchten konnten. Gutmütig, wenn auch ängstlich, ließen die Tiere ihn gewähren. Nur die gescheckte Stute benahm sich störrisch. Er war aber dicht genug dran, um ihre Beine mit einem Lasso zu fixieren, was aber nicht verhinderte, dass sie kerzengerade hochstieg.

Tu es, dröhnte es wieder in Fritz' Kopf. *Tu es!*

Ganz langsam und vorsichtig griff er die verlängerte Lanze. Nun lief alles automatisch ab. Jetzt keuchte er nicht mehr von der Anstrengung des Laufens, sondern vor Erregung: Das Adrenalin strömte.

Tu es!

Fritz setzte gezielt den ersten Stich in den Hals der Pintostute. Das Blut spritzte pulsierend aus der Ader, während die Stute urplötzlich wieder stieg, dann mit den Vorderbeinen auf den Boden krachte und an der rechten Hinterhand einknickte. Fritz war sofort zur Stelle und setzte die Lanze noch einmal an. Vor Schmerz gelang es dem Pferd, sich noch einmal zu drehen, wobei sie, wenn auch nur mit halber Kraft, ausschlug und Fritz mit der Hufkante am Bein traf. Humpelnd, aber voll hochgepuscht, warf er sich gegen das Pferd und machte der Stute mit dem Langmesser den Garaus. Er hatte seinen Kick. Endlich floss wieder Blut. Er wollte dieser Tat seinen Stempel aufdrücken und setzte bei dem seitlich weggekippten Pferd, das sich noch so verzweifelt wie vergeblich bemüht hatte, auf die Beine zu kommen, den Bauchschnitt an.

Erst jetzt, während das Pferd im letzten Lebenskampf am ganzen Leib zuckte, registrierte er die eigene Verletzung am Bein. Aus dem rechten Hosenbein des Overalls floss etwas Blut. Fritz fluchte. Das passte ihm überhaupt nicht in den Kram. Schnell fischte er nach seinem Taschentuch, zerteilte es zu einem langen Streifen und zog vorsichtig die Hose hoch. Das Bein war angeschwollen und die Haut an einer Stelle leicht aufgeplatzt. Er wickelte den Stoff vorsichtig um die Wunde, stillte die Blutung und steckte das Ende fest. Am Hosenbein war nur ein kleiner Fleck zu sehen.

Fritz musste weitermachen und sein Werk schnell vollenden, wenn er sich nicht erwischen lassen wollte. Er biss die Zähne zusammen und wandte sich den anderen Tieren zu. Mit einem Seitenblick sah er noch, wie die Stute langsam ausblutete, die Zunge weit aus dem Maul streckend. Das laute Schnauben erstarb und wich einem leisen stotternden Röcheln. Die Nüstern blähten nur noch leicht auf.

In seinem Blutrausch hätte Fritz fast übersehen, dass sich bei einem Pferd die Hobbles, die Fußfessel, gelöst hatte; er griff zur Schusswaffe und drückte ab. Trotz aller Aufregung hatte er darauf geachtet, dass das Tier nicht tödlich getroffen, sondern nur so schwer verletzt wurde, dass es nicht weiter flüchten konnte. Das Pferd knickte mit den Vorderläufen ein und blieb mit dem Kopf im Gras stecken, während das Hinterteil noch aufrecht stand. Lautes Keuchen begleiteten die zuckenden Atemstöße: Dieses Tier konnte ihm nicht mehr entkommen. Daher griff Fritz die Lanze und rannte trotz seines verletzten Beins auf seine nächsten Opfer zu.

Tu es! Tu es!

Er wütete wie ein Berserker.

Das letzte Pferd verletzte er schwer an der Halsschlagader. Zwar gelang es dem Tier, trotz der Fessel hoppelnd zu fliehen, aber er ließ es geschehen. Er wusste, es nützte dem Gaul gar nichts, denn von dieser Verletzung würde es sich nicht erholen. Das Pferd bewegte den Kopf mit weit aufgerissen Augen, in denen man das Weiße sehen konnte, und panischem Blick wild hin und her.

Mitten in der Raserei vernahm Fritz Mahluss das ferne Dröhnen eines Hubschraubers.

16

Kerkhoffs Büro

Gerrit Kerkhoff saß an seinem Schreibtisch und goss den letzten Schluck kalten Kaffee ein. Er schmeckte irgendwie bitter. Der Hauptkommissar schaute zur Uhr mit dem tickenden Sekundenzeiger. Mittag war grad vorbei und der Tag nahm kein Ende. Sein Blick fiel auf den leeren Platz seines Kollegen Czerlikowski. Der hatte sich einfach eine Auszeit genommen. Die erste seit sie zusammenarbeiteten, zumindest die erste, bei der er mitten am Tag aus der Arbeit ausstieg.

Kerkhoff überlegte, wie er reagieren sollte. Einerseits lagen Berge von Arbeit vor ihm, die er jetzt wohl erst einmal alleine bewältigen musste, wenn Czerlikowski länger fehlen würde. Anderseits ärgerte er sich über sich selber, da er seinem Kollegen wohl zu wenig Aufmerksamkeit gewidmet hatte. Er hatte es gar nicht mitbekommen, wie schlecht es ihm ging und Czerlikowski hatte auch nichts von seinen Schwierigkeiten rausgelassen, hatte nichts gesagt von den ehelichen Problemen, hatte alles in sich hineingefressen. Das kannte Kerkhoff, typisch Mann. Da wollte keiner sich bloßstellen und zugeben, dass das Leben ihm übel mitspielte, dass er sich in die Enge gedrängt fühlte und dass die eigene Lebenssituation ihm über den Kopf wuchs. Nein, Männer mussten alles selber klären, durften keine Schwäche zeigen. Kerkhoff glaubte, dass Frauen da mehr zuließen und sich eher Hilfe holten.

Vielleicht sollte er sich Zeit nehmen und mit seinem Kollegen mal wieder richtig einen zischen gehen. Mit einer erhöhten Promillezahl wuchs auch die Gesprächsbereitschaft bei Männern, manchmal allerdings auch ihre Stieseligkeit, das wusste Kerkhoff. Er hielt es trotzdem für eine gute Idee, denn er fühlte sich verpflichtet, sich jetzt um Czerlikowski zu kümmern. Da schien eine ganze Persönlichkeit ins Wanken geraten zu sein und er selber hatte davon nichts bemerkt, hatte sich vielmehr nur um seine eigenen kleinen Problemchen gekümmert, um die lächerliche Disziplinarmaßnahme, die drohend im Raum stand. Lächerlich, denn so ein Eintrag konnte in der Personalakte ein Ritterschlag sein; Kerkhoff legte keinen Wert darauf, angepasster, obrigkeitshöriger Staatsdiener zu sein: Scheiß drauf!

Er hatte sich entschieden: Czerlikowski anrufen und Whisky besorgen!

Er zückte sein Smartphone und checkte die Termine. Mist, dachte er. Er hatte Nina versprochen, heute Abend mit ihr ins Kino nach Jever zu fahren: „Ziemlich beste Freunde", ein göttlicher Film, wie Nina erzählte. Aber nun zählte die reale beste Freundschaft zu Czerlikowski.

„Du, es gibt ein Problem …", begann er das Telefonat mit Nina, die ihn aber sofort unterbrach: „Du brauchst nichts zu sagen: Du hast heute Abend keine Zeit, oder?"

„… es ist etwas Dringendes dazwischen gekommen", versuchte Gerrit zu erklären, worauf Nina kurz angebunden sagte: „Ja, natürlich. Es kommt immer etwas Dringendes dazwischen. Man darf sich eben nicht mit einem Bullen einlassen."

Gerrit wollte soeben entgegnen, „Czerlikowski, braucht meine … “, als er merkte, dass sie aufgelegt hatte. Einfach so, einfach aufgelegt. Sie schnitt ihm mitten im Gespräch das Wort ab und sie wollte noch nicht einmal den Grund erfahren. Kerkhoff war sprachlos. Er rief zurück, aber Nina war nicht zu erreichen: „The number you have called is temporary not available!"

Es war zum Kotzen. Manchmal gingen ihm Ninas Launen kräftig auf den Senkel. Kerkhoff griff nach der Wasserflasche, setzte sie an den Mund und nahm einen tiefen Zug. Zischend zog der Unterdruck Luft in die Flasche.

Buenos Aires 1976

Rechtsanwalt Rodolfo Fernandez hob die Augen, als Isabel eintrat.

„Guten Morgen", sagte er freundlich, stand auf und schob ihr einen Stuhl zurecht. „Bitte! - Es braut sich etwas zusammen!" Er hob die Augenbrauen und fuhr fort. „Mütter von verschwundenen Kindern organisieren sich. Das wird das Regime nicht ohne Weiteres hinnehmen!"

„Das fürchte ich auch. Meine Mutter ist übrigens mit dabei. Sie ist wild entschlossen und ich habe Angst um sie!" Isabel legt ihre Hände ineinander.

Der Rechtsanwalt drehte das Radio an. Wahrscheinlich dachte er, das Büro werde abgehört. Dann trat er nahe an Isabel heran und flüsterte ihr ins Ohr: „Es ist ein öffentliches Treffen, eine Demonstration geplant. Wir haben beratend zur Seite gestanden. Da es verboten ist, in Gruppen zusammenzustehen, werden die Mütter um die Plaza de Majo herumspazieren. Donnerstagnachmittag!" Er stockte und fuhr dann fort: „Als Erkennungszeichen tragen alle ein weißes Kopftuch!"

Er machte wieder eine Pause.

„Hoffentlich passiert nichts", sagte Isabel. Sie blickte Fernandez an, als könnte der Anwalt ihr die Befürchtung nehmen.

Stattdessen sagte er: „Ja, hoffentlich. Ich bin sehr besorgt. Aber ich kann die Frauen verstehen. Es rührt sich nichts, es gibt keine Anhaltspunkte, wo ihre Kinder sein könnten. Auch über Miguel erfahren wir nichts. Vielleicht ist diese

Demonstration der richtige Weg. Ich weiß es nicht. Es ist alles so fürchterlich und beängstigend."

Rodolfo Fernandez setzte sich wieder hinter den Schreibtisch und blickte aus dem Fenster: „Wann hört dieses Grauen auf, wann? Hört es jemals auf?"

Isabel registrierte den resignierten Ton in seiner Stimme.

„Auch wir werden massiv bedroht. Dass sie mir die Scheiben im Haus einwerfen, ist nur das geringste Übel." Er setzte die dicke Brille ab, legte sie auf die Schreibtischunterlage und rieb sich die Augen. Es entstand eine kurze Pause, in der jeder seinen Gedanken nachhing.

„Kann ich irgendetwas tun?", fragte Isabel schließlich mit einem Ton der Verzweiflung.

„Ja, das können Sie!" Der Anwalt sah sie an. „Sie können gut auf sich aufpassen. Versprechen Sie mir das!"

Isabel nickte.

17

Insel Wangerooge

Der Geruch von Pferdedung und -blut lag in der Luft. Einige der Gäule zuckten und führten einen letzten vergeblichen Lebenskampf, denn den schwer verletzten Tieren würden bald alle Lebensgeister schwinden. Da war er sich sicher.

Ein befriedigendes Gefühl breitete sich in ihm aus. Die letzten Spuren würde er schnell noch beseitigen, alle Waffen einpacken, und dann nichts wie weg hier. Fritz Mahluss fühlte sich gut und stark, nahezu übermächtig und unbezwingbar. Um die Aufklärungsarbeit der Polizei zu erschweren, wollte er schnell in absehbarer Zeit wieder zuschlagen. Die bereits ausgekundschafteten Plätze in Esens schienen ihm perfekt zu sein: Er würde der Stute auf der angrenzenden Weide oder gar direkt im Stall bei Schusters Hundehof einen Besuch abstatten. Und vielleicht könnte er die Besitzerin auch gleich … Die Bullen würden zwischen den Tatorten hin und her wirbeln müssen. Das bereitete ihm diebische Freude.

Das Dröhnen der Hubschrauberrotoren war plötzlich lauter geworden und verjagte jäh seine Gedanken. Er raffte die Sachen zusammen und ging am Unterstand der Pferde in Deckung. Er schwitzte und wollte endlich raus aus dem Plastikoverall. Die restliche Kleidung darunter klebte ihm am Leib, Schweiß suchte sich den Weg durchs Haar über die Schläfe und sein Atem ging schnell. Er sicherte sich zunächst mit einem

Blick über die Insel ab, dann schaute er in die Richtung, aus der das Dröhnen kam. Der Hubschrauber hatte als kleiner Punkt über dem Watt, etwa dort, wo er das Boot zurückgelassen hatte, in der Luft gestanden.

Wahrscheinlich war der Diebstahl inzwischen längst entdeckt worden. Somit konnte er den Fluchtweg zurück über das Wasser vergessen. Ursprünglich hatte er vorgehabt, wieder mit dem Boot in weitem Bogen zum Festland zurückzukehren. Musste er nun die normale Fähre nehmen? War das nicht zu riskant? Gab es dort an der Kartenkontrolle eventuell sogar Überwachungskameras? Während er die Fluchtmöglichkeiten abwog, sah er den Helikopter Kurs auf die Insel nehmen.

Sie werden den Fußspuren im Watt folgen und diese Linie verlängernd über die Inselweiden fliegen, dachte Fritz. Er schlich geduckt in den Verschlag. Durch einen Ritz in der Bretterwand beobachtete er den grünen Polizeihubschrauber, der in seine Richtung flog und kurze Zeit später über ihm kreiste.

Sie haben die Pferde entdeckt, dachte Fritz. Was jetzt? Bislang hatte er die Polizei immer an der Nase herumführen können. Aber nun? Nun saß er in der Falle. Wenn der Pilot landen würde, dann wäre alles aus, dann hätten sie ihn.

18

Polizeiinspektion Wittmund

Kerkhoff war sauer. Er wählte ein zweites Mal Ninas Telefonnummer: „The number you have called …"

Fuck, entfuhr es seinem Mund. Er hielt noch immer die Flasche in der Hand. Dann donnerte er sie auf den Tisch.

„Holla", rief Marike lächelnd. „Gute Laune?" Sie sah Kerkhoff an. „Da kann ich ja gleich noch einen draufsetzen! Es gibt Arbeit, Feierabend muss warten."

„Wie, was?" Kerkhoff reagierte reichlich angefasst. „Gibt's 'ne Leiche?" Dann würde sich das Gespräch mit seinem Vorgesetzten verschieben, hoffte er.

„Nein, aber Anweisung von oben. Du musst rüber zur Insel!" Marike lächelte nicht mehr, sie grinste jetzt schelmisch. Da musste noch etwas kommen, und zwar etwas Unangenehmes.

„Langeoog oder Spiekeroog? Und heute noch?"

„Falsch geraten", verbesserte die Sekretärin. „Amtshilfe! Es gibt große Ausfälle in der Polizeiinspektion Wilhelmshaven/Friesland. Viele Kollegen sind krank und da sollen wir, das heißt du, aushelfen."

„Ich? Nach Wangerooge? So eine Sauerei! Was bildet sich dieser Fatzke eigentlich ein? Soll er doch selber rüberfahren, wir haben genug Arbeit hier. Schau dir die Aktenberge doch einmal an. Das dauert Tage, bis das alles erledigt ist. Und außerdem habe ich jede Menge Überstunden. Dafür will ich auch mal wieder Freizeit haben, jedenfalls ansatzweise!"

Kerkhoffs Stimme war immer lauter geworden. Marike hatte das aber nicht im Geringsten beeindruckt. Stattdessen sagte sie nur: „Das musst du nicht mir sagen, das kommt von einer anderen Stelle, das weißt du. Also, wenn du dich beruhigt hast, dann erzähl ich dir, was Sache ist."

Kerkhoff verstummte sofort. Marike war die Letzte, mit der er Ärger haben wollte. Sie trug an diesem Chaos in der Dienststelle keine Schuld, im Gegenteil: Ohne ihren Einsatz wäre die Arbeit hier nicht zu ertragen.

Sie setzte ihn mit kurzen, knappen Sätzen davon in Kenntnis, dass die Hubschrauberbesatzung ein gestohlen gemeldetes Motorboot vor Wangerooge und eine üble Tierquälerei, Pferde seien verletzt bzw. getötet worden, auf der Insel entdeckt hatte. Der Kollege auf Wangerooge sei unterwegs zum Tatort, benötige aber dringend Hilfe vom Festland.

„Um 14:30 Uhr geht die Fähre. Nimm ein paar Sachen zum Wechseln mit, du wirst sicher über Nacht bleiben müssen."

Kerkhoff kochte vor Wut. Er hätte sie gern an jemanden ausgelassen, aber es war niemand da. Er stand auf und donnerte seinen Stuhl an den Schreibtisch.

„Ach ja, das hätte ich fast vergessen. Du kannst jetzt zur Obrigkeit, die Audienz wird gewährt", sagte Marike spöttisch lächelnd.

Dann mal los, dachte Kerkhoff und holte tief Luft, auf in den Kampf.

19

Wangerooger Inselbahnhof

Der Regen lag immer noch in der Luft. Schwere schwarze Wolken zogen von heftigen Böen getrieben über die Insel. Hin und wieder fielen Tropfen wie ein Überfallkommando auf die kleine Landmasse des Eilands und durchnässten die Fläche, derer sie habhaft werden konnte: Menschen und Tiere, die nicht rechtzeitig Unterschlupf fanden, trieften und waren bis auf die Knochen nass.

Kurz darauf riss der Himmel auf und ließ hin und wieder die Sonnenstrahlen durchschlüpfen.

Fritz Mahluss stand unter der Überdachung des Wangerooger Bahnhofs. Er hatte erledigt, was er erledigen wollte und er war zufrieden.

Er hatte zuvor einen Schauer im Unterstand auf der Pferdeweide ausgehalten und mit dem Fernrohr die Umgebung beobachtet. Vom bewohnten Teil der Insel waren die Weiden nicht zu sehen, aber der Hubschrauber war herangekommen und kreiste über ihm und dem Schlachtfeld. Die Piloten hatten ihn aber hier nicht entdecken können.

Fritz wusste, er musste so schnell wie möglich verschwinden. Ihm war klar, dass sie die toten Pferde entdeckt und die Inselpolizei informiert hatten.

Zum Glück blieb der Hubschrauber nicht hier in der Luft stehen, sondern drehte nach einiger Zeit ab. Sie gingen wohl nicht davon aus, dass der Täter sich noch am Tatort befand. Fritz witterte seine Chance.

Am nahen Graben standen einige dichte Büsche, nachdem er sie erreicht hatte, ging alles glatt.

Er ließ den Flugplatz links liegen und bemühte sich, nicht zu schnell zu laufen, um nicht aufzufallen. Viel schneller hätte er allerdings auch gar nicht gekonnt, denn sein Bein schmerzte wieder mehr, seitdem er sich bewegte. Ein großes knalliges Schild wies auf die Villa „Kunterbunt" in der Siedlerstraße hin, aber auch dort war kein Mensch zu sehen. Nur zeitweise hob er den Blick auf das Ende der Straße. Er sah wieder stur auf das Pflaster und wurde ganz kirre vom bizarren Muster der hochkant gesetzten Backsteine.

Als er wieder hochblickte, erkannte er ein kleines Industriedenkmal, ein verrostetes Gebilde aus schwarzem Gusseisen mit Schwungrad: „Doppelwirkende DIA-Pumpe von FA Hammelsrath + Schwenzer - Baujahr 1951 - Mit 5 PS Deutz-Diesel", stand auf einem Schild.

1951, das war lange her. Es war viel geschehen in den darauffolgenden Jahren. Bilder liefen vor seinem inneren Auge, sie holten ihn immer wieder ein und auch die Einsamkeit, die ihn umgab wie ein umhüllender Mantel, fühlte er, die große Einsamkeit, seit er in Deutschland war.

Unvermittelt darauf bog er in den Weg „Am Alten Deich" ein und lief links über den plattenbesäumten Bürgersteig an den Gleisen entlang zum Bahnhofsgebäude.

Krampfhaft überlegte er, ob er es riskieren konnte, die Fähre zu nehmen. Er schüttelte den Kopf; es war nur zu wahrscheinlich, dass es Überwachungskameras gab, die die Fahrgäste registrierten. Auf alle Fälle musste er zum Fähranleger kommen, aber die Inselbahn fuhr erst später.

Der Bahnhof war im Moment noch leer, nur vor dem Gebäude standen drei Jugendliche und unterhielten sich. Fritz spürte den Durst.

Verstohlen blickte er sich um. Hier ein Fahrrad zu klauen, würde nur die Aufmerksamkeit auf ihn lenken.

Es war zu gefährlich, wenn das bemerkt würde. Oder sollte er sich von einem Elektrokarren mitnehmen lassen, fuhren überhaupt welche in Richtung Hafen?

„Dummes Zeug!", sagte er leise. Es würde schon eine Lösung geben. Da war er sich sicher. Er beschloss, in der Zedelius Straße einen Kaffee zu trinken. Danach würde sich schon etwas ergeben.

Polizeiinspektion Wittmund

Das Gespräch mit den beiden leitenden Vorgesetzten dauerte nicht länger als zwanzig Minuten. Sie sonnten sich in ihren Ermahnungen und Gerrit Kerkhoff ließ es geschehen, sagte nichts.

Er schwieg sogar, als er hörte, „... dieser Fehler könnte bei künftigen Versäumnissen noch unangenehme Folgen für Sie haben."

Leider müssten sie alles aktenkundig machen, alles dokumentieren, auch wenn sie selber eher auf seiner Seite stünden. „Schließlich sind Sie unser bester Mann. Also, noch einmal: Vermeiden Sie künftig unbedingt weitere Nachlässigkeiten, sonst können wir für nichts garantieren!"

Er hatte geschwiegen, so wie er es sich vorgenommen hatte, hatte die Bemerkung „Wer nichts tut, kann auch keinen Fehler machen" heruntergeschluckt und auch auf einen Kommentar wegen ihrer Gleichgültigkeit im Job verzichtet. Er hörte sich völlig unbeteiligt die Vorwürfe an und ließ sie in das eine Ohr herein und aus dem anderen heraus. Zwischendurch lächelte er sogar.

„Lächeln ist die beste Art, anderen Leuten die Zähne zu zeigen", hatte Nina ihm als Verhaltensweise mitgegeben.

Zugegebenermaßen fiel ihm diese Taktik unsäglich schwer, aber sie wirkte. Seine Vorgesetzten waren verwirrt, hatten sie doch einen aufbrausenden Gegenkommentar erwartet. Aber Gerrit Kerkhoff tat ihnen diesen Gefallen nicht, er blieb ganz cool und war sehr stolz auf sich, so lange geschwiegen zu haben. Erst als der Dienstellenleiter noch einmal meinte sagen zu müssen, dass man ihn hier als einen der fähigsten Mitarbeiter nicht beschädigt wissen wollte, ging ihm fast der Hut hoch: Kerkhoff wusste, dass das alle Kollegen zu hören bekamen und er wusste auch, dass, wenn man gerade zur Tür hinausgetreten war, über diese Kollegen und auch über ihn selber, schonungslos hergezogen wurde.

Nachdem sie ihren Sermon heruntergebetet hatten, verließ er den Raum, schloss die Tür und ging fröhlich pfeifend über den Flur.

Kaum hatte er die Steintreppe erreicht, wurde er am Arm gepackt.

„Was ist los?“, sagte er eine Spur zu gereizt. Aber Staatsanwalt Nordbeck griente ihn nur an: „So gut aufgelegt und das nach einem Anschiss? Bei mir wärst du nicht so leicht davon gekommen, mein Junge. Ich hätte dich strammstehen lassen, Cowboy.“ Sein Grinsen karikierte seine eigene Aussage.

„Ich empfände es als Schande, wenn ich später einmal ohne Eintrag in der Personalakte in Pension ginge“, entgegnete Kerkhoff trocken. „Wen willst du denn schon beeindrucken, du Weichei? Aber meine Chefs, die wissen eine Dienststelle zu führen, die sind kompetent in Sachen Mitarbeiterführung und Disziplinarangelegenheiten. Das sind kernige Typen, sag ich dir! Vooorbillllder!“

Kerkhoffs Aussage triefte vor Spott, Hohn und Verachtung, das wussten beide und lachten vergnügt auf. Seit Jahrzehnten kannten und respektierten sie sich. Ein- bis zweimal im Jahr trafen sich Nordbeck und Kerkhoff in einem schicken Restaurant, aßen und tranken gut und ausgiebig; anschließend erzählten sie abwechselnd Anekdoten aus ihrer gemeinsamen Schulzeit.

„Du bist dran, das Restaurant auszusuchen!"

„Weißt du was?", entgegnete Nordbeck. „Wir machen das diesmal anders. Ich koche nächste Woche für uns und dann gibt es einen exzellenten Whisky, den ich kürzlich erstanden habe. Du bringst Nina mit und dann machen wir es uns zu viert gemütlich!"

„Ja, gut! Öfter mal was Neues", zitierte Kerkhoff ihren alten Mathematiklehrer Brasse.

„Apropos etwas Neues!" Der Staatsanwalt zog Kerkhoff zur Seite und senkte die Stimme, während er sich über der Schulter nach unerwünschten Zuhörern umsah: „Es gibt auch hier etwas Neues! Zwei gute Nachrichten! Welche willst du zuerst hören?", kasperte er Kerkhoff an.

„Die zweite", entgegnete Kerkhoff emotionslos.

„Okay, wenn es dich nicht interessiert!" Der Staatsanwalt spielte den Beleidigten und wollte gehen.

Gerrit Kerkhoff sah genervt an die Decke und hielt ihn zurück. „Nun sag schon oder ist das hier ein Quiz?"

„Deine Obrigkeit …", Nordbeck sah sich noch einmal sichernd nach allen Seiten um, „… aber behalt' es vorerst für dich! Deine Obrigkeit wird ausgetauscht. Man hat sie weggelobt, sie sind überqualifiziert." Er lachte, als hätte er den Brüller des Tages fabriziert. „Es ist noch nicht in trockenen Tüchern, aber gut uniformierte Kreise pfeifen es von den Dächern!"

„Echt?" Kerkhoff sah Nordbeck zweifelnd an; bei ihm wusste man nie genau, ob er sich einen Scherz erlaubte. „Und wer soll den Job machen?"

„Du", brüllte Nordbeck los und schlug sich vor Lachen auf den Oberschenkel.

„Quatsch, du Blödmann. Ich bin doch nicht bescheuert und mach' so einen Job!" Kerkhoff wusste, dass er das Zeug dazu hatte, aber im Grunde liebte er seinen Job als Kriminalbeamter. Er wollte nicht mehr Verwaltungskram erledigen, als er ohnehin schon tun musste. Und wenn man die Dienststelle richtig leiten wollte, dann würde man sich aufreiben, das wusste er. Früher hatte er mit einer Funktionsstelle geliebäugelt, aber davon war er jetzt meilenweit entfernt.

„Nein", sagte Nordbeck jetzt ernsthafter. „Eine Frau ist im Gespräch. Aber mehr kann ich nicht sagen! Tu mir bitte den Gefallen und behalt es noch für dich!"

„Logisch", antwortete Kerkhoff. „Und die zweite gute Nachricht?"

„Es gehen beide", antwortete Nordbeck schelmisch. „Alle beide verlassen uns."

Kerkhoff lächelte unvermittelt. Er wunderte sich schon lange nicht mehr, woher Nordbeck seine Nachrichten bezog. Seine Quellen mussten ganz oben sitzen und seine Neuigkeiten stellten sich zu neunundneunzig Prozent als zutreffend heraus.

„Das sind wahrlich gute Neuigkeiten", lachte Kerkhoff. Er gab dem Staatsanwalt die Hand. Kurz darauf trennten sich ihre Wege.

Gerrit Kerkhoffs Laune besserte sich weiter. Was für tolle Aussichten hatten ihm diese internen Informationen beschert. Die Stümper wurden abgelöst. Und schlechter konnte es die Nachfolgerin nicht machen, das war klar. Schlechter ging gar nicht.

Er trat aus dem Polizeigebäude und blickte in den Himmel. Bei so einem Wetter auf die Insel und das am Freitagnachmittag? Er musste sich beeilen, wenn er die Fähre noch erreichen wollte.

Buenos Aires 1976

„Komm doch mit, bitte!" Manuel Ortega bat sie inständig, ja fast flehentlich, ihn auf dieses deutsch–argentinische Fest zu begleiten. Isabel konnte es ihrem Freund nicht abschlagen, zumal sie gerne in seiner Nähe und außerdem neugierig auf diese merkwürdige Gesellschaft war, die mehrmals im Jahr zusammenkam und die einen sehr zweifelhaften Ruf hatte.

Hier verkehrte man nur auf Einladung oder durch gute Beziehungen, denn im Grunde wollten die Herrschaften unter sich bleiben. Und Manuel Ortega wollte scheinbar seine Fühler ausstrecken, angeblich um seine Karriere als Anwalt zu forcieren. Ihren Einwand, sie hätte gar nichts Entsprechendes anzuziehen, wischte er beiseite und versprach, sie abends frühzeitig abzuholen.

Dann standen sie gemeinsam in der großen Empfangshalle der hell erleuchteten Villa. Isabel nippte leicht an ihrem Champagnerglas, während Manuel sie strahlend ansah: „Du siehst fantastisch aus! Sensationell", sagte er und stieß mit seinem Glas an ihres. Isabel fand sich eher underdressed in ihrem einfachen roten Kleid angesichts der klunkerbehangenen Damenwelt, die sich mit den Herren in feinem Zwirn im Small Talk übten.

Eine kleine Glocke ertönte und das Gemurmel der Gäste erstarb augenblicklich.

Geräuschvoll drehten sich die Anwesenden zur Treppe, auf deren obersten Stufe sich etwas erhöht ein Militär in Galauniform in Position gebracht hatte. In markigen Worten begrüßte er die Gäste, hob einige Namen speziell hervor und lobte die guten wirtschaftlichen und politischen Beziehungen, worauf sich ein ebenfalls namentlich angesprochener Vertreter der deutschen Botschaft mit einer leichten Verbeugung und mit einem Lächeln im Gesicht in Richtung Redner bedankte.

„Das ist Alfredo Astiz, einer der führenden Militärs der Marine, und sein Übersetzer daneben Francesco …“ Manuel wurde bei seiner Erklärung, die er Isabel zu den Personen gab, mit einem zischenden „Pssst!“ unterbrochen, worauf er sofort verstummte.

Der Redner hatte davon nichts mitbekommen und setzte seine Ausführungen, lediglich durch die Übersetzungspausen unterbrochen, fort. Er lobte dabei nicht nur die aktuellen Beziehungen, sondern auch die zurückliegende Zusammenarbeit vor einigen Dekaden. Zustimmendes Gemurmel, hin und wieder ein wohlwollendes „hört, hört“ begleitete diese Zeremonie.

Isabels Blick heftete sich unterdessen immer mehr an das Gesicht des Übersetzers. Soweit sie es beurteilen konnte, sprach er ein recht brauchbares Deutsch und mühte sich redlich, der schnellen Rede des Militärs zu folgen. Sie hatte das Gesicht schon einmal gesehen, da war sich Isabel sicher. Der Mann, den Manuel als Francesco benannt hatte, war ihr schon einmal im Zusammenhang mit ihrem Bruder Miguel begegnet. Sie dachte angestrengt nach, als die Gedanken von Manuel unterbrochen wurden. Er zog sie im Beifall für den Redner etwas zur Seite, wo er sich alleine wähnte.

„Alle alte Nazis! Die meisten jedenfalls“, flüsterte er. Auf Isabels fragenden Gesichtsausdruck ergänzte er nur: „Viele von denen sind zum Ende des Zweiten Weltkrieges und danach aus Deutschland vor den alliierten Truppen geflohen. Sie wurden massiv von der katholischen Kirche unterstützt. Hochrangige Vertreter des Nationalsozialismus, SS-Schergen und Kollaborateure entgingen ihrer Bestrafung durch

die Umwege über Italien. Sie kamen über die sogenannten Rattenlinien oder Klosterrouten in die arabischen Länder oder haben in Argentinien eine neue Heimat gefunden. Seit einigen Jahren kommen sie wieder aus ihren Löchern hervorgekrochen. Videla ist genau ihr Mann. Er setzt hier in Argentinien exakt das um, wofür sie im Nazideutschland eingestanden sind. Und wieder spielt die Kirche mit."

Er verstummte erneut, als zwei ältere Herren mit einer Zigarre bewaffnet auf den Balkon zusteuerten.

„Alte Nazis? Und du? Was treibt dich hierher? Was willst du von diesen Leuten?" Isabel blickte Manuel an.

„Das ist eine lange Geschichte; die kann ich dir hier jetzt nicht erzählen! Hier haben die Wände Ohren."

Die Rede war beendet, das Buffet eröffnet. Das allgemeine Gemurmel setzte wieder ein.

Bevor Manuel ihr antworten konnte, setzte sich Isabel in Bewegung. Sie steuerte schnell auf den jungen Übersetzer in Uniform zu, der soeben mit einem Teller bewaffnet auf die ausgestellten Köstlichkeiten zusteuerte.

„Entschuldigung, mein Name ist Isabel Pereira. Haben Sie vielleicht eine Minute Zeit für mich, Herr …?"

„Monzorro, Francesco Monzorro. Wenn es tatsächlich kurz ist." Sein Lächeln blieb ein Versuch, sein Blick war kalt. „Was kann ich für Sie tun?"

„Ich habe ein Problem ..."

„Haben wir das nicht alle?", unterbrach er sie.

Isabel ließ sich nicht beirren: „Es geht um meinen Bruder Michael bzw. Miguel. Als ich Sie sah, erinnerte ich mich, dass Sie ihn kannten. Von früher, meine ich. Wenn ich mich recht entsinne, haben Sie zusammen mit meinem Bruder in unserem Wohnviertel Straßenfußball gespielt!"

Monzorros linkes Auge zuckte kurz. Er sah Isabel irritiert an. „Nein, da müssen Sie sich irren. Ich kenne Ihren Bruder nicht." Er sprach kurz und bestimmt.

Isabel merkte, dass er log. „Er ist verschwunden. Verhaftet worden. Wir haben keine Nachricht von ihm und machen uns große Sorgen!" Sie schämte sich, als Bittstellerin vor diesen arroganten Monzorro treten zu müssen, aber der Funke der Hoffnung, etwas über ihren Bruder erfahren zu können, trieb sie an.

„Wie gesagt, ich kenne ihn nicht. Hab nie Fußball gespielt. Bitte entschuldigen Sie mich, ich habe nur wenig Zeit und möchte noch etwas essen." Er drehte sich um und ließ Isabel stehen.

„Was machst du denn?" Manuel stand plötzlich neben Isabel.

„Er lügt", sagte sie nur enttäuscht. „Er weiß etwas über Miguel, das spüre ich!"

„Das ist einer der gefährlichsten Typen, die du in diesem Haufen finden kannst. Sei vorsichtig!" Manuel nickte einem vorübergehenden Paar zu. „Nabend!"

„Aber ich muss es doch versuchen. Wenn ich so dicht vor den entscheidenden Leuten stehe, kann ich doch nicht so tun, als wäre alles in Ordnung! Ich muss doch etwas machen."

Mit diesen Worten ging sie schnurstracks auf den Vertreter der deutschen Botschaft zu. Manuel konnte gar nicht so schnell eingreifen, um sie zurückzuhalten. Gleichzeitig bewunderte er ihren Mut, so öffentlich auf diese Menschen zuzugehen.

Er zog sich etwas an den Rand des Saales zurück und beobachtete die Versammlung. Aus den Augenwinkeln sah er, dass Francesco Monzorro einen der Bediensteten zu sich rief, der wiederum einen Soldaten zu Monzorro schickte. Dieser erhielt direkte Anweisungen, so schien es. Dann wandte sich Monzorro wieder dem Buffet zu.

21

Wangerooger Inselbahnhof

Fritz Mahluss stand nun seit einer Stunde unter der Überdachung des Wangerooger Inselbahnhofs. Eine zündende Idee war ihm immer noch nicht gekommen. Sollte sein sprichwörtliches Glück ihn verlassen haben? Bliebe er auf der Insel, dann musste er sich darauf gefasst machen, geschnappt zu werden. Hier gab es kein Ausweichen, keine große Fluchtmöglichkeit. Die Fähre konnte er auch nicht nehmen. Vielleicht wäre ein Segler bereit, ihn mitzunehmen.

Fritz schnäuzte sich und warf ein Papiertaschentuch in die blaue Mülltonne. Er zog den Gurt des Rucksacks zurecht und schlenderte zurück zu den Gleisen. Er befand sich schon fast wieder auf dem Weg „Am Alten Deich". Es war ihm klar: Er musste aufs Festland zurück, und zwar umgehend. Aber wie?

„Lelelele! Lelelele! Ihr müsst sie schneller antreiben! Sonst wird das heut nichts mehr!" Eine Stimme riss Fritz aus den Gedanken. „Lelelele!" Der Lockruf ertönte wieder. „Aufpassen da vorne! Passt da auf!" Die Stimme wurde aufgeregter und lauter: „Was ist das für eine Scheiße! Lelelele."

Immer noch sah Fritz nichts, doch plötzlich trabte völlig überraschend eine Herde schwarz-weißer Kühe über die Straße.

„Weiter nach vorne!" Die Stimme gab immer noch aufgeregte Anweisungen. Irgendetwas schien nicht zu stimmen.

Jetzt sah er auch den dazugehörenden Mann. Der lange Schlacks trug einen grünen Overall. Eine Kippe hing lose im Mundwinkel. Sie schien ihn aber am Kommandieren nicht zu hindern. „Das wird nichts, das wird nichts. Mach da dicht, sonst laufen die mir auf die Gleise! Mach dicht vorne!"

Er hielt wie die anderen Begleiter der Rinderherde auch ein rot-weißes Absperrband in der Hand, das die Tiere umgab und sie in Schach hielt. Wie lebendige Weidepfähle bewegten sich die Männer und Frauen, auch einige Jugendliche waren darunter, parallel zu diesem ungewöhnlichen Zug. Nur am linken Flügel der Zugspitze klaffte eine Lücke, denn hier war das Flatterband gerissen. Eine der Begleiterinnen war ins Rutschen gekommen und gestürzt.

„Lelelele! Lelele! Kommt schon, mehr Band dahinten, mehr Band!", schrie der grüne Anführer, der immer noch den Zigarettenstummel im Mund tanzen ließ. Doch die Tiere waren schneller. Sie brachen durch. Die ganze Herde kam in Bewegung.

So etwas hatte Fritz noch nicht gesehen. Eine Stampede auf einer ostfriesischen Insel. Er trat einige Schritte näher heran. Das lose Ende des Absperrbandes wehte nun vom Wind getrieben knatternd über einige Tiere hinweg. Die Viecher erschraken und änderten die Richtung.

„Aufhalten! Haltet sie auf, die laufen sonst auf die Gleise! So ein Mist!", rief nun auch eine der Frauen.

Einige Kühe hatten sich nun von den anderen getrennt und liefen auf Fritz zu. Dem Herdentrieb folgend schwenkte der Rest der Tiere ebenfalls in die Richtung ein.

Mit hoch erhobenen Armen und lautem Rufen versuchte Fritz, sie geistesgegenwärtig aufzuhalten. Dicht vor ihm stoppten die Tiere ab, verharrten kurz und machten dann einen Satz rückwärts.

Der Grüne wäre zu spät gekommen, aber nun stand er neben Fritz. Zusammen drängten sie die Tiere wieder auf die Straße.

„Gut gemacht! Das war knapp!“ Er atmete erleichtert aus. „Das hätte viel Zeit gekostet, sie von den Gleisen zu holen und wieder einzufangen! Danke! Die Viecher sind heute reichlich biestig“, meinte er lächelnd. Er spuckte die Zigarette, die mittlerweile ausgegangen war, auf die Straße. „Wir sind sowieso zu spät dran. Das Wasser läuft uns weg!“

„Wie? Was heißt, das Wasser läuft euch weg?“ Fritz verstand kein Wort.

„Meine Herde muss rüber zum Festland“, erklärte der Lange. „Im Hafen wartet ein Versorgungsschiff auf diese Ladung. Und wenn wir zu wenig Wasser haben, sitzen wir fest. Übrigens, ich heiße Menz. Zigarette?“ Er fingerte in seiner Bauchtasche und angelte nach der Packung. Als Fritz sich den Glimmstängel in den Mund schob, hielt Menz ihm die Flamme aus seinem Einwegfeuerzeug hin.

Begierig sog Fritz den Rauch ein und versuchte gleichzeitig mit den eiligen langen Schritten seines Gegenübers mitzuhalten. Während er den Qualm wieder auspustete, sagte er: „Kann ich helfen?“

„Aber sicher!“, lachte Menz und hielt ihm das Flatterband hin. „Wir können jede Hand gebrauchen. Wir haben noch sechs Kilometer vor uns! Ein bis anderthalb Stunden bis zum Hafen. Lelelele! Hinten schneller aufrücken!“

Die Herde bewegte sich durch den Ort und ließ ihre Hinterlassenschaften auf das Pflaster platschen. Fritz hielt sich dicht hinter Menz. Er registrierte kleine Flecken der Kuhfladen, die von der Straße auf seiner Kleidung landeten. Er hatte Mühe, Schritt zu halten.

Erst am Ortsausgang, als die Herde über das Gras am Deichvorland lief, entspannte sich der Treck und zog etwas gemächlicher voran. Die Kühe liefen nun ruhiger.

Menz, der Landwirt, erzählte, dass er mit seiner Frau per Flugzeug von Harlesiel zur Insel herübergeflogen sei und dass sie anschließend die Treiber, Jugendliche von der Insel, an der Viehweide getroffen hätten.

„Leider lief es nicht so wie geplant. Zuerst mussten wir einige ausgebrochene Kühe wieder einfangen. Das hat viel Zeit gekostet.“ Er hustete und blickte nach hinten, um sich zu überzeugen, dass alles in Gang war.

„Das ist ganz schön aufwändig“, bemerkte Fritz.

„Das stimmt“, bestätigte Menz. „Im Frühjahr Inselauftrieb und im Herbst holen wir die Kühe wieder runter von der Insel. Aber das gibt ein tolles Salzwiesensteak.“ Er wedelte kurz mit dem Flatterband, um die Kühe weiter anzutreiben.

Als sie die Gleise überqueren mussten, stockten die ersten Tiere und tasteten sich ganz vorsichtig vorwärts.

„Lelelele!“ Der Grüne lockte sie mit seinem Ruf und die Kühe fassten tatsächlich Vertrauen und stakelten über die Schienen hinweg.

„Habt ihr auf dem Schiff noch einen Platz für mich?“, fragte Fritz und blickte den Landwirt an. „Dann kann ich mir das Geld für die Fähre sparen.“

„Klar, kein Problem, wenn wir rechtzeitig da sind. Ein kleines Eckchen wird sich noch finden. Ich bin froh, dass ich mich revanchieren kann. Lelelele.“ Ohne Luft zu holen, lockte er die Herde.

„Was bedeutet dieser Ruf“, fragte Fritz und ergänzte, als der Bauer ihn fragend ansah: „Dieses Lelele, was bedeutet das?“

„Ach das!“, lachte der schlaksige Kerl. „Das ist der Rickelhausener Kuhruf, eigenes Patent. Selbst erfunden!“ Er drehte sich beim Anzünden seiner kalten Zigarette aus dem Wind. „Da drüben läuft übrigens meine Frau!“, meinte Menz. „Sie ist sauer. Ihr Pferd steht auf der Weide am Flugplatz. Die Stute war im Frühjahr krank. Wir hatten sie zur Erholung auf die Insel gebracht. Weil wir mit der Herde so spät dran waren, konnten wir jedoch nicht mehr nach ihr sehen.“

Er winkte der blonden Frau mit den kurzen Haaren über die Tiere hinweg zu. Sie tat aber so, als ob sie es nicht gesehen hatte. „Au weia, Stunk im Karton!“, sagte Menz und sah Fritz mit einem zugekniffenen Auge an.

Fähre nach Wangerooge

Kerkhoff zog seine Tasche mit der Wechselwäsche auf die orangefarbene Sitzbank.

„Ist hier noch frei?"

Als der Hauptkommissar kurz nickte, setzte sich das ältere Ehepaar mir ihrer Enkelin auf die gegenüberliegende Seite. Gerrit Kerkhoff stellte verwundert fest, wie viele Urlauber um diese Jahreszeit außerhalb der Saison noch unterwegs waren.

„Möchtest du noch einen Keks?" Der alte Mann hatte noch gar nicht ausgesprochen, da griff die Kleine auch schon zu und steckte sich einen Doppelkeks mit Schokoladenfüllung in den Mund.

„Du hast aber einen Appetit!" Der Opa wischte ihr die Schokoreste aus den Mundwinkeln.

„Noch einen", brabbelte die Kleine und blickte ihn mit treuen, blauen Kulleraugen unter dem Südwester an. So klein sie auch war, so genau wusste sie, wie sie ihren Großvater zu nehmen hatte, um ihn um den Finger zu wickeln.

„Nun iss mal erst auf!" Die eindeutige Ansage der Oma ließ die bereits zur Keksrolle ausgefahrene Hand ihres Mannes zurückschnellen. „Nachher bekommst du noch Bauchschmerzen. Du hast ja schon drei Kekse gehabt", entschied die Oma.

„Guck mal, dort schwimmt eine Seekuhmolkerei", rief plötzlich der Alte und zeigte über die Reling auf das Wasser. Kerkhoffs Blick folgte dem ausgestreckten Zeigefinger. Auf dem Versorgungsschiff, das ihnen steuerbord entgegen kam, drängte sich in der Ladeluke eine schwarzweiß-gefleckte Kuhherde.

„So ein Quatsch! Der Opa spinnt. Es gibt keine Seekuhmolkerei! Das sind ostfriesische Kühe, die von der Insel geholt werden“, belehrte die Oma ihre Enkelin. „Die haben den Sommer über auf der Salzwiese gestanden und kommen nun zurück in ihren Stall aufs Festland; stand in der Zeitung.“

„Haben die dort Urlaub gemacht?“, fragte die Kleine und ihr Opa lachte laut auf. „Ja, das kann man so sagen. Die haben Urlaub gemacht, so ist es!“

Kerkhoff erkannte auf dem näher kommenden Schiff mehrere Männer, die zufrieden rauchten oder in Gespräche vertieft waren. Etwas abseits standen zwei weitere Männer. Der Ältere hatte einen kräftigen Körperbau, wirkte wegen seiner kurzen Beine eher gedrungen. Sein kurzes, schwarzes Haar trug er rechts gescheitelt. Die Wangen schimmerten schwarz vom Dreitagebart.

Eher kein blonder, blauäugiger Ostfriese, dachte Gerrit Kerkhoff, aber die gab es ohnehin in Ostfriesland nur noch selten. Ganze Ortschaften hatten Menschen mit Migrationshintergrund aus Nordrhein-Westfalen übernommen; Menschen, die auf den Geschmack gekommen waren: Sie liebten die Weite, die Landschaft, das Meer, die gute Luft. Wie die Heuschrecken überfielen sie Ostfriesland, kauften Häuser, ja ganze Straßenzüge und siedelten sich an.

Kerkhoff ließ seinen Blick über die Küstenlinie schweifen; die ehemals endlose Weite wurde durch unzählige Windkraftanlagen gebrochen. Er sah wieder zum Schiff herüber.

Der untersetzte Typ nahm jetzt einen tiefen Zug aus der Zigarette und schnippte den Stummel mit dem Wind über Bord.

Der andere Mann, ein schlaksiger, junger Kerl in grünem Overall stand etwas erhöht, um besser über die Herde blicken zu können. Mit ausgestreckter Hand zählte er die Tiere. Dabei stieß er immer wieder einen Ruf aus, der scheinbar beruhigend auf die Tiere wirkte: „Lelelelelele!" In seinem Mund hing dabei eine Kippe.

„Machst du auch Urlaub?", fragte das kleine Mädchen. Es dauerte eine Weile, bis der Hauptkommissar merkte, dass er gemeint war.

„Urlaub?", fragte er verdattert. Diese kleinen Kinder sind so herrlich distanzlos, dachte er.

„Ja, wie die Kühe!", sagte die Kleine.

„Nein, ich muss arbeiten", antwortete Gerrit Kerkhoff wahrheitsgemäß.

„Opa muss nicht mehr arbeiten", sagte sie, worauf sie das Thema sogleich schon nicht mehr interessierte, denn sie drehte sich zur Reling und winkte mit beiden Armen zum vorbeifahrenden Schiff herüber. Kerkhoff winkte auch, damit die Leute auf dem Versorger Notiz nahmen und der Kleinen zurückwinkten. Und tatsächlich, es klappte. Alle, bis auf den untersetzten Typen, hoben die Arme. Die Kleine strahlte.

Kerkhoff blickte voraus. Wangerooge kam in Sicht.

23

Harlesiel

Fritz Mahluss ging in Harlesiel von Bord. Er holte sein Mountainbike aus dem Fahrradständer und fuhr zunächst zur Küstenräucherei Albrecht. Der Fischladen war von Touristen gut besucht. Die meisten Besucher ließen sich hier den frischen Fisch direkt zubereiten und setzten sich im riesigen Wintergarten an einen der weißen Tische.

Fritz ging aber an der langen Theke mit der reichhaltigen Auslage an Meerestieren entlang und prüfte das Angebot an frischem Fisch. Er schwankte zwischen einer Portion Miesmuscheln und einem schönen Stück Wildlachs. Da er schließlich den Aufwand der Zubereitung scheute, ließ er die Schalentiere liegen. Die Verkäuferin hielt das Messer an das Fischfilet und schnitt nach Fritz zustimmendem Nicken ein Stück ab.

„390 Gramm!", stellte sie fest. „Darf es sonst noch etwas sein?"

„Ein Matjesbrötchen, bitte." Fritz bezahlte die Ware und nahm sie in der weißen Plastiktüte mit. Draußen setzte er sich aufs Fahrrad und fuhr über die Friedrichsschleuse, dann drehte er in die Schleusenstraße, in die Neue Straße und schließlich in die Bahnhofsstraße. Vor dem Buchladen in der Wittmunder Straße schloss er seinen Wagen auf und verstaute das Fahrrad. Im Auto blieb er vor dem Starten des Motors einen Moment sitzen und ließ den Tag noch einmal Revue passieren. Er würde jetzt nach Oldenburg fahren, doch es war ihm klar, dass der Kick auf Wangerooge ihm nicht mehr reichte und ihm war genauso klar, dass er morgen wieder nach Ostfriesland fahren würde, nach Esens.

Esens/Haus Czerlikowski

Czerlikowski drehte sich auf die Seite. Er versuchte, die Augen zu öffnen. Sein Kopf tat weh, die Schläfen pulsierten. Ganz langsam gelang es ihm, das rechte Auge zu öffnen; das Bild vom Wecker verzerrte. Er führte eine Hand zum Kopf und wischte den Schlaf wie eine klebrige Masse aus den Augenschlitzen. Der Sehnerv des zweiten geöffneten Auges kommunizierte mit dem Pendant des bereits aktiven Sehorgans und setzte den Wecker optisch wieder zurecht. Es dauerte eine Weile, bis die Gehirnzellen die gelieferten Informationen von der Zeigerstellung einer Uhrzeit zuordnen konnte. Czerlikowski liebte diesen alten Ticker, dessen gleichmäßiges Klicken ihm aber heute hammermäßig in den Kopf donnerte.

Er löste die Zunge vom Gaumen und schluckte schwer. Sein unkontrollierter Griff ließ die Wasserflasche umfallen. Er hob die Beine nacheinander aus dem Bett, glitt am Boden auf die Knie und angelte schwerfällig nach der Flasche, die unglücklicherweise halb unter das Bettgestell gerollt war.

Die lauwarme Plörre rann seine Kehle herunter. Czerlikowski schlurfte langsam ins Bad, drehte den Wasserhahn auf und kühlte seinen Kopf unter dem kalten Strahl. Halbwegs wieder klar, stellte er sich anschließend ganz unter die Dusche und ließ das Wasser lange über seinen Körper laufen. Er ordnete seine Gedanken. Miriam war nicht nach Hause gekommen; wahrscheinlich hauste sie bei ihrer Mutter. Aber warum hatte sie sowohl Klamotten als auch Schlafsack und Isomatte mitgenommen? In ihrem Zimmer fand er auch keine Nachricht von ihr.

Das war ja wohl das Mindeste, was man erwarten konnte. Sie hätte doch wenigsten aufschreiben können, wohin sie geht, dachte Czerlikowski ärgerlich. Schaff dir Kinder an, lass sie in die Pubertät kommen und lach dich kaputt.

Aber wenn er ehrlich sein sollte, war ihm überhaupt nicht zum Lachen zumute, im Gegenteil: Er fühlte sich verraten, verlassen und allein.

Als er nach dem Handtuch griff, klingelte das Telefon.

„Na, Kollege, wie geht's dir?"

Kerkhoff - der hatte ihm gerade noch gefehlt. Ob der ihn kontrollieren wollte, weil er einige Tage nicht zum Dienst erschienen war?

„Ach, es könnte besser sein", antwortete Czerlikowski mit belegter Stimme.

„Hast du schon gefrühstückt? Ich habe gedacht, ich hole ein paar Sonntagsbrötchen und komm bei dir vorbei. Nina ist auch nicht da, besucht wieder irgendeine Fortbildung übers Wochenende. Und alleine frühstücken ist doof. Na, wie isses?"

„Äh ..." Czerlikowski war überrascht. Gerrit Kerkhoff hatte ihn noch nie besucht, lediglich einige Male von Zuhause abgeholt, zum Einsatz oder so. Was hatte das zu bedeuten?

„Wann willst du denn herkommen? Ich hab nichts im Kühlschrank, nur Eier", sagte Czerlikowski.

„Ich muss nur noch schnell zum Hundehof fahren, um Harry zu holen. Der Hund muss mal wieder auslaufen. Dann schau ich noch beim Supermarkt vorbei und kauf ein bisschen ein. Der Laden in der Innenstadt hat auch heute am Sonntag noch den ganzen Vormittag bis 14 Uhr geöffnet, glaub ich."

„In Ordnung", erwiderte Czerlikowski und überlegte, wie schnell er aufräumen könnte. „Ich kann dir nur Rührei und Tee oder Kaffee anbieten."

„Jo, super, klappt schon. In einer halben oder sagen wir besser in einer Stunde bin ich da. Bis dann!" Kerkhoffs Telefon klickte.

Czerlikowski rieb sich trocken und schmiss ein paar Aspirin rein.

Buenos Aires 1976

Manuel beobachtete besorgt die Szenerie. Er fragte sich, was draußen vorging.

Immer noch sprach Isabel mit dem deutschen Botschaftsangehörigen. Dieser hob wiederholt bedauernd beide Arme. Immer eindringlicher redete Isabel auf ihn ein. Doch der Mann schüttelte weiterhin nur den Kopf.

Nach einer Weile kam Isabel auf Manuel zu. Gleichzeitig erreichte sie einer der Bediensteten ...

Zehn Minuten später saßen sie im Auto und fuhren schweigend zurück. Man hatte sie, wenn auch diskret, regelrecht herauskomplimentiert.

„Die ganze Bande steckt unter einer Decke, dieses ganze braune Pack", sagte Isabel endlich und starrte auf die Visitenkarte. „Deutsche Botschaft, pah."

Sie schwiegen erneut. Keiner von beiden sagte etwas.

Manuel blickte ab und zu in den Rückspiegel. Isabel merkte zunächst gar nicht, dass er immer nervöser wurde. Er beschleunigte. An einer Kreuzung bog er scharf nach rechts, vollzog das Manöver noch einmal und bog in rasanter Fahrt nach links auf einen mit Bäumen und Büschen umsäumten Parkplatz.

Er fuhr den Wagen direkt in Sichtschutz hinter einen Lkw und schaltete das Licht aus.

„Was ist?", fragte Isabel überrascht und erschreckt.

„Wir werden verfolgt!" Manuel lugte durch einen Spalt in den Büschen. „Zwei Jeeps; sie sind abgebogen! Gott sei Dank!"

Isabel spürte seine zitternde Hand auf ihrer Schulter. „Das war knapp. Du hast dir durch deine Fragerei ein paar mächtige Feinde gemacht."

„Monzorro? Glaubst du, er steckt dahinter?" Ein kalter Schauer fuhr über ihren Rücken.

„Da halte ich jede Wette. Francesco Monzorro ist einer der übelsten Kettenhunde des Regimes. Er zeichnet sich durch außergewöhnlich gute Kontakte sowohl innerhalb der Marine als auch durch Verbindungen zur deutschen Gemeinde, die du ja soeben selber erlebt hast, aus. Und das sind nicht die angenehmsten Zeitgenossen, das kann ich dir sagen! Die hatten 1964 sogar Josef Mengele auf einer Farm versteckt."

Isabel sagte nichts. Es entstand eine längere Pause.

Manuel beobachtete unablässig die Straße, entspannte sich aber zunehmend, je länger sie hier im Auto saßen.

„Du hast mir immer noch nicht gesagt, wie du dort hineinpasst!"

„Das werde ich auch nicht". Manuel lächelte sie an. „Das ist besser für dich – und für mich." Er zog sie vorsichtig an sich heran und Isabel ließ es geschehen. „Professor Weizmann versucht, mir dort Türen zu öffnen, Türen, hinter die ich eigentlich gar nicht sehen will. Jedenfalls nicht, um auf diesem Wege Karriere zu machen."

Isabel erinnerte sich an den alten Mann, mit dem sich Manuel sehr intensiv auf dem Fest unterhalten hatte, während sie selber mit Monzorro sprach. „Seine Seminare habe ich noch nie besucht", sagte sie und richtete sich wieder etwas auf.

„Das ist auch kein Verlust. Aber er hat gute Kontakte", erwiderte Manuel vielsagend.

„Zu Francesco Monzorro, zum Beispiel. Na toll. Er arbeitet mit den Bluthunden des Regimes zusammen. Und dieser Francesco, das weiß ich genau, hat etwas mit Miguels

Verschwinden zu tun. Hundertprozentig. Das ist so sicher wie das Amen in der Kirche." Isabel sprach leise und gepresst. „Er hat gelogen. Er sagte mir, er kenne Miguel nicht. Aber ich habe ihn wiedererkannt. Etwas älter ist er natürlich geworden. Es ist ja auch schon eine Weile her. Er hat in der Nähe unseres Viertels gewohnt. Und sie haben zusammen Straßenfußball gespielt, Miguel und er. Er ist sogar einmal bei uns zu Hause gewesen. Daran kann ich mich wieder gut erinnern."

Manuel überlegte. Dann startete er den Wagen und fuhr an.

„Glaubst du, sie sind weg?"

„Ja, zumindest hier. Sie werden aber auf dich warten, in der Nähe eurer Wohnung! Wir sehen uns das einmal an!"

Über Nebenstraßen gelangten sie nach einiger Zeit in Isabels Wohnviertel. Manuel stellte das Auto allerdings einige Hundert Meter vorher in einer Seitenstraße ab.

„Komm", sagte er leise und nahm Isabel an die Hand. Er dirigierte sie über Wege, Gassen und Hinterhöfe, die sie gar nicht kannte, an eine Häuserzeile. Hinter einem Busch geschützt, blickten sie zu Isabels Wohnhaus herüber. Alles schien still und friedlich.

„Dort! Dort drüben!"

„Was meinst du, Manuel?"

Er zeigte auf eine Straßenecke, an der der Kühlergrill eines Jeeps noch gerade eben zu erkennen war.

„Sie haben sich positioniert! Auf der anderen Seite hinter dem Mülleimer sitzt das Empfangskomitee, jedenfalls einer davon." Er deutete in eine schwach beleuchtete Ecke. Dort hockte eine dunkle Gestalt, von der man allerdings nur die schwarzen Armeestiefel sah. Isabel blickte in die andere Richtung die Straßen hinunter. Auch dort stand halb verdeckt ein Militärfahrzeug. Im Innern glühte hin und wieder die Spitze einer Zigarette auf.

„Aber wie soll ich dann nach Hause kommen?"
„Gar nicht! Es sei denn, du willst Selbstmord begehen!"
„Aber meine Mutter, sie wird sich Sorgen machen. Die ist ganz allein zu Hause."
„Ich denke, dass sie morgen früh abgezogen sein werden. Bis dahin kommst du mit zu mir."
Sie schlichen zurück zum Auto. Langsam fuhr Manuel an. Zwanzig Minuten später parkte er den Wagen erneut.
„Bin gleich zurück. Rühr dich nicht vom Fleck! Ich muss telefonieren!" Blitzschnell war er hinter einer Häuserecke verschwunden. Es dauerte einen Moment, dann taucht er wieder auf. „Ich habe eine Bleibe für uns und die Jungens im Jeep werden noch eine unruhige Nacht bekommen." Er lachte Isabel an.
„Ich dachte, wir fahren zu dir in deine Wohnung." Isabel sah ihn an.
„Da wird es nicht viel anders aussehen! Auch überwacht. Du scheinst Monzorros Nerv getroffen zu haben."
Sie fuhren noch eine Weile durch die Straßen. Einige Male drehten sie sich im Kreis, fuhren um den Pudding, bis Manuel sich sicher war, dass sie nicht verfolgt wurden.

Nachdem sie das Auto an einer Straßenecke abgestellt hatten, mussten sie allerdings noch eine gute Wegstrecke zu Fuß zurücklegen. Wieder ging es durch Häuserschluchten, enge Gassen, Hinterhöfe, bis Manuel eine Tür öffnete und sie in einen dunklen Flur hineinhuschten. Dann betraten sie ein karg eingerichtetes Zimmer. In der Ecke stand ein einfaches Metallbett mit einer achtlos zurückgeschlagenen roten Decke und einem zerknautschten Kissen. Im 90 Grad- Winkel lag eine weitere zerschlissene Matratze am Fußende des Bettes, darauf ebenfalls ein Kissen und ein ordentlich zusammengelegter Schlafsack. An der Wand stand ein wackeliger Küchentisch, daneben zwei krumme

Stühle. Das Kabel eines alten Transistorradios baumelte samt Stecker von einem Wandregal in Höhe der Steckdose herunter.

„Alles nicht sehr fein hier, ich weiß. Aber immer noch besser als das, was dich bei den Kerlen da draußen erwartet hätte."

Er schenkte zwei Gläser mit Wasser ein und reichte eines Isabel. Sie stürzte die ersten Schlucke gierig herunter.

„Und du meinst, ich kann morgen unbehelligt einfach so nach Hause gehen?" Unsicherheit lag in ihrer Stimme.

„Die Typen haben morgen früh andere Sorgen, das kannst du mir glauben. Aber auf lange Sicht wirst du dir mit deiner Mutter etwas überlegen müssen. Deine Mutter ist eine der größten Aktivistinnen auf der Plaza de Majo. Und damit eine Gefahr für das Regime."

„Du bist gut. Ich soll mir etwas überlegen? Was denn? Wir werden bleiben und nach Miguel suchen!"

„Auf alle Fälle kannst du dich an Juan wenden. Juan Osorio. Du erinnerst dich an unseren ersten Halt heute Abend? Wirst du das wieder finden?"

„Denk schon. Aber dieses Zimmer? Ich bin mir nicht sicher, ob ich es wiederfinden könnte!"

„Merkt dir den Namen Juan Osorio. Wende dich dorthin, wenn es brenzlig wird, wenn du Hilfe brauchst. Versprichst du mir das?"

Isabel nickte. War das alles wahr, was sich abspielte? Waren ihre Mutter und sie selber wirklich in Gefahr, mussten sie womöglich auch fürchten, verhaftet zu werden? Und Manuel? Konnte sie ihm trauen? Welches Spiel spielte er? Auf der einen Seite gab er den rechtschaffenen Jurastudenten, der sich mit fragwürdigen Professoren umgab, auf der anderen Seite hatte er scheinbar solch konspirative Kontakte wie diesen Juan Ossorio und wich auf solch geheime Zimmer *zum Übernachten aus. Mit diesen wirren Gedanken schlief Isabel erschöpft in Manuels Armen ein.*

25

Schusters Hundehof, Schaffhauser Wald, Esens

Fritz Mahluss stellte sein Fahrrad am Anfang des Schotterwegs zum Hundehof Schuster ab. Den Samstagnachmittag trieb er sich in Esens herum und übernachtete im Auto. Die ganze Zeit wusste er, dass ihm das Pferdeschlachten nicht mehr ausreichen würde. Und heute war er früh aufgestanden.

Tu es!

Seine innere Stimme wurde immer lauter. Seine Unruhe wuchs. Sein Ziel stand fest: Die schöne Reiterin vom Hundehof würde das erste menschliche Opfer sein, das erste nach so langer Zeit.

Tu es!!

Allein der Gedanke daran rief bei ihm eine Erektion hervor.
In seiner Fantasie lief alles vor dem inneren Auge ab: Die Angst in ihrem Gesicht, das Flehen und Betteln – die Hilflosigkeit …

Tu es!!!

Er drehte sich um. Das Fahrrad war etwas den Baumstamm heruntergerutscht, die Gabel stand quer. Fritz hob es hoch, stellte es wieder richtig hin und verkantete die rechte Pedale am Baum.

Den Rest des Weges würde er zu Fuß zurücklegen. Entgegen dem sonstigen Vorgehen folgte er keinem perfekten, ausgeklügelten Plan. Er ließ sich leiten von seiner Gier, Macht über Menschen auszuüben. Ganz spontan leitete ihn der Gedanke, sich endlich wieder einen Menschen, eine Frau vorzunehmen. Und als Zugabe würde er den Gaul zerlegen und damit seine Handschrift hinterlassen.

Scheiß auf die Kameraden, dachte er, von denen ließ sich schon seit Jahren keiner mehr blicken oder hören! Sie hatten ihn zwar eindringlich gewarnt, keine krummen Dinger zu drehen; weitere Unterstützung könnten sie ihm nicht geben, diese Glatzen. Sie waren ohnehin nur auf Effekthascherei aus, nicht so wie die alten Volksgenossen, die für einen durch dick und dünn gingen. Davon gab es nur noch wenige.

Fritz blickte sich um. Alles war ruhig. Mit schnellen, kleinen Schritten lief er zum angrenzenden Stallgebäude herüber und vergewisserte sich, dass der schwarze Hund eingesperrt war. Auch die anderen Boxentüren waren zu.

Fritz schaute zum Haus. In einem der unteren Fenster sah er die Umrisse der jungen Frau. Er stellte fest, dass sie sich in der Küche befand, Geschirr klapperte.

Fritz Mahluss lief geduckt zur Kellertreppe und prüfte das Schloss. Leicht überwand er dieses kleine Hindernis und schlich leise in den dunklen Raum, der nur spärlich durch das geriffelte Glas in der Tür beleuchtet wurde.

In einer Ecke lagen geschichtete Briketts und eng gestapelte Holzscheite. Es roch modrig. Neben dem schiefen Regal lehnte ein rostiges Fahrrad mit plattem Vorderreifen. Rechts davon öffnete sich ein gemauerter Durchgang, der in einen zweiten Raum mündete, an dessen Ende eine Steintreppe in das oberste Geschoss führte. Fritz stieß mit dem Fuß gegen einen roten, henkellosen Plastikeimer, der eine Runde rollte und am Regal liegen blieb. Fritz horchte. Hatte sie das Geräusch gehört? Er wartete noch eine ganze Weile. Aus der Wohnung drang leise Musik. Fritz blieb kurz auf der obersten Stufe der Treppe stehen, bevor er vorsichtig den Griff fasste und die Tür öffnete. Er blinzelte in das Licht, das ihn vom Flur aus ins Auge traf. Aus einem anderen Raum hörte er leises Summen zur Musik. Fritz zog den Schlitz wieder zu und holte tief Luft.

TU ES, tu es endlich!

Seine Finger krallten sich um die Klinke – ja, er würde es tun, endlich wieder, hier und jetzt.

Schusters Hundehof, Schaffhauser Wald, Esens

Der uneben gepflasterte Weg schüttelte Gerrit Kerkhoff kräftig durch. Am Rand der Straße verlief eine ebene Rinne, durch die er jetzt das Fahrrad lenkte. Nur flüchtig blickte er zur Seite und sah einen gefüllten blauen Müllbeutel, den irgendwelche Umweltsäue gedankenlos zwischen die Bäume geschmissen hatten. Zehn Meter weiter lagen die Pappüberreste eines Menüs einer bekannten amerikanischen Fast-Food-Kette.

Diese Hinterlassenschaften sah er besonders häufig in den Ferienmonaten, wenn die Touristen das Harlingerland fluteten.

Kerkhoff konzentrierte sich wieder auf seine Fahrspur. Kein Mensch war unterwegs. An der Kreuzung zu Schusters Hundehof stand ein Mountainbike an einem Baum gelehnt. Vom Eigentümer gab es keine Spur: Seltsam, dachte Kerkhoff, während er weiterfuhr.

Die Fahrradreifen knarzten leise im Split vor dem Hundehof und hinterließen dünne Spuren. Gerrit Kerkhoff stand vor der großen, dunkelgrünen Holztür, hob den Arm und läutete die gelbe Messingglocke. Er blinzelte durch die Scheibe. Nichts. Niemand war zu sehen. Doch dann sah er Lena Schusters Kopf. Sie lugte aus der Küchentür. „Hallo, einen Moment, Herr Hauptkommissar“, rief sie lächelnd, drehte sich um und verschwand noch einmal in der Küche. Einen kurzen Augenblick später huschte sie wieder in den Flur, durchquerte ihn mit kleinen, schnellen

Schritten, wobei sie im Vorbeigehen eine der Türen zuwarf.

„Hereinspaziert! Ich hatte Sie zunächst gar nicht gehört, wegen der Musik und ich hatte noch etwas auf dem Herd. Kaffee?“ Lena eilte schon wieder in Richtung Küche, der Hauptkommissar hinterher.

„Ja, gerne. Aber nur einen kleinen Schnellkaffee, bitte! Ich wollte den Hund abholen und dann einen kranken Kollegen besuchen. Wir haben uns zum Frühstück verabredet.“

„Harry wird sich freuen. Ich mach uns mal den Kaffee! Die Leine hängt an der Garderobe.“

Kerkhoff machte kehrt, griff danach und eilte hinaus.

„Hey, Harry, alter Ganove!“ In der Hundebox winselte und wuselte der Labrador aufgeregt hin und her, als er Kerkhoff bemerkte. Ungeduldig tänzelte er vor der Tür und konnte es gar nicht abwarten, bis sie geöffnet wurde. Kerkhoff schob den Riegel zur Seite, worauf der Hund ihn stürmisch begrüßte. Der Hauptkommissar klopfte dem Hund den Rücken und tätschelte ihm den Hals. Harry sprang herum, bis Kerkhoff ihm die Halskette über den Kopf streifte.

Beim Verlassen des Stalls glaubte der Hauptkommissar, einen Schatten aus den Augenwinkeln gesehen zu haben. Auch Harry hielt inne und blickte in dieselbe Richtung. Ein kurzes Bellen und ein leises Knurren folgten.

„Na, was ist los? War da eine Katze oder gar ein Reh?“ Kerkhoff konzentrierte sich wieder auf den Hund. Er wollte unbedingt verhindern, dass er dem Wild nachlief. Das hätte ihm grad noch gefehlt.

„Fuß!", befahl er kurz. Der Labrador heftete sich sofort an sein linkes Bein, als sie wieder zum Wohnhaus herübergingen. Dennoch schaute er immer wieder in das dicke Buschwerk.

„Na, alles klar?" Lena stellte den Kaffeepott auf Kerkhoffs Tischseite.

„Ja, alles im grünen Bereich." Gerrit ließ den Hund neben sich Platz machen, merkte aber, dass das Tier unruhig war.

„Was ist los, Harry?"

Der Hund winselte und fiepte, während er zum Flur blickte.

„Der war draußen schon so aufgeregt", meinte Kerkhoff. Er stand auf. „Dann schauen wir mal nach, was da los ist!"

Er ließ den Hund los. Sofort sprang Harry auf, huschte durch die Küche und blieb an der Flurtür zum Keller stehen.

„Was ist denn da?" Lena war dem Hund gefolgt, der nun mit den Pfoten an der Tür kratzte. „Mach mal langsam!" Auch Kerkhoff kam neugierig näher. Lena drückte den Lichtschalter, während der Hund durch die Tür schoss und bereits mit der Nase am Boden die Treppe hinuntersauste.

„Warte, Harry, nicht so schnell!"

Wieder kratzte der Hund an der Tür, diesmal am Hintereingang. Sie war nur angelehnt und nach einigen Versuchen gelang es dem Hund, die Tür mit den Krallen der Vorderpfoten zu bewegen. Lena rannte hinterher, doch der Hund verschwand schon in den Büschen. Sie hörte nur Harrys Bellen und wählte den Weg um das Gebüsch herum. Dann sah sie den Hund den Schotterweg hochrennen, an dessen Ende ein

Fahrradfahrer mit hohem Tempo in der Kurve verschwand. Der Typ kam ihr bekannt vor.

„Harry, hier!" Kerkhoff war herangekommen und dirigierte den Hund zusätzlich mit einem Pfiff auf zwei Fingern zurück.

„Was war das denn? Seit wann spielen wir denn Fahrradfahrer apportieren?" Lena empfing den zurückkehrenden Hund mit ruhiger Stimme. „Aber du hast gut aufgepasst!" Sie puhlte ein Leckerli aus der linken Jeanstasche und fütterte den Labrador damit. Harry verschlang das Teil ohne zu kauen, suchte sich den nächsten Baum und markierte ihn.

Esens, Czerlikowskis Haus

Hauptkommissar Czerlikowski starrte seinen Kaffeebecher an. Seine Augen brannten übermüdet. Der Blick wanderte über den Tisch zur leeren Whiskyflasche.

Sich abends die Kante zu geben, ist auch keine Lösung, dachte er. Er stand auf, nahm die Flasche und legte sie in die Altglaskiste. Vor dem Küchenfenster blieb er stehen und starrte hinaus. Er nahm draußen nichts wahr, aber er ordnete seine Gedanken. Eigentlich passte ihm das gemeinsame Frühstück mit seinem Kollegen Kerkhoff überhaupt nicht in den Kram, heute jedenfalls nicht. Er hatte keine Lust, sich womöglich über die Arbeit zu unterhalten, denn zwangsläufig käme die gemeinsame Tätigkeit nach kurzer Zeit auf den Tisch: Nein, nach Polizeiarbeit stand ihm überhaupt nicht der Sinn, dazu fehlte ihm einfach die Kraft. Seine gesamte Energie benötigte er zum Ordnen seiner eigenen Verhältnisse, für seine eigene Familie beziehungsweise für das, was davon noch übrig war. Vor allem musste er sich mehr um Miriam kümmern und musste sich klar werden, welche Perspektive er hatte: Er stand vor den Scherben seiner Ehe. Doch irgendwie musste es weitergehen.

Czerlikowski beschloss in diesem Moment, sein Leben wieder in die Hand zu nehmen. Als Erstes würde er aufräumen, die Schnapsflaschen wegschließen und anschließend zwei Telefongespräche führen.

Nach einem letzten kräftigen Schluck aus dem Wasserglas mit sprudelndem Aspirin legte er los und räumte fast eine Stunde lang intensiv auf. Die Müdigkeit verschwand aus seinem Körper, die Kopfschmerzen ließen nach und seine Energie kehrte zurück. Nur seine Waden drückten noch bleiern. Zufrieden schaute er sich um. Für zehn Minuten setzte er sich auf das geräumige Sofa, sank ins Polster und atmete tief ein. Die erste Hürde war genommen.

Er brühte eine Kanne Kaffee auf und schenkte sich ein. Im Computer suchte er die Telefonnummer und wählte.

„Schröder!" Die klare Stimme drang an sein Ohr. Czerlikowski zögerte. Eine kurze Pause entstand.

„Hallo, wer ist denn da?" Die Stimme wirkte nun eine Nuance ärgerlicher.

Czerlikowski räusperte sich. Er wollte etwas Zeit gewinnen und wenn es auch nur eine Zehntelsekunde war.

„Hier ist ... äh, Jan". Er sprach leise, fast zu leise.

„Jan? Welcher Jan?", fragte Marie genervt. „Ich kenne keinen Jan. Oder ist das ein schlechter Scherz?"

„Nein, natürlich nicht: Hier spricht Jan Czerlikowski von der Kripo!" Er stellte sich ihr Gesicht vor; Marie Schröder. Czerlikowski hatte sie bei seinem letzten Fall, in dem es um den Esenser Schützenkönig ging und bei dem Hinni Schröder, Maries Bruder, ums Leben gekommen war, kennengelernt. „Sie wissen doch", stotterte er ins Telefon. „Ich, äh, ich wollte mich erkundigen, wie es Ihnen geht."

„Das ist aber eine Überraschung. Entschuldigung, dass ich Sie nicht gleich erkannt habe", erwiderte Marie, jetzt freundlicher; nicht nur deutlich freundlicher, sondern sogar erfreut, schien es Jan Czerlikowski.

„Das ist nett, dass Sie sich erkundigen. Gehört das auch zur normalen Polizeiarbeit, sich hinterher nach Abschluss eines Falls noch einmal zu melden?"

„Ja, das heißt, nein, zur normalen nicht ..." Czerlikowski ruderte etwas. Sie hatte ihn ertappt und legte gleich den Finger in die Wunde.

„Wie gesagt, es ist trotzdem nett von Ihnen. Von dem anderen, Ihrem Kollegen, hätte ich das auch gar nicht erwartet und mit dem möchte ich auch nichts zu tun haben. Wie hieß der noch?... Kerkau oder so?", fragte sie, nun wieder deutlich kratzbürstiger.

„Kerkhoff, Gerrit Kerkhoff", sagte Jan.

„Genau, Kerkhoff, bah." Marie war während der Ermittlungen gegen ihren Bruder heftig mit Kerkhoff aneinandergeraten und Czerlikowski hatte große Mühe gehabt, seinen Kollegen zu bremsen und die Situation zu entschärfen. Marie Schröder hatte das nicht vergessen und nicht verziehen.

„Eigentlich wollte ich aber nicht wegen meines Kollegen anrufen", nahm er den Faden wieder auf.

„Sondern?", provozierte ihn Marie freundlich.

„Ja ... pfff". Czerlikowski machte eine unbeholfene Kunstpause, um die richtigen Worte zu finden, „... wegen, also, wie gesagt: Ich wollte mich nach Ihrem Befinden erkundigen, ja, das war es."

„Aha, nach meinem Befinden. Na ja, es geht so", sagte Marie. Im Hintergrund hörte Czerlikowski ihre Söhne herumtollen und gleich darauf rief Marie ihnen auch schon zu, sie sollten nach draußen zum Spielen gehen. Es wurde merklich ruhiger, wahrscheinlich hatten die Jungens das Zimmer bereits verlassen. „Entschuldigung. Meine Söhne veranstalten gerade ein kleines Chaos. Und ich bin auch etwas in Eile und im Stress."

„Oh“, sagte Czerlikowski, „ich wollte nicht stören. Wenn Sie keine Zeit haben, dann ...“

„Nein, nein, alles in Ordnung. Wissen Sie was? Wie wäre es, wenn Sie heute Nachmittag zum Tee kommen? Dann ist es etwas ruhiger, dann sind die Jungs unterwegs.“

„Heute Nachmittag? Ja, gern“, beeilte sich Jan zu sagen. „So gegen 15:30 Uhr?“, fragte er nach und überlegte schon, wo er auf die Schnelle einen Blumenstrauß kaufen könnte.

Buenos Aires 1976

„In den frühen Morgenstunden hat es einen Anschlag auf eine Militärpatrouille gegeben. Dabei wurden zwei Soldaten getötet, zwei weitere schwer verletzt ..."

Die Worte des Nachrichtensprechers schwirrten in Isabels Kopf, als sie sich auf den Heimweg machte. Relativ ungehindert erreichte sie das Wohnhaus, obwohl die Polizisten die Straße abgeriegelt hatten, aber Anwohner durchließen.

„Isabel! Gott sei Dank!" Ihre Mutter schloss sie in die Arme. Erstaunlicherweise schien sie weniger besorgt, als Isabel es erwartet hatte. „Gut, dass dieser Juan hier Bescheid gesagt hat, dass du heute Nacht nicht nach Hause kommen würdest. Und dann dieser Anschlag heute Morgen! Es heißt Stadtguerilla, Montoneros oder ERP-Kämpfer sollen wieder einmal zugeschlagen haben. Und das in direkter Nachbarschaft."

Isabel wunderte sich, dass ihre Mutter diese Organisationen überhaupt kannte. Sie setzte sich an den Tisch und trank einen Kaffee.

In den nachfolgenden Tagen durchsuchten Armee und Polizei etliche Wohnungen in der Gegend und nahmen die üblichen Verhaftungen vor. Auch in anderen Stadtteilen hatte es Anschläge gegeben. Und das Regime drängte auf Vergeltung: Die Militärs sagten der Opposition einen rigorosen Kampf an. Der Brigadegeneral Iberico Saint Jean, gleichzeitig Militärgouverneur von Buenos Aires drohte, zuerst alle Subversiven zu töten, dann ihre Unterstützer, die Kollaborateure und Sympathisanten, anschließend die Unentschlossenen und schließlich die Lauen.

Und er beließ es nicht bei den Worten. Der schmutzige Krieg hatte begonnen. Unterstützung erhielten die Militärs durch die rechtsradikalen Todesschwadronen, die folternd und mordend gegen die argentinische Opposition zu Felde zogen und die antikommunistische Allianz bildeten.

Hundehof Schuster, Schaffhauser Wald, Esens

„Der Hund ist nicht ausgelastet“, stellte Lena Schuster fest, als sie zu Gerrit Kerkhoff zurückkehrte. „Da rennt er doch harmlosen Radfahrern hinterher. So etwas hat er noch nie gemacht!“

„Vielleicht liegt es daran, dass der Radfahrer gar nicht so harmlos war!“ Hauptkommissar Kerkhoff deutete auf das defekte Vorhängeschloss an der Kellertür.

„Wie jetzt?“, fragte Lena erstaunt und gleichzeitig entsetzt.

„Das hat jemand manipuliert. Die Vorrichtung wurde samt Schraube aufgehebelt.“

„Aufgehebelt? Sie meinen, der bricht hier ein? Quasi wo wir dabei sind, wo wir im Haus sind, mitten am Tag?“ Lena Schuster schluckte.

„Es sieht so aus. Es war auch nicht schwer hineinzukommen, denn das Holz ist schon sehr morsch. Bestimmt wäre eine schwere Tür besser. So jedenfalls kann das nicht bleiben!“ Er hatte sein Handy bereits am Ohr.

„Da ist jemand eingebrochen, das gibt's doch gar nicht!“, wiederholte Lena und blickte Kerkhoff fassungslos an. Der stoppte sie mit der flachen Hand und sagte ins Handy: „Kerkhoff hier! Schick doch mal die Kollegen vorbei. Einbruch, Hundehof Schröder, Esens. Spurensicherung usw.!“ Er gab weitere Anweisungen, drückte eine Taste und als Lena meinte: „Aber bei mir ist doch gar nichts zu holen! Kein Bargeld, keine Wertsachen! Was soll hier jemand stehlen wollen?", telefonierte Kerkhoff schon mit dem nächsten Gesprächspartner am Handy. „Hallo, Gerrit hier. Du, Jan, es wird leider nichts mit unserem Frühstück. Hier auf dem Hundehof gibt es Arbeit. Nein, zum Glück keinen Mord, aber einen Einbruch, fast direkt vor meinen Augen. Die werden immer dreister!" Er beendete das Gespräch.

Lena wirkte etwas gefasster, als sie sagte: „Noch nicht gefrühstückt? Ich schmier' uns ein paar Brote; es kommen sicher auch noch mehr Polizisten, oder?"

Während sie in der Küche hantierte, sah sich Kerkhoff im Keller um. Er konnte jedoch nichts Auffälliges entdecken und stieg nach einigen Minuten wieder die Treppe zum Flur hoch. Der Hund wartete aufgeregt an der Schwelle und begrüßte ihn freudig.

„Als ich vorhin kam, stand ein Mountainbike direkt an der Straßenecke – eine teure Marke, Cube wenn ich nicht irre, schwarz-rot mit Hörnchenlenker. Der Täter lief demnach den Rest zum Haus zu Fuß", stellte er fest, als er mit Lena die Teller mit den Broten auf den Tisch stellte. „Darf ich?" Er griff zu, als sie nickte.

„Ob der wiederkommt?", fragte Lena besorgt.

„Eher nicht." Kerkhoff versuchte sie zu beruhigen. Aber er wusste selber nicht, was er davon halten sollte. „Die Kollegen von der Streife werden hier öfter vorbeifahren. Das habe ich bereits veranlasst."

„Das ist nett von Ihnen", sagte Lena, „ach, eigentlich können wir uns doch auch duzen, oder?"

„Äh ..." Kerkhoff hatte das Gefühl, diese tolle junge Frau schon ewig zu kennen. Es gibt einfach Menschen, mit denen man sich auf Anhieb versteht, dachte er. „Wenn wir noch nicht beim ‚du' waren, dann ab jetzt!" Er lächelte und legte seine rechte Hand auf ihren Arm.

Sie lag dort eine Spur länger als sie musste, um nur eine unbedeutende Bewegung zu sein. Lena sah ihn an.

Verdammt schöne Augen, stellte Kerkhoff fest, verdammt schöne Augen.

Und Lena sah ihn weiter an, auch einen Moment länger als nötig. Dann lächelte sie und zum ersten Mal, seit er auf diesen Hundehof kam, registrierte er dieses einzigartige, bezaubernde Lächeln. Bislang hatte er sie lediglich als umtriebige, engagierte, nie still sitzende junge Frau erlebt, die scheinbar nur Augen für die ihr anvertrauten Tiere hatte.

„Eigentlich wollte ich den Hund für ein paar Tage zu mir holen, aber es wird wohl besser sein, wenn ich ihn heute Abend wieder vorbeibringe. Harry kann hier im Haus bleiben und für Sicherheit sorgen. Der wird schon aufpassen!" Gerrit Kerkhoff fand seine eigene Aussage logisch; außerdem hatte er dann einen Grund, heute noch einmal vorbeischauen zu können.

„Sie ... nein, du bist ja richtig besorgt um mich!"

Bevor Kerkhoff etwas antworten konnte, fuhren zwei Polizeiwagen auf den Hof.

„Na, klar", rief er beim Rausgehen. Draußen unterhielt er sich mit den Kollegen von der Spurensicherung, die sich kurz darauf in den Keller begaben.

„Ich dreh gleich mal eine Runde mit dem Hund", sagte er anschließend und ergriff die Leine. Sofort drehte der Labrador vor Vorfreude auf.

„Übrigens", meinte Lena, als er losfahren wollte, „vor Kurzem habe ich einen Typen mit solch einem Rad im Wald gesehen. Vom Körperbau her könnte er das gewesen sein."

29

Esens, Czerlikowskis Haus

„Okay, 15.30 Uhr, das passt", sagte Marie Schröder. „Ich freu mich!"

„Ich mich auch!" Jan war während des Telefonats mit dem Mobilteil durch die Zimmer gewandert. Er fühlte sich plötzlich gut, sehr gut sogar. Es war lange her, dass er so euphorisch gewesen war. Und dann hatte auch noch sein Kollege Kerkhoff das Frühstück abgesagt. Besser konnte es doch gar nicht laufen.

Jan stand jetzt vor dem Spiegel. Er betrachtete sein unrasiertes Gesicht. Am Ohr klebte immer noch sein Telefon, obwohl Marie schon längst aufgelegt hatte. Und etwas Wichtiges fiel ihm auf: Zum ersten Mal nach langer Zeit blickte er nicht in eine grimmige, erschöpfte Visage. Die Gesichtszüge waren entspannter und er glaubte sogar, ein kleines Lächeln erkennen zu können. Mit der Hand strich er über die Wange. So könnte er Marie Schröder heute Nachmittag nicht gegenübertreten; der Dreitagebart musste ab. Auf dem Weg ins Bad fiel ihm ein, dass er noch ein zweites Gespräch führen wollte. Er wählte aus dem Speicher des Mobilteils die Handynummer seiner Frau. Geduldig wartete er ab. Das Freizeichen ertönte. Er wusste, dass am anderen Ende der Leitung eine Melodie von James Last erklang. Er schüttelte sich.

Wenigstens telefoniert sie jetzt nicht stundenlang, dachte Czerlikowski und rechnete jeden Moment damit, ihre Stimme zu hören. Aber nichts geschah. Sie ging nicht ran, sie ging einfach nicht ran. Er fluchte.

Wahrscheinlich hat sie keine Zeit, weil sie sich von ihrem Stecher durchnageln lässt, dachte er.

Jan war nicht nur sauer, er war stinksauer. Jetzt sollte er auch noch auf die Mailbox sprechen.

„Jan hier!" Er merkte selber, wie aggressiv er sprach. „Ich hätte gerne gewusst, wann Miri heute nach Hause kommt. Am Nachmittag bin ich selber nicht da, es kann Abend werden, bis ich zurück bin. Sie sollte vielleicht nachsehen, ob sie noch Hausaufgaben machen muss. Und bei der Gelegenheit richte ihr bitte aus, dass sie das nächste Mal kurz Bescheid sagen soll, wenn sie geht, ... also, wenn sie das Haus verlässt. Ich hab ja nichts dagegen ..."

Besetztzeichen.

Die Mailbox zensierte seine Ausführungen. So etwas!!! Czerlikowski legte das Telefon aus der Hand und griff zum Rasierer.

Eine Stunde später briet er zwei Spiegeleier, schlürfte einen Kaffee und machte sich bereit, um Marie Schröder zu treffen. Als er aus der Haustür trat, klingelte sein Handy.

30

Esens- Innenstadt

Lena Schuster versorgte die Polizisten mit belegten Broten und Kaffee. Gerrit Kerkhoff hielt noch eine Besprechung mit den Kollegen vor Ort, ordnete noch einmal vermehrte Streifenfahrten für den Schusterhof an und schwang sich in den Fahrradsattel. Der Labrador lief an der rechten Seite des Fahrrads und legte sich wie immer zu Beginn einer Fahrt enorm kraftvoll in die Leine. Mit rasantem Tempo bogen sie in den engen geschotterten Radweg und legten schnell eine gute Strecke zurück. Harry war gar nicht müde zu bekommen. Er hetzte unermüdlich vorwärts. Erst in Höhe der Druckerei Söker beruhigte sich der Hund etwas und lief dann langsamer. Kerkhoff entschloss sich, zum Ostfriesland Wanderweg abzubiegen. Nach einigen Kilometern bog er kurz in den Hayungshauser Weg und gleich darauf in den einspurigen Radweg, der zur Straße Armenland führte. Schnell kam die Jugendherberge in Sicht. Rechts über die Weiden hinweg sah Kerkhoff die Dreifachhalle und den Kunstrasenplatz, der von den Fußballern des TUS Esens und den Schülern des anliegenden Schulzentrums gleichermaßen genutzt wurde. Auf dem Parkplatz am vorderen Ende standen Autos von Tennisspielern des TC Esens. Kerkhoff ließ den Hund nun frei laufen, trotz vorwurfsvoller Blicke entgegenkommender Radfahrer. Aber um die scherte sich Harry nicht, sondern hielt die Nase dicht am Boden und sog die fremden Gerüche und die damit hinterlassenen Informationen gierig auf. Gelegentlich hob er das Bein, um anderen Rüden zu zeigen, dass er auch an diesem Busch gewesen war.

Hin und wieder dirigierte ihn ein scharfer „Rechts"-Befehl wieder auf die richtige Straßenseite, sodass er niemandem in die Quere kam. Erst kurz vor der Bensersieler Straße klickte Kerkhoff den Schäkel der Leine an Harrys Halskette ein.

Nach knapp zwei Kilometern führte Gerrit Kerkhoff den Hund an den Tidebrunnen auf dem Marktplatz und ließ ihn das abgestandene Wasser schlabbern. „Und weiter!" Der Hund setzte sich wieder an der rechten Fahrradseite in Bewegung.

Plötzlich ertönte ein lauter „Harryyyyyyy!"-Ruf, woraufhin der Labrador losstürmte und Kerkhoff fast vom Fahrrad zog. Der ließ die Leine los und der Hund rannte auf einen Mann zu, der draußen vor einem Café an einem Tisch saß.

„Willi, du Wahnsinniger. Der Hund hätte mich fast vom Rad gezogen", grollte Gerrit Kerkhoff.

„Dann wäre halt wieder eine gut bezahlte Planstelle freigeworden", kommentierte Willi Wedell mitleidlos.

„Harry, komm weg von diesem schlechten Menschen." Kerkhoff dirigierte den Hund in die Nähe des Stuhls, den er sich an Willis Tisch zog. „Du machst den Hund ganz verrückt, du Hundequäler!" Er rückte, während er den Kaffee bestellte, seinen Kragen zurecht, denn trotz der Sonnenstrahlen blies der Wind kühl um die Ecke. „Ist ja doch noch eine ganze Menge los, was?" Kerkhoff rührte in der Tasse.

„Ja, unsere Ruhe haben wir erst in ein paar Monaten", grantelte Willi Wedell. „Nun sieh dir mal die dicken, fetten Kreaturen an. Die sollten mal lieber nicht so viel fressen!" Für Gerrit Kerkhoffs Gefühl tat Willi seine Wahrheiten etwas zu laut kund, während sie die stark übergewichtigen Touristen vorüberschlendern sahen. „Das wird immer schlimmer. Du könntest auch gut einige Kilos abnehmen." Willi ging zum Angriff über.

„Alles bezahlt, mein Lieber!", erwiderte Kerkhoff, während er seine Rechte auf seinem Bauch platzierte. „Was moserst du eigentlich so unausstehlich hier herum? Fass dich mal an die eigene Nase, du Rotzkocher."

Diese herzlich raue Retourkutsche brachte Willi auf ein neues Thema. „Was ist da eigentlich auf Wangerooge passiert? Eine üble Sauerei!"

„Du meinst die Tierquälerei?"

„Was sonst? Touristenschlachten gibt es ja noch nicht!" Willis Laune war heute extrem schlecht.

„Wir haben die Ermittlungen aufgenommen", erzählte Kerkhoff, „ich musste rüber und habe mir die Sauerei angesehen. Es ist unvorstellbar, dass es solche Menschen gibt; ein fürchterliches Gemetzel."

„Wenn man diesen Typen zu fassen bekäme, sollte man das Gleiche mit dem auch machen!" Willi machte ein neues Fass auf.

„Wir sind hier nicht im Wilden Westen, hier haben wir einen Rechtsstaat", entgegnete Kerkhoff.

„Ach, was." Willi hatte seine festen Einstellungen. Tierquälerei, auch noch an Pferden begangen, war für ihn unentschuldbar. Er hatte selber einige Reitpferde auf einem Bauernhof einquartiert und verbrachte viel Zeit und Arbeit mit seinem Hobby. „Schau dir einmal die entsprechenden Internetforen an, wie die Betroffenen dort reagieren. Es wäre besser, der Täter würde nicht in ihre Hände fallen. Glaub es mir. Und ehrlich gesagt, um so einen täte es mir auch nicht leid!"

„Der muss krank sein, total krank“, sagte Gerrit Kerkhoff und Willi nickte zustimmend.

„Und was passiert jetzt, was macht die Polizei?“

„Ermitteln, was sonst? Ermitteln und Berichte schreiben“, sagte Kerkhoff genervt. „In diesem Fall gab es sogar einen großen Bahnhof. Es kamen Kollegen aus Hannover auf die Insel, „Soko Pferd“. Der Pferdequäler scheint seine Aktivitäten in unsere Region verlegt zu haben.“ Kerkhoff bemerkte, dass er ins Erzählen kam. Mehr Infos wollte er aber nicht preisgeben. Bevor Willi nachfragen konnte, winkte er der Bedienung, um zu zahlen.

Buenos Aires 1976

Luiza Pereiras Leben hatte sich von Grund auf geändert. Die gebrochene und gezeichnete Frau entwickelte zunehmend neue Energie und schien unermüdlich. Sie verteilte und klebte nachts Flugblätter, beriet andere Familien, die „Verschwundene" zu beklagen hatten, malte Spruchbänder für die wöchentlichen Demonstrationen am Donnerstag auf der Plaza de Mayo, ließ verschiedentlich Menschen in ihrer Wohnung übernachten und sammelte Spenden für Anwaltskosten.

„Ich brauche das, um meine Angst, Trauer und Ohnmacht zu verdrängen. Wenn ich nichts tue, machen mich die Sorgen um Miguel verrückt", sagte sie zu Isabel, die sie ängstlich ermahnte, vorsichtig zu sein.

„Aber das wollen sie doch erreichen; sie wollen unsere Angst, sie wollen uns demütigen, sie wollen uns beherrschen. Nur wenn wir uns ihnen mutig entgegenstellen, ihnen zeigen, dass wir uns unseren Stolz nicht nehmen lassen, ihnen zeigen, dass sie uns nicht ängstigen können, dann wird die Gerechtigkeit siegen, nur dann werden die Faschisten von der Bühne verschwinden."

Und Mut bewies ihre Mutter. Das konnte Isabel bei einer Demonstration der Mütter beobachten. Sie hatte die Studenten- und Schülergruppe, die sich auf der gegenüberliegenden Seite des Platzes aufgestellt hatte, zunächst gar nicht bemerkt. Erst als die jungen Leute die Parolen gegen die Abschaffung der Ermäßigung in

Bussen und Zügen riefen, wurde Isabel aufmerksam. Gleichzeitig entdeckte sie in den Seitenstraßen aufmarschierende Soldaten, in Fordbussen vorfahrende Polizisten und zivile Geheimdienstler, die den Platz abriegelten und einkreisten.

Die Schüler und Studenten bewegten sich auf die Gruppe der demonstrierenden Frauen mit den weißen Kopftüchern zu.

Nach einigen Minuten versuchten Soldaten, einen jungen Studenten am äußeren Rande festzunehmen. Der junge Mann schrie, wehrte sich vehement und hielt sich in Todesangst an einer Laterne fest. Mittlerweile hatten die Verfolger einen seiner Arme freibekommen und es hätte sicherlich nicht lange gedauert, bis sie ihn endgültig überwältigt und abtransportiert hätten.

Plötzlich löste sich aus der Gruppe der weiblichen Demonstranten eine Frau. Die Enden ihres Kopftuchs flatterten wild auf ihren Schultern. Sie rannte mit einer unglaublichen Schnelligkeit über den Platz auf die Soldaten zu. Isabel stockte der Atem. Es war ihre Mutter. Luiza hatte die Gruppe jetzt erreicht. Sie schrie nach Leibeskräften: „Nein, den bekommt ihr nicht! Den bekommt ihr nicht!"

Verdutzt blickten die faschistischen Häscher sie an. Einer von ihnen versuchte Luiza festzuhalten, während die beiden anderen den Studenten bereits in ihrer Gewalt hatten und wegzerren wollten.

Doch Luiza Pereira wich geschickt aus. Es gelang ihr, den Leib des Studenten zu umklammern; sie rief fortwährend: „Den bekommt ihr nicht, den nicht!"

Das war das Zeichen für die anderen Frauen. Nun stürmten sie auch nach vorn, hingen sich ihrerseits an die Studenten, die aus der Gruppe der jungen Leute verschleppt werden sollten. Gegen diese Überzahl waren die Soldaten letztlich machtlos. Sie ließen von ihren Opfern ab; in der Zwischenzeit war es den anderen Müttern gelungen, um die demonstrierenden Schüler und Studenten einen Schutzkreis zu bilden. Wer die jungen Leute nun noch verschleppen wollte, der musste zuerst ihren Ring durchbrechen.

31

Czerlikowskis Haus, Esens

Czerlikowski blickte auf das Display seines Mobilphones. Er atmete tief durch, um nicht gleich loszuballern. Dann nahm er das Gespräch an und brummelte kurz angebunden so etwas Ähnliches wie eine Begrüßung.

„Wie, sie ist nicht bei dir? Wo soll sie denn sonst sein? Hat doch die ganzen Klamotten samt Schlafsack und Isomatte mitgenommen." Er wusste selber, dass das eine blöde Frage war, aber irgendetwas musste er sagen: Miriam war heute Nacht nicht nach Hause gekommen und bei ihrer Mutter war sie also auch nicht. Er wurde nervös und wohl etwas zu laut. Sofort entschuldigte er sich bei seiner Frau – sie konnte schließlich nichts dafür, obwohl er gerne einen Schuldigen gehabt hätte, den er seine miese Laune spüren lassen konnte. Fest stand allerdings: Miri war verschwunden.

„Nein, bei ihrer Freundin habe ich es noch nicht versucht; bis gerade eben war ich davon ausgegangen, dass sie bei dir ist."

Er überlegte, was zu tun sei. Wenn besorgte Eltern eine Vermisstenanzeige aufgaben, dann lief alles ganz automatisch ab: Die üblichen Beruhigungsgespräche kamen wie vom Tonband. Doch nun war alles anders – ein typischer Paradigmawechsel. Jetzt ging es um seine eigene Tochter, er war selber betroffen. Horrorszenarien spielten sich in seinem Kopf ab. Miriam in einen Unfall verwickelt, tot in einem Maisfeld, in der Hand eines Vergewaltigers ...

„Stopp!“, sagte er sich, um sich zu bremsen und rationaler zu werden. „Ganz ruhig, Jan.“ Er begann, die Situation zu analysieren: Miriam hatte Klamotten und ihren Schlafsack mitgenommen, wiederholte er, als er erneut ins Haus und in Miriams Zimmer zurückgegangen war. Er bat seine Frau, Kontakt mit Miriams Freundinnen aufzunehmen und legte auf. Dann probierte er noch einmal, seine Tochter am Handy zu erreichen. Sie hatte es abgestellt. Czerlikowski erinnerte sich an ein Gespräch mit ihr, in dem sie merkwürdigerweise etwas über Handyortung wissen wollte - sonst interessierte sie sich nicht die Bohne für seine Arbeit bei der Polizei. Er überlegte. Dann rief er seine Kollegen an. Ärgerlich und gereizt reagierte er auf ihre gut gemeinten Beruhigungsformeln und gab klare Anweisungen.

Er beendete das Gespräch und versank erneut in Überlegungen. Wo könnte Miriam sich aufhalten? Warum war sie überhaupt abgehauen? Wollte sie ihren Eltern durch ihr Verschwinden einen Schreck einjagen? Ihnen zeigen: Hallo, ich bin auch noch da? Warum hatte er keine Telefonliste ihrer Freundinnen? Wo könnte er anfangen zu suchen?

Am liebsten hielt sie sich bei Tieren auf, etwa bei Lena Schuster am Hundehof - und vor allem bei den Pferden auf dem Reiterhof von Gerd Bloempott oder in der Reithalle. Mit unglaublicher Energie betrieb Miriam ihr Hobby, ihm wäre es lieber gewesen, sie zeigte diese Energie auch in der Schule. Sie war sich allerdings auch zum Ausmisten nicht zu schade, klaglos hegte und pflegte sie die Reitpferde, besonders Hope, Bloempotts Stute, die sich an der Hinterhand verletzt hatte und die jetzt auf Lena Schusters Hof in Pflege war.

An diese Dinge konnte sich Jan Czerlikowski gut erinnern, aber alles andere, was seine Tochter betraf, war weg. Hatte er sich zu wenig um sie gekümmert? Missmutig stieß er mit dem Fuß gegen den Papierkorb, der einen Satz zur Seite machte und umkippte. Im gleichen Moment fuhr draußen ein gelber Opel vor. Kaum hielt der Wagen, flog die Beifahrertür auf und seine Frau sprang aus dem Auto.

„Nun bringt sie ihren Lover auch noch mit hierher", fluchte Jan ärgerlich, als er den jungen Mann hinter dem Lenkrad entdeckte. „Eigentlich sollte ich jetzt hinausgehen und diesem Sack eins auf die Fresse hauen." Jan fluchte weiter. Er hörte, wie sie die Haustür aufschloss.

„Jan? Jan, wo bist du?", rief sie im Flur, sah ihn dann aber gleich durch die offene Tür in seinem Arbeitszimmer stehen: „Wie sieht es denn hier aus?" Sie stellte den Papierkorb hin und schmiss die herausgefallenen Papierknäuel wieder hinein.

Jetzt fehlt nur noch, dass sie sagt, es wäre auch kein Wunder, dass Miriam weg sei, dachte Jan. „Was hat der denn hier zu suchen?" Er deutete aus dem Fenster.

„Nun lass doch, Jan. Wir haben andere Sorgen als uns zu streiten. Wir müssen Miriam finden!" Ihr schossen Tränen in die Augen.

Jan stand unbeweglich da. Er fühlte sich immer unbeholfen, wenn sie weinte. Gern hätte er sie in den Arm genommen.

32

Esens-Osthörn

Nach der großen Fahrradrunde brachte Gerrit Kerkhoff den Hund zum Hundehof zurück und vergewisserte sich, dass alles in Ordnung war. „Es ist besser, wenn du Harry hier bei dir hast. Und wenn etwas ist, ruf mich an."

Auf dem Rückweg nach Hause machte sich sein Magen bemerkbar: Groß zu kochen hatte er keine Lust heute, das würde zu viel Zeit kosten. Beim Italiener „Bei Toni" in der Steinstraße hielt er daher kurz an und bestellte eine Pizza zum Mitnehmen.

„Pizza Tonno, prego!" Wenn Nina das sehen könnte, wäre sie entsetzt gewesen: Thunfisch ging ihrer Ansicht nach gar nicht – wegen der Delfine, die sich in den Thunfischnetzen verfingen und jämmerlich ertranken.

Kerkhoff schob die Gedanken beiseite und klemmte den Pizzakarton auf den Gepäckträger, stieg auf sein Rad und kramte das Handy aus der Jackentasche.

Mit der Kurzwahlnummer zwei rief er Nina an. Sie hatte sich bitterlich beschwert, dass sie auf seinem Handy nur die Nummer zwei war und die Dienststelle die Nummer eins, als sie wieder einmal stritten, dass seine Arbeit so viel Raum in seinem Leben einnahm.

Geschickt wich Kerkhoff einem dicken Hundehaufen auf dem Radweg aus. Fünfzig Meter weiter schrie jemand aus dem geöffneten Fenster eines Autos: „Telefonieren während des Fahrradfahrens verboten!" Bekanntes lautes Lachen begleitete diesen Ruf und drang in Kerkhoffs Gehörgang. Willi Wedell, na klar! Wer sonst!

„Du mich auch!", rief Gerrit Kerkhoff hinterher, doch Wedell war schon hinter der nächsten Kurve verschwunden.

„Hallo erst mal!" Nina säuselte ins Telefon. Dann knackte es.

„Nina?" Nichts. Hatte sie aufgelegt? Kerkhoff blickte aufs Display. Dieser mistige Akku, leer.

Zuhause griff Kerkhoff das Festnetztelefon und wählte erneut Ninas Telefonnummer.

„Na, Süße! Treffen wir uns heute noch? Du kannst dich ruhig mal wieder sehen lassen." Gerrit Kerkhoff wählte bewusst die Worte, die Nina so oft vorwurfsvoll benutzte, wenn er dienstlich unterwegs war. Und auch sein vorsichtiger Vorwurf hatte durchaus einen Grund: Nina war nur noch unterwegs, hauptsächlich für ihre Schule, wie sie stets betonte. Es war schon schwer, ihre Arbeitszeiten aufeinander abzustimmen; in der letzten Zeit lag es allerdings ausnahmsweise an Ninas Job, dass sie sich so selten sahen; aus seiner Sicht jedenfalls.

„Wir werten noch schnell die Fotos von dem Vogel aus", erzählte Nina. Gerrit unterbrach sofort und witzelte: „Von welchem Vogel, von deinem?"

„Haha! Von dem Vogel, den ich gerettet habe! Auf unserer Radtour! Du erinnerst dich?", erwiderte sie etwas unwirsch. Klar erinnerte er sich. Unwillkürlich griff Gerrit sich an den Hinterkopf, denn dieser Miniadler war schließlich für seinen Krankenhausaufenthalt verantwortlich gewesen.

„Hermine und Hannes haben den Piepmatz wieder richtig aufgepäppelt", fuhr Nina fort, „und wir konnten ganz viele tolle Fotos machen."

Die beiden Alten waren große Tierfreunde, das wusste Gerrit Kerkhoff.

Vor allem Hannes Gerken liebte Hunde und half oft bei der Betreuung von Harry, dem Labrador, aus. Er hatte Kerkhoff auch zugeredet, den Hund endlich vom Hundehof zu holen und ihm ein Zuhause zu bieten, das das Tier verdient hatte. Gerrit war sich allerdings immer noch nicht sicher, ob er dem Hund gerecht werden konnte: Noch zögerte er diesen Schritt hinaus, aber in seinem Innersten stand sein Entschluss fest.

„Und wer ist eigentlich wir?“, fragte Gerrit nach und versuchte den eifersüchtigen Unterton zu vermeiden. „Mit wem verbringst du denn so viele Vorbereitungsstunden für die Schule, dass du für mich kaum mehr Zeit hast?“

„Uns sind doch Referendare zugeteilt worden, weißte doch. Und das macht sich nicht von alleine. Gute Lehrer wollen gut ausgebildet sein. Die fallen nicht von den Bäumen“, hörte er Nina antworten. Sie begann wieder, Vorträge über Schule und Unterricht zu halten. Er stellte seine Ohren auf Durchzug, bis Nina sagte: „Und Tom hat bald Zwischenprüfung.“

Tom? Wer war Tom? Hatte sie schon einmal etwas von einem Tom erzählt? Gerrit Kerkhoff kramte in seiner Erinnerung. „Wer ist Tom?“

„Der neue Referendar. Hab ich dir das nicht erzählt? Ein ganz toller Typ, sag ich dir, auch als Lehrer echt super!“

„Ach“, hörte sich Kerkhoff sagen, „auch als Lehrer! Und als was noch?“ Er wurde nun doch hellhörig.

„Wie? Nein, das war nur so dahingesagt. Obwohl so als Mann ist er auch nicht zu verachten: groß, blond, breitschultrig ... und tolle Augen hat der, wow!“

Kerkhoff hörte Nina gebannt zu. Wollte sie ihn provozieren und eifersüchtig machen?

„... und der hat ein Händchen ... ich meine, für Schüler, sagenhaft. Ein Naturtalent!“

„Aha! Interessant!“, brummte Gerrit kurz angebunden ins Telefon.

„Das macht dir doch sicherlich nichts aus, oder?“ Nina war ein richtiger Filou und sie wusste genau, wie sie ihn anpieksen konnte, das merkte Gerrit und er konnte sich nicht so richtig dagegen wehren.

„Das musst du doch wissen, mit wem du deine kostbare Freizeit verbringst“, erwiderte er ärgerlicher, als er sich anmerken lassen wollte. Groß, blond ... pah ... und jünger war der sicherlich auch noch.

Die Haustürklingel läutete.

„Ich muss jetzt Schluss machen“, hörte er Nina sagen und glaubte, ein leises Kichern zu vernehmen. „Bis dann!“

„Ja, tschüss!“, entgegnete Kerkhoff kurz angebunden und legte das Telefon aus der Hand.

Er stand auf und stapfte schlecht gelaunt zur Haustür, um nachzusehen, wer ihn da störte.

Als er öffnete, sah er sie. Sie lachte ihn an und zugleich aus. Das Handy hielt sie noch am Ohr.

„Nina, du olle Ziege!“ Kerkhoffs Miene hellte sich augenblicklich auf. Sie hatte ihn wieder einmal ordentlich vorgeführt. „Na, warte!“ Er schnappte sie mit beiden Armen, schlug die Tür mit dem Fuß zu und trug sie ins Haus. Unterwegs ließ sie den Mantel fallen. Dann fielen immer mehr Kleidungsstücke. Er küsste sie und sank mit ihr auf das Sofa. Er öffnete ihre Bluse so vehement, dass sich zwei Knöpfe lösten und auf den Boden kullerten.

33

Schusters Hundehof

Lena Schuster säuberte die Hundeboxen im hinteren Stallteil, während der Labrador um sie herum wuselte.

„Nun geh aus dem Weg, Harry", rief Lena und scheuchte ihn mit dem Besen aus ihrem Aktionsradius. Der Hund fasste dies als Beginn eines Spiels auf und rannte nun laut bellend um sie herum. Immer wieder startete er Scheinangriffe auf den Besen und ließ ein tiefes Knurren hören.

„Hör auf! Verschwinde! Ich werde sonst gar nicht fertig!" Harry kümmerte sich zunächst nicht darum, sondern rannte weiter wie von der Tarantel gestochen um Lena herum. Doch plötzlich blieb der Labrador wie angewurzelt stehen. Er blickte in Richtung Wohnhaus. Auch Lena hatte das metallische Klicken gehört. Wenn sie hier draußen auf dem Gelände war, schloss sie die Haustür nie ab, sie stand sogar immer offen. Die vorgebaute Fliegentür hielt die Mücken davon ab, die Zimmer zu belagern und auf potenzielle Opfer zu warten, die sie aussaugen könnten. Wenn sie zufiel, schnappten die Magnete am Metallrahmen und verursachten genau dieses Geräusch. Es musste jemand die Tür betätigt haben, denn von alleine ging sie nicht auf und wieder zu.

Lena überlegte. Könnte der Einbrecher so dreist und erneut zurückgekehrt sein? Sollte sie Kerkhoff anrufen? Instinktiv kramte sie nach dem Handy und wählte die Nummer. Der Kommissar war nicht zu erreichen. Mist. Sie zögerte, dann rief sie: „Ich bin hier!" Sie wollte den Besuch hinter das Haus dirigieren. Der Labrador saß angespannt auf dem Rasen und blickte zu ihr, dann wieder zum Haus. Er wartete auf das Zeichen, um losstürmen zu können.

„Bleib! Platz!" Lena wollte den Hund nicht alleine losschicken, denn sie fürchtete um das feine Fliegengitter in der Tür, durch das er ohne zu zögern in das Haus brettern würde. Um Zeit zu gewinnen, schaufelte sie den zusammengekehrten Haufen in die Tonne. Nun legte sie die Gartengeräte in die Schubkarre und drehte den Wasserhahn an der getünchten Kalksteinmauer auf. Ohne Seife wusch Lena sich die Hände und trocknete sie leicht an den Hosenbeinen ihrer Jeans ab. Dann fuhr sie die Karre in den Schuppen. Harry folgte ihren Bewegungen mit dem Kopf, stand aber erst auf, als Lena ihn rief.

„Fuß!", befahl sie. Lena gelangte an die rückwärtige Hausfront. Der Labrador lief immer noch dicht an ihrer Seite. Sie fühlte sich eigentlich sicher, doch dass der Besucher sich nicht zeigte, wunderte sie. Sie zog die Holzklumpen aus und stellte sie neben die Treppe. Auf Socken lief sie die drei Stufen leise hoch, öffnete die Fliegentür und betrat den dunklen Flur. Obwohl ihr nur wenig Licht von der geöffneten Haustür den Weg zeigte, betätigte sie den Lichtschalter nicht. Sie bewegte sich auf diesem gewohnten Terrain wie ein Blinder. Verwundert registrierte sie, dass die Küchentür nur angelehnt war.

„Los!" Harry ließ nur ein kurzes Aufbellen hören und stürmte voran, wobei er die Tür ganz aufdrückte.

Buenos Aires 1976

Die Tage vergingen wie im Flug. Isabel und Manuel trafen sich jeden Tag, arbeiteten intensiv im Rechtsanwaltsbüro und sammelten zahlreiche Informationen über verschwundene und die wenigen wieder aufgetauchten Personen. Letztere ließen aber alle Fragen nach ihrer Inhaftierung unbeantwortet.

Es waren gebrochene Persönlichkeiten, denen die nackte Angst im Gesicht stand. Sie hatten sich schriftlich verpflichtet, keine Angaben über ihre Haftbedingungen zu machen und viele hielten sich daran. Die traumatisierten Opfer bedurften intensiver psychologischer Hilfe, die sie allerdings nur selten bekamen.

Und dennoch sickerten vereinzelt Informationen durch, Infos, die für die Junta äußerst unangenehm waren. Immer häufiger schwemmten die Flutmassen Tote an die Ufer des Rio de la Plata. Grausige Verstümmelungen, aufgeschlitzte Bäuche wiesen die Körper der Leichen auf. Hartnäckig hielt sich das Gerücht, dass Gefangene in diesem Zustand aus Flugzeugen und Helikoptern teilweise bei lebendigem Leib geworfen worden seien.

Isabels Mutter Luiza gehörte mittlerweile zu den unentbehrlichen Aktivposten der Gegenbewegung zur Diktatur. Obwohl sie selbst des Trostes bedurfte, machte sie allen betroffenen Familien Mut und trieb sie an, nicht zu verzweifeln. Und sie zeigte keine Angst. Weder vor der unmittelbaren Bedrohung bei den wöchentlichen Demonstrationen am Donnerstag durch die allgegenwärtigen Militärs und Geheimdienstler noch vor den Beleidigungen und Todesdrohungen per Telefon durch Angehörige der rechten Todesschwadronen.

Aber Luiza Pereira bekam auch viel Unterstützung von Teilen der Kirche, nicht von den offiziellen Würdenträgern, die nicht unbedingt die Speerspitze der Opposition gegen das Regime darstellten, sondern vielmehr zu den Unterstützern der Videla-Clique gehörten. Nein, die Hilfe kam von einzelnen Geistlichen, die in Kenntnis des unmenschlichen Terrors zur Einschüchterung des Widerstands ihrem moralischen Auftrag gerecht wurden und die Mühseligen und Beladenen nach Kräften unterstützten. Sie waren eher Angehörige der Befreiungstheologie.

Luiza Pereira ließ auch die gut gemeinten Ratschläge ihrer Tochter, sie solle nicht allein, sondern möglichst immer in Begleitung zu den Veranstaltungen gehen, ungehört verhallen. Sie kümmerte sich einen Dreck um die Gefahren, da sie völlig überzeugt von ihrem gerechten Handeln war und ihren Mut aus ihrer fatalistischen Einstellung im Vertrauen auf Gott schöpfte.

Aber die verbrecherischen Häscher schliefen nicht. Natürlich griffen sie nicht zu, wenn viele Menschen unterwegs waren, sondern passten die geeigneten Gelegenheiten ab und schlugen an einsamen Orten erbarmungslos zu.

Auf ihrer letzten Donnerstagsdemonstration marschierte Luiza Pereira in vorderster Front der Mütter zu der Plaza de Mayo. Ein Meer von weißen Kopftüchern erfüllte den Platz. Immer mehr Mädchen und Frauen hakten sich ein und liefen schweigend los. Flankiert von einem starken Aufgebot der Staatsgewalt drehten sie Runde um Runde. Immer wachsam, immer kämpferisch, immer entschlossen, denn es ging um ihre verschwundenen Familienangehörigen, deren Verbrechen es war, dass sie eine andere Meinung hatten als die Faschisten. Oder sie hatten das Pech, zur falschen Zeit am falschen Ort zu sein, als die Militärs Razzien und Verhaftungen vornahmen.

Obwohl auch immer wieder einige Mütter verhaftet wurden, kamen neue Demonstrantinnen hinzu, wodurch die Menge wuchs und wuchs. Das Videla-Regime bekam diese mutigen Frauen einfach nicht in den Griff, auch wenn die Mütter in den gleichgeschalteten Medien als minderwertiges Geschmeiß und vaterlandslose Verbrecherinnen diffamiert wurden. Die Junta reagierte offiziell zurückhaltend, schickte aber ihre Schergen zu hektischen Gegenschlägen, indem sie Einzelne aus der Gemeinschaft herauszulösen suchte. Eingeschleuste Spitzel, die mit erfundenen Geschichten über verhaftete Verwandte das Vertrauen der Demonstrantinnen erschlichen, lieferten detaillierte Informationen über die organisatorische Struktur der Aktivistinnen. Sie verfolgten die Taktik, die Frauenorganisation kopflos zu machen, indem sie die Führungspersönlichkeiten kidnappten und verhafteten.

Zu Beginn dieser Demonstration hatten sich viele Frauen in der Kirche versammelt und für ihre Angehörigen gebetet. Als einige Frauen die Ausweglosigkeit ihrer Bemühungen beklagten, ergriff Luiza Pereira das Wort: „Was beklagt ihr euch? Glaubt ihr, dass die Militärs klein beigeben werden, wenn ihr nach Hause geht und euch in den Sessel setzt? Glaubt ihr, eure Söhne und Töchter werden freigelassen und kommen zurück?“ Luizas Stimme klang fest und entschlossen. Nein, sie wollte nicht aufgeben. Niemals! „Ihr seid die einzige Chance eurer Kinder, die hinter Kerkermauern darben und leiden, denen niemand beisteht, denen niemand hilft. Wollt ihr zu Hause sitzen und nichts tun? Davon werden sie nicht zurückkommen. Nur wir können ihnen eine Stimme geben und ein Gesicht. Hier und jetzt, jeden Donnerstag, immer wieder. So lange, bis wir siegen. Venceremos!“

Unwillkürlich hatte sie ihre Hände zu Fäusten geballt und riss beide Arme am Schluss ihrer Rede in die Luft. Tosender

Beifall ertönte. Dann verließen die Mütter die Kirche und gingen los.

Esens- Bensersiel

Fritz` Hand zitterte. Das wäre fast ins Auge gegangen. Er saß in seinem Auto und blickte aufs Meer. Die Fähre nach Langeoog legte soeben ab. Sie drehte bei und fuhr langsam die Fahrrinne entlang in Richtung Insel, deren Umrisse sich am Horizont abzeichneten. Der Wind wehte mäßig von Nordost; nur kleine Wellen schlugen backbord gegen die weiße Schiffswand.

Die Schiffsschraube am Heck der Fähre wühlte das braun-schlammige Meerwasser auf, schlug Blasen und weißen Schaum. Die Bugwellen leckten an den Granitsteinen des Ufers und färbten den unteren Teil der Böschung nass-schwarz; Seetang an den Steinen tanzte im Takt dazu hin und her.

Fritz biss in ein Matjesbrötchen und kaute lange. Erst jetzt merkte er, wie hungrig er war. Er biss erneut einen großen Happen ab und war froh, hier im Auto zu sitzen und nicht von den geiernden Raubmöwen belästigt zu werden, die im Gleitflug die Kaianlagen nach Beute absuchten.

Als er ankam, hatte er einen etwa zehnjährigen Jungen beobachtet, dem diese Ratten des Meeres ein Eis aus der Hand stibitzten.

Eine junge Möwe mit geflecktem Gefieder saß auf dem nächsten Poller und beäugte aufmerksam die Umgebung.

Fritz hatte das Gefühl, sie fixierte seine Mahlzeit durch die Frontscheibe seines Autos. Vor seinen Augen flimmerten Bilder von Hitchcocks Film „Die

Vögel“: Riesige Möwen und schwarze Raben griffen sein Auto an, zertrümmerten die Glasscheiben und drangen in das Innere. Sie preschten weiter vor, hackten auf seine Hände, Arme und Beine, bearbeiteten seinen Kopf und pickten schließlich in seine Augen.

Er schüttelte sich und verbannte diese Horrorszenen aus seinem Kopf. Doch ganz vertreiben ließen sie sich nicht: zerschundene Gesichter, geschwollene Augen, aufgeplatzte Lippen, eingeschlagene Zähne ...

Fritz schüttelte sich erneut. Er war sich sicher, er würde nie Opfer sein. Er war der Herrscher. Er dirigierte. Er befahl. Er verletzte. Er bestimmte, was passierte. Immer. Jederzeit. Und diese Macht, die erregte ihn, sie trieb ihn an. Es gefiel ihm, die Entscheidung über Leben und Tod treffen zu können. Das erhöhte ihn, das machte ihn stark.

Und sie würde ihm nicht entkommen, diese Lena Schuster, und ihr Pferd auch nicht. Sein Ehrgeiz war gepackt. Noch einmal würde er sein Ziel nicht verfehlen und er würde heute noch zuschlagen.

Fritz fuhr die Seitenscheibe herunter und schmiss das letzte Stück des Brötchens auf die Steine. In Bruchteilen einer Sekunde stürzte sich die Möwe auf die Nahrung und schnappte zu. Gleichzeitig schossen von allen Seiten futterneidische Artgenossen hinzu und versuchten, ihr das Brot zu entreißen. Die junge Möwe drehte ab. Es gelang ihr, die Beute im Schnabel mitzunehmen. Mit kräftigem Flügelschlag stemmte sie sich in die Luft. Vier andere Möwen verfolgten sie, holten sie ein und bedrängten sie, sodass sie schließlich das Brot fallen ließ. Es klatschte aufs Wasser. Mit atemberaubender Geschwindigkeit drehten die Vögel bei und änderten die Flugrichtung. Die Erste hatte nun die Beute erreicht und erhob sich wieder in die Lüfte.

Während die anderen sie verfolgten, gerieten sie aus Fritz Blickwinkel.

Er startete den Motor, fuhr nach Esens und durchquerte die Stadt. Auf dem Parkplatz eines Restaurants parkte er den Wagen rückwärts ein, sodass er nach vorn die Straße aus dem Wald im Blick hatte. Dann wartete er und überlegte. Irgendwann würde sie vorbeikommen müssen. Aber er könnte den Hundehof Schuster von hieraus auch zu Fuß erreichen.

Fritz öffnete die Autotür. Er ließ frische, sauerstoffhaltige Luft ins Wageninnere, um seine Gedanken in die richtige Richtung zu lenken.

Schusters Hundehof

Lena Schuster folgte dem Hund. Sie musste die zurückschwingende Tür mit der rechten Hand wieder aufdrücken und trat in ihre Küche.

„Du?“ Erstaunt registrierte sie die auf dem Stuhl zusammengesunkene Gestalt. „Miriam, was ist los?“

„Hi“, sagte Miriam leise und schob eine Haarsträhne aus dem Gesicht. Geistesabwesend strich sie Harry über den Kopf. Der Labrador wedelte mit dem Schwanz und setzte sich ganz dicht ans Bein des Mädchens.

„Na, was ist los? Du machst ein Gesicht wie drei Tage Regenwetter.“ Lena versuchte sie aufzumuntern. Miriam reagierte nicht. Um ihr eine Überbrückungspause zu gönnen, fügte Lena hinzu: „Ich mach uns mal einen Kaffee, ja? Du kannst schon mal zwei Becher aus dem Schrank holen.“ Ihr Vorhaben gelang. Miriam wurde aktiv. Sie stand auf, öffnete die Schranktür und stellte die Becher auf die Anrichte. Sie sah wie ein geprügelter Hund aus. Mit heruntergezogenen Schultern und schlurfenden Gang bewegte sie sich wieder auf den Stuhl zu.

„Zucker steht dahinter!“ Lena schickte sie zum Apothekerschrank. Automatisch änderte Miriam die Richtung.

„... und Milch ist im Kühlschrank!“ Lena füllte Wasser in den Automaten, schüttete Kaffeebohnen nach und ließ das Mahlwerk rattern.

Mit den vollen Kaffeebechern setzte sie sich Miriam gegenüber und schob ihr einen davon über den Tisch. „Milch und Zucker nimmste selber, nicht?“

Das Mädchen nickte stumm. Mit ausdruckslosem Gesicht griff sie nach dem Löffel und rührte geistesabwesend um.

Lena sagte nichts. Sie wusste, dass Miriam eine kleine Anlaufzeit brauchte, um ihre Seelenlast preiszugeben.

Sie mochte das Mädchen. Das schulterlange, schwarze Haar war zu einem Zopf zusammengebunden. Das T-Shirt schmiegte sich an ihren schlanken Körper.

Der Labrador forderte wieder seine Streicheleinheiten von Miriam, indem er seinen Körper an ihr rechtes Bein drückte. Der Körperkontakt ließ das Mädchen automatisch die Hand ausstrecken und über das dichte Fell gleiten. Der Labrador genoss die Streicheleinheiten mit geschlossenen Augen und offenem Fang.

Harry, du emotionaler Schleimer, dachte Lena.

Nach einer kleinen Pause fragte sie vorsichtig: „Ärger mit der Schule?"

„Nee", antwortete Miriam kaum hörbar. „Ja, auch, ein bisschen!"

„Liebeskummer?"

Das Mädchen blickte weiter auf den Boden und schüttelte den Kopf. „Harry hat eine Zecke. Hier hinter dem Ohr!" Jetzt kam Aktivität in das Mädchen. Sie stand auf, lief zum Schlüsselkasten im Flur und kam mit einer Zeckenzange zurück.

Das mochte Lena so an ihr. Miriam sah Arbeit und packte zielstrebig an, um sie zu bewältigen. Sie mühte sich hart und zäh, wenn es sein musste. Am Wochenende oder in den Ferien, wenn ihre Eltern mal wieder keine Zeit hatten, half sie gerne auf dem Hundehof aus. Tierärztin wollte sie werden, hatte sie Lena verraten. Im vergangenen Sommer absolvierte sie sogar ihr

Betriebspraktikum, das erste hier bei den Tieren, mit Bravour.

„Hoffentlich bekomme ich den Kopf mit heraus", murmelte Miriam. Der Hund hielt still, denn er wusste, dass er von diesem Quälgeist bald befreit würde.

„So, da haben wir den Übeltäter." Vorne an der Zange bewegten sich langsam die Beine des Insekts. „Ich bring sie vor die Tür", sagte Miriam und lief los.

Lena lächelte. Miriam konnte tatsächlich keiner Fliege etwas zuleide tun. Sogar diesem Blutsauger schenkte sie das Leben.

So impulsiv Miriam gerade noch aus dem Haus gespurtet war, so leblos kehrte sie jetzt wieder zurück in die Küche.

„Miri!" Lena lächelte sie an. „Du setzt dich jetzt da hin und dann erzählst du mir, was los ist, von Frau zu Frau. Schließlich sind wir Freundinnen, oder? Du wirst sehen, wenn du erst einmal darüber geredet hast, dann findest du auch eine Lösung."

Das Mädchen sah Lena an und gehorchte ihrer entschiedenen Ansage. Letztlich war sie froh, dass sie ihr Problem jemandem erzählen konnte, der sie verstand und dem sie vertraute.

36

Esens-Osthörn

Gerrit Kerkhoff öffnete die Augen. Er lag etwas seitlich auf dem Bauch, ein Arm über Ninas Brustkorb gelehnt, die Hand lag auf ihrem Oberarm. Er genoss ihre nackte Haut, drehte sich etwas mehr auf die linke Seite und ließ seine rechte Hand über die Schulter auf ihren Busen wandern.

„Na, alter Mann, wieder wach? Ganz schön anstrengend so ein unerwarteter Fick am Nachmittag, was?“, fragte sie stichelnd.

Nein, es war nicht anstrengend gewesen, es war richtig geil gewesen; Kerkhoff fühlte sich gut und entspannt. Er berührte Ninas Haut, zog ihren Duft begierig ein und ließ seine Hand ganz langsam und sanft über ihren Bauch zwischen ihre Schenkel gleiten.

„Hey, da geht ja noch was.“ Nina wandte sich zu ihm hin und griff entschlossen, aber sanft zu. Gerrit stöhnte leicht auf. Er stützte sich auf einen Arm ab und schob seinen Körper über sie. Er küsste sie auf ihre vollen roten Lippen, ließ seine Zunge an ihren Zähnen entlang fahren und suchte sich den Weg zu ihrer Zunge, um dann seinen Mund leicht schmatzend über ihr Kinn mit einer feuchten Spur zu ihrem Hals fahren zu lassen. Nina bog ihren Kopf leicht in den Nacken, während er mit zwei Fingern in sie eindrang. Mit rhythmischen Bewegungen drückte sie ihr Becken gegen seine Hand und wurde etwas schneller. Sie nahm seine Hand weg und zog ihn über sich …

Da klingelte das Handy.

„Oh, Schiet", sagte sie nur, während Gerrit versuchte, das Mobilphone auszuschalten. Zuerst griff er daneben, sodass es herunter fiel, aber weiter klingelte. Er robbte auf die Bettkante und tastete blind herum. Endlich fand er das Handy und drückte den Anrufer weg. Verärgert drehte er sich wieder zu Nina. Kaum lag seine Hand auf ihrem Bauch, klingelte das Festnetztelefon.

„Das kann doch wohl nicht wahr sein!" Gerrit sprang aus dem Bett und nahm den Hörer in die Hand: „Wer stört?", fragte er hart. Dann hörte er eine Weile zu, sagte „Hm" und „Ja" und hörte wieder zu. „... und warum ruft er mich an? Wegen so einer Bagatelle? … Ach, weil ich mir bereits die Sache auf Wangerooge angesehen hatte ... Aha. Ja, wenn das so ist. Wo ist das passiert? Und wie viele Pferde? Was, nur eines?" Kerkhoff schlüpfte in seine Hausschuhe und wanderte umher. „Wir brauchen eine Kamera … Von der Spurensicherung ... Wir werden den Spezialisten für Pferderipper in Hannover per E-Mail informieren oder ihr ruft ihn an." Er gab die Handynummer durch.

„Da fehlen nur noch ein paar schwarze Socken, ganz erotisch, ganz toll", lästerte Nina.

„Wie? Was?" Gerrit sah irritiert zu ihr herunter. „Nein, nicht du. Von mir aus. Macht, was ihr wollt. Ich ziehe mich an … Ich meine natürlich, ich ziehe mich um. Hab gerade ein bisschen Sport gemacht. Jaja, komme so schnell wie möglich!"

Er legte auf.

„So, so. Sport gemacht. Aber so, wie jetzt, kannst du dort echt nicht auftauchen." Nina lachte. „Und so schnell wie möglich sollst du auch nicht kommen, lieber später."

Gerrit überhörte ihre spöttischen, zweideutigen Kommentare und sagte: „Sie haben wieder ein Pferd gefunden, total niedergemetzelt. Eine ziemliche Sauerei!"

„Oh, nein! Wie auf Wangerooge? Entsetzlich!" Nina war das Lachen aus dem Gesicht gefallen. „Da musst du sofort hin. Das musst du aufklären. Unbedingt. Soll ich mitkommen?" Die Tierschützerin in ihr war erwacht.

„Ich denke, das solltest du dir ersparen. Der Anblick ist nicht gerade schön, wenn es denn so ist wie auf der Insel."

Buenos Aires 1976

Isabel stand als Erste auf. Sie ließ Manuel noch schlafen. Er kam am Vorabend zu Besuch, kurz bevor Luiza Pereira zur Donnerstagsdemonstration aufgebrochen war. Nachdem sie zu Abend gegessen hatten, arbeiteten Manuel und Isabel etliche Akten aus dem Anwaltsbüro auf. Es handelte sich um brisantes Material, das Rechtsanwalt Rodolfo Fernandez zugespielt worden war. Darin waren Listen von Folterzentren in der Provinz Buenos Aires und Aufzeichnungen aus Hunderten geheimer Folterlager festgehalten, auf deren Gebiete die Opfer in Gruben verscharrt und ihre Ausweise und persönlichen Habseligkeiten vernichtet worden waren. Es sollte so aussehen, als hätten die Opfer nie existiert.

Isabel setzte das Wasser auf und deckte den Tisch.

„Mama!" Auf den Weg zum Bad hielt sie inne. „Mama, willst du auch frühstücken?" Isabel erhielt keine Antwort. Seltsam, dachte sie und öffnete die Schlafzimmertür ihrer Mutter. Das Bett schien unbenutzt. Die Decke lag ordentlich gefaltet oben auf. War ihre Mutter gar nicht nach Hause gekommen?

Am gestrigen Abend waren Manuel und Isabel noch einmal unterwegs gewesen und erst spät in der Nacht zurückgekehrt. Isabel war davon ausgegangen, dass ihre Mutter schon ins Bett gegangen war; so früh ins Bett wie immer, wenn sie angestrengt von der Demonstration zurückgekommen war. Sie hatten Luiza nicht stören wollen und schlichen in Isabels Raum.

Nun am andern Morgen stand Isabel im leeren Schlafzimmer ihrer Mutter. Soeben als sie zu Manuel gehen wollte, klingelte es an der Haustür, zunächst zaghaft, dann lauter.

Isabel öffnete die Tür. Juan ging an ihr vorbei in die Wohnung.

„Was ist?" Isabel war beunruhigt.

„Schlechte Nachrichten. Wo ist Manuel?" Isabel nickte nur in die Richtung, worauf Juan in das Zimmer trat, in dem Manuel schlief.

„Hey, Commandante! Wach auf. Komm schon. Wir müssen los!" Juan versuchte, locker zu sein. Es gelang ihm schlecht.

Manuel stand, nackt wie er war, sofort neben dem Bett. Als er sich fragte, was los sei, sagte Juan: „Es gab unzählige Verhaftungen. Nach der Demonstration der Mütter griffen sie die Frauen, die sich auf dem Heimweg befanden, an und verhafteten viele von ihnen. Genossen erzählten, dass Luiza den Platz de Mayo verlassen hatte und in einer Nebenstraße von drei Männern mit Revolvern angehalten wurde. Sie klammerte sich an einen Eisenzaun und rief immer wieder ihren Namen. Als zwei Passanten ihr helfen wollten, wurden sie von den bewaffneten Männern beschossen. Die Banditen zerrten Luiza in ein Auto."

„Oh, Gott!" Isabel stand in der Tür. Sie schluckte. Sie hatte alles mit angehört. Manuel nahm sie liebevoll in den Arm und versuchte, sie zu trösten.

Aber sie weinte nur und sagte: „Zuerst Miguel und jetzt meine Mutter!"

„Das ist noch nicht alles." Juan macht eine Pause. „Die Büros von vielen Rechtsanwälten der Menschenrechtsorganisationen wurden überfallen, durchsucht und geplündert. Auch das von Rodolfo Fernandez." Er ließ die Worte wirken. „Auch er ist verschleppt worden."

„Puh". Manuel stöhnte auf. „Das ist nicht gut. Das ist gar nicht gut. Lange wird er der Folter nicht standhalten und dann haben sie alle Namen der Mitarbeiter und Un-

terstützer. Wir sind nicht mehr sicher. Pack ein paar Sachen zusammen, Isabel. Wir müssen weg!"

„Wie meinst du das, wir müssen weg? Soll ich alles hier stehen und liegen lassen? Ich muss mich um meine verschwundene Mutter kümmern! Ich muss sie suchen. Sie und meinen Bruder. Ich kann jetzt nicht einfach so fort. Nein, das geht nicht. Ich bleibe."

„Du bist stur und störrisch wie ein alter Esel, Isabel", sagte Manuel, dann schwieg er und überlegte: „Juan und ich verschwinden jetzt. Bis morgen wird schätzungsweise noch alles ruhig bleiben. Aber dann wird es höchste Zeit, glaube mir."

Er nahm Isabel in den Arm. „Ich komme zurück, sobald ich kann. Ich muss noch einiges erledigen. Die Akten nehm' ich mit. Wenn etwas schief geht, dann treffen wir uns in Juans Wohnung. Du weißt."

Isabel nickte nur. Sie sagte nichts. Wie betäubt sah sie zu, wie Manuel sich anzog, wie er Juan einen Teil der Akten gab und den anderen Teil selber trug.

„Wir bringen die Sachen in Sicherheit. Sei vorsichtig!" Er küsste Isabel auf die Wange und verschwand mit Juan aus der Tür.

Isabel setzte sich und starrte minutenlang ins Leere. Zuerst verschwand ihr Bruder und jetzt ihre Mutter. Sie schlug die Hände vors Gesicht und ließ ihren Tränen freien Lauf.

37

Czerlikowskis Haus, Esens

Jan Czerlikowski starrte vor sich hin. In seinem Kopf rasten die Gedanken. Er zwang sich zur Ruhe, wollte sein analytisches Vorgehen nicht durch Hektik, Angst und Ärger gefährden. Er brauchte Mels Telefonnummer. Melanie hieß sie, genauer gesagt. Miriams Freundin musste wissen, wo sich seine Tochter aufhielt. Aber der Vorname nützte nichts, er musste den Nachnamen haben. Dann hätte er auch die Telefonnummer. Wenn Miri dort nicht ist, dann steckt sie vielleicht bei Bloempott oder besser gesagt, auf dessen Reiterhof oder in der Esenser Reithalle.

„Hallo Melanie". Jan hörte das Telefonat seiner Frau, die sich mit dem Handy aus dem Wind gedreht hatte, damit keine Störgeräusche entstanden. „Ich bin Miris Mutter. Miriam Czerlikowski. Ist sie bei dir? Wir suchen sie und machen uns große Sorgen ..."

Es entstand eine Pause. Jan sah seine Frau gespannt an. Sie hatte also die gleiche Idee gehabt, aber sie war wesentlich schneller als er gewesen, fand die Nummer heraus und telefonierte bereits.

„Und?" Das dauert ihm alles zu lange. „Was sagt sie?"

Seine Frau zeigte ihm die flache Hand, damit er ruhig sei.

„Also war sie bei dir? Gut … Aha, ne kleine Fete, spontan. Und jetzt ... ist sie nicht mehr bei dir. Schon morgens los. Und weißt du wohin? Ich meine, hat sie etwas gesagt, wohin sie wollte?" Sie hörte wieder zu, wieder war Pause. Jan zog die Zehen an; das machte er immer, wenn er nervös war und niemand diese Nervosität mitbekommen sollte. Er wollte seine Frau in Ruhe telefonieren lassen, gleichzeitig war er gespannt wie der berühmte Flitzebogen.

„Sie wollte nach Hause, nach Esens, oder? Das nimmst du an oder weißt du das? ... Nicht. Also könnte sie auch noch zu einer anderen Freundin gegangen sein … Eher nicht? Was heißt das? Aha. In der Schule …. Und du weißt, wer das getan hat?"

„Was haben sie mit ihr gemacht?" Jan verlor so langsam die Haltung.

Seine Frau hielt die Hand kurz vors Handy und zischte: „Sei still, ich versteh nichts!" Dann sprach sie wieder mit Mel: „Kannst du versuchen, noch mehr herauszubekommen? Dann ruf mich doch bitte an, ja? Du, es ist sehr wichtig. Wir haben Angst, dass ihr etwas passiert ist. Sie ist nämlich nicht nach Hause gekommen. Wie? Einen Aufruf machen? Wie meinst du das? Aha, auf Facebook. Und du meinst, das wäre gut, obwohl dort so ein Mist verbreitet wird?... Okay, dann versuche dort deine Freunde zu erreichen. Ruf mich an, wenn du etwas weißt, ja?" Sie gab Mel ihre Handynummer durch und schaltete das Telefon aus.

„Was ist? Erzähle schon!"

Jan drängte.

„Miriam war gestern Abend bei Melanie in Neuharlingersiel. Dann haben sie noch ein paar Mädchen und Jungen vom Siel eingeladen und eine Sponti-Fete gemacht." Sie machte eine Pause und holte kurz Luft. Auf der Stirn zeigten sich einige Falten. Jan erkannte daran, wie angespannt sie war.

„Und dann? Was dann?"

„Sie hat dort bei Mel gepennt und ist heute Morgen nach dem Frühstück abgehauen. Melanie sagte, sie wäre nicht gut drauf."

„Wie jetzt?" Jan konnte seine Ungeduld nicht bremsen.

„Zum einen, weil Stunk Zuhause sei, sagte Mel und zum anderen wegen Mobbing!"

„Hä, in der Schule oder wie?", fragte Jan.

„In der Schule und bei Facebook. Irgendwelche Gerüchte seien gestreut wurden. Und Miriam sei eines der Hauptopfer gewesen!"

„So ein Scheiß! Dieser ganze Facebook-Mist, der geht mir derart auf den Senkel!", giftete Jan Czerlikowski laut. „Die Kollegen vom Präventionsrat haben mir kürzlich berichtet, was dort abgeht. Und das, was sie wüssten, sei nur die Spitze vom Eisberg. Drohungen, Beleidigungen, Ausgrenzung, sexuelle Anmache, ..." Er tobte innerlich. Seine Tochter mitten in dieser ganzen Internet-Scheiße. Und er hatte nichts gemerkt, hatte nichts mitbekommen, war einfach nicht für seine Tochter da gewesen.

„Wenigstens ist sie schon einmal aufgetaucht und nicht entführt worden."

Jan sah seine Frau an. Sie hatte recht. Es gab immerhin diese Spur von Miriam: Sie war abgehauen von Zuhause, flüchtete zu irgendwelchen Leuten, weil ihre Eltern genug mit sich selber zu tun hatten.

„Vielleicht ist sie beim Reitstall. Da fahr ich jetzt hin. Nimm du dir mal ihren PC vor, vielleicht findest du da etwas." Jan Czerlikowski suchte seinen Autoschlüssel.

„Meinst du, das wäre sinnvoll, wenn sie nach Hause kommt und merkt, dass wir in ihrem Computer herumgeschnüffelt haben? Das ist so ein Vertrauensbruch wie das Lesen ihres Tagebuches, finde ich. Außerdem bräuchte ich sicher ein Passwort."

„Vertrauensbruch hin oder her! Wir müssen jetzt irgendetwas tun. Such' halt das Passwort. Vielleicht hat sie es irgendwo notiert. Unter der Schreibtischunterlage, oder so", sagte Jan etwas zu scharf. „Ich fahre jetzt jedenfalls los, sie suchen!"

Bensersiel, Bloempotts Bauernhof

Gerrit Kerkhoff fuhr die lange Auffahrt zum Bauernhof hoch. Als er wegen seines Dienstantritts nach Esens zog, war solch ein Landhaus sein Traum gewesen. Alleinlage, etwas Land drum herum, schöner Wohnbereich, große Scheune – Idylle pur. Dann war er doch vor den Renovierungsarbeiten eines solchen Anwesens zurückgeschreckt, zumal man als Laie nicht beurteilen konnte, wie gut die Bausubstanz erhalten war, welche Auflagen der Denkmalschutz vorsah, welche Kosten letztlich auf einen zukamen.

Aber die Idee an sich fand Gerrit schon immer toll. Er konnte sich gar nicht sattsehen, wenn er solche Gebäude bei einer Überlandfahrt sah. Besonders schöne Exemplare hatten sich die Landwirte in den Poldern der Krummhörn oder etwa die Speckbauern im Rheiderland hingestellt. Hohe Bäume als Windschutz umsäumten den auf einer Warft gelegenen Wohnteil mit dem angrenzenden Stall- und Scheunenbereich, dessen Dach weiter heruntergezogen war. Auf diesem Hof von Bloempott lag jedoch immer noch ein rußiger Brandgeruch, der von dem niedergebrannten Scheunenteil herüberzog. Schwarze Dachbalken ragten in den ostfriesischen Himmel.

Kerkhoff parkte seinen Wagen vor dem großen, grün gestrichenen Scheunentor. Ein Bulli der Kollegen stand fünf Meter entfernt.

„Bleib mal lieber hier! Glaub mir, so einen Anblick braucht man nicht!" Nina nickte stumm. Kerkhoff stieg aus und bog um die Ecke. Auf einer angrenzenden Weide in etwa einhundert Meter Entfernung standen einige Männer um ein am Boden liegendes Pferd herum. Neben den Polizisten gestikulierte wild ein breiter, untersetzter Mann in Reitbekleidung und redete auf die Beamten ein.

Kerkhoff kam näher. Sofort steuerte der Mann auf ihn zu.

„Bloempott. Gerd Bloempott. Mir gehören der Hof und das Pferd da. Wolkentanz, mein bestes Pferd."

„Hauptkommissar Kerkhoff! Moin!"

„Das ist eine einzige Katastrophe! Zuerst der Hof fast abgebrannt, dann das beste Pferd abgestochen! Wissen Sie, welcher Schaden mir dadurch entsteht?", sagte Bloempott aufgeregt.

„Nein, aber ich denke, das können wir noch klären!" Er ließ den Pferdebesitzer stehen. Der Mann war ihm unsympathisch. Das lag nicht nur am großkotzigen Auftreten, sondern an der ganzen äußerlichen Erscheinung: das graumelierte, rechts gescheitelte Haar, die langen Koteletten, der Pornobart - alles sehr anachronistisch, dachte Kerkhoff. Die neueste Mode war das nicht. Kerkhoff fand, der guckte „verleinig"; so bezeichneten das die Ostfriesen: „verleinig" war so schräg von der Seite, unecht, irgendwie falsch.

„Warum tut die Polizei nichts gegen diesen Pferderipper?", wetterte Bloempott, der hinter dem Hauptkommissar herlief und versuchte, mit dessen schnellem Gang Schritt zu halten. „Der hat doch erst kürzlich auf Wangerooge zugeschlagen! Und jetzt hier!"

Kerkhoff blieb abrupt stehen, sodass Bloempott fast auf ihn auflief: „Woher wollen Sie das wissen? Es gibt durchaus Trittbrettfahrer, das ist hinlänglich bekannt."

„Aber es ist doch letztlich auch uninteressant, wie viele Täter es gibt", lenkte der Pferdebesitzer ein. „Tatsache ist, dass ich einen enormen finanziellen Schaden erlitten habe. Und wenn die Polizei nichts machen kann, uns nicht vor solchen Unholden schützen kann, dann müssen wir uns eben selber helfen!"

Da war es wieder, schoss es Kerkhoff in den Sinn. Der Kerl ließ keine Silbe zum qualvollen Tod des Tieres verlauten. Alles was den interessierte, war das Geld.

„Marek, sieh mal nach den anderen Pferden. Auf den ersten Blick habe ich zwar nichts entdecken können, aber guck' lieber noch einmal nach, ob es Verletzungen gibt. Und beeil dich gefälligst ein bisschen!"

Der junge Mann hatte sich bis dahin im Hintergrund gehalten. Seine unterwürfige Haltung zeigte, dass er es gewohnt war, zu gehorchen. Er lief sofort los.

„Marek, mein Mitarbeiter. Marek Zielinski. Kommt aus Polen, hilft in der Saison hier aus", erklärte Bloempott.

„Was meinten Sie vorhin mit ‚sich selber helfen?'", fragte Kerkhoff scharf und blickte Bloempott direkt an.

„Wir müssen unsere Tiere, unseren Besitz schützen! Ich werde gleich Mitglieder des Reitvereins auf der Reitanlage zusammentrommeln und das weitere Vorgehen besprechen. Wir lassen unsere Pferde nicht einfach so abschlachten." Bloempott redete sich in Rage.

„Und in dieser Reithalle stehen auch noch etliche Pferde, ja?" Der Hauptkommissar wollte das Gespräch in Gang halten. Bloempott nickte. Irgendetwas an dem Kerl gefiel ihm nicht.

„Eins verstehe ich nicht. Ich habe selber den Wangerooger Tatort besichtigt. Dort hat der Pferderipper mühelos mehrere Pferde getötet. Warum sollte er hier nur eins umbringen?"

„Ja, genau. Deshalb werden wir uns dort in der Reithalle organisieren und aufpassen. Das glauben Sie man."

„Na gut, das lassen wir mal so stehen. Doch verraten Sie mir, warum der Ripper auf Ihrer Weide nur ein Pferd getötet hat? Die anderen Tiere dort hinten gehören Ihnen doch auch, oder?"

„Der hat sich das Wertvollste herausgesucht, ein Vollblut", erklärte Bloempott.

„Aha, das Wertvollste", wiederholte Kerkhoff. „Entschuldigen Sie mich, ich muss etwas mit meinen Kollegen besprechen. Wo kann ich Sie erreichen?"

„Ich fahre jetzt, wie gesagt, zur Reithalle. Hier ist meine Karte; da steht meine Handynummer drauf." Er hielt die Visitenkarte hin und lief zum Haus zurück.

„Ach, Herr Bloempott", rief Kerkhoff hinter ihm her. „Eine Frage hätte ich noch. Wie teuer ist denn dieses Pferd, ich meine, welchen Wert hat es?"

„Zehn- bis zwölftausend Euro, so in etwa", antwortete Bloempott beim Weitergehen.

Hauptkommissar Kerkhoff pfiff durch die Zähne und instruierte dann seine Kollegen; er bat um detaillierte Fotos von den Verletzungen des Pferdes und um Übermittlung der Aufnahmen an die „Soko Pferd" in Hannover.

„Ich hoffe, ihr erreicht dort jemanden. Vor allem würde mich interessieren, ob diese Tat dem Pferderipper zugeordnet werden kann."

39

Schusters Hundehof, Schaffhauser Wald

„Mit deinen Eltern hast du noch nicht darüber gesprochen?“, fragte Lena vorsichtig an.

„Die? Wann haben die denn einmal Zeit? Und wann sind die denn mal Zuhause?“, sagte Miriam. „Mein Vater ist den ganzen Tag unterwegs und meine Mutter ist bei ihrem neuen Freund; bereitet ihren Einzug vor.“

„Und was wird aus dir? Zu wem gehst du, wenn deine Mutter ausgezogen ist?“ Lena bohrte weiter.

„Was weiß ich“, erwiderte Miriam und drückte eine Träne beiseite.

„Ich denke, dass deine Eltern so viel mit sich selber zu tun haben, dass alles andere erst einmal nebensächlich ist. Das ist für beide eine Extremsituation und für beide genauso belastend wie für dich. Wissen deine Eltern überhaupt, wo du bist?“

Miriam schüttelte den Kopf. „Nein. Mein Vater denkt sicher, ich bin bei meiner Mutter. Und die denkt, ich wäre Zuhause.“

Sie zog die Nase hoch. „Wahrscheinlich haben sie noch gar nicht gemerkt, dass ich weg bin.“

Lena legte die Hand auf Miriams Schulter und streichelte sie sanft. „Deine Eltern werden sich schon Sorgen machen, da bin ich mir sicher. Das weißt du doch selber, dass du ihnen nicht egal bist. Ich denke, wir sollten sie zumindest informieren, dass du bei mir bist, echt, Miri“, begann Lena vorsichtig.

„Nein!“, sagte Miriam laut und entschieden. „Dann hau ich sofort ab. Das schwöre ich. Ich habe keine Lust auf das Gemecker und Generve! Die ganze Scheiße hängt mir sowieso zum Hals heraus!“ Sie begann zu schlucken. „Und Freunde habe ich auch keine mehr … Und zur Schule will ich auch nicht. Die Scheißpauker nerven nur und alle hacken auf mir herum.“ Sie weinte laut los, worauf sich der Labrador mit hängenden Ohren unter den Tisch verzog.

„Oh, Menno!“ Lena stand auf, zog das Mädchen auf die Beine und nahm sie in den Arm. Miriam schien das ganze Elend der Welt zu verkörpern. Lena ließ sie gewähren. Es dauerte einige Minuten, bis sie sich einigermaßen wieder beruhigt hatte.

„Weißt du. Ich kann das gut verstehen. Vor einigen Jahren war ich in einer ähnlichen Situation.“ Sie nahm ein Papiertaschentuch und reichte es Miriam. „Ich war erst ganz frisch verheiratet.“ Lena erzählte und erzählte. Erst nach einer Weile merkte sie, dass Miriam ganz ruhig geworden war und dass sie selbst mehr erzählt hatte, als sie eigentlich wollte. Noch nie hatte sie dieses Erlebnis herausgelassen und es irgendjemanden erzählt. Und nun hörte dieses junge Mädchen, welche Last Lena selber auf ihren Schultern trug. Lena senkte den Kopf: „Er ist dann mit dieser anderen Frau abgehauen. Einfach so. Weg! Unsere gemeinsamen Ziele hat er über den Haufen geworfen. Meine Träume – zerplatzt! Du siehst, du bist nicht alleine mit deinen Sorgen; du bist nicht die Einzige, deren Gefühle man mit Füßen getreten hat.“ Lena schluckte. „Aber ich habe noch etwas gelernt. Ich habe gelernt, dass ich mich nicht unterkriegen lasse. Ich habe gelernt, zu kämpfen. Und das musst du auch, Miri: Du musst lernen zu kämpfen – für dich, verstehst du?“ Sie strich Miriam über die Wange. „Und du wirst sehen. Irgendwann wird es wieder besser. Irgendwann geht es dir wieder gut! Nicht gleich, nein, das dauert und das ist ein harter Weg. Aber danach blickst du zurück und verstehst gar nicht, warum du so am Ende warst."

„Das sagst du nur so. Ich weiß nicht, wie ich aus dem Schlamassel wieder herauskommen soll. Wenn ich die Mobberei bei Facebook meinem Pa erzähle, läuft der Amok."

Sie äffte ihren Vater nach: „Habe ich dir gleich gesagt. Lass das mit Facebook sein. Das gibt nur Stress."

„Was ist denn dort überhaupt passiert?", unterbrach Lena. „Was kann denn so schlimm sein, dass es dir nun so schlecht geht?"

„Du hast ja keine Ahnung", warf Miriam ein. „Da geht die Post ab. Und schließlich weiß man gar nicht mehr, wie das alles so kommen konnte."

„Dann erkläre mir das mal. Allerdings muss ich Hope noch zur Reithalle bringen. Du kannst mir helfen. Du fährst mit und unterwegs erzählst du, was bei Facebook abgeht, okay?"

Miriam nickte: „Okay! Aber keinen Anruf bei meinem Vater!"

Lena lachte: „Nein, versprochen!"

Bensersiel, Bloempotts Hof

„Warum hast du den Autoschlüssel mitgenommen?“ fragte Nina. Gerrit startete den Wagen

„Wie bitte?“ Er sah sie so entgeistert an, als redete sie in einem nordchinesischen Dialekt mit ihm. Er wischte seine Gedanken beiseite: „Ich stehe auf dem Kabel. Kommunikation unterbrochen. Bitte wiederholen!“ Er lachte Nina an.

„Als du vorhin losgegangen bist, hast du den Schlüssel abgezogen“, sagte sie und schüttelte den Kopf. „Hast du gedacht, ich würde ohne dich losfahren?“

„Das weiß man bei dir nie“, erwiderte Gerrit. „Nein, im Ernst. Hab's gar nicht bemerkt, das geschah automatisch.“

„Ist echt spannend mit dir. Zuerst nimmst du den Schlüssel mit, nun startest du das Auto, verpestet die Luft, fährst aber nicht los.“ Nina blickte Gerrit an. „Muss ich mir Sorgen machen?“

„Merkwürdig.“ Er schien sie gar nicht mehr zu registrieren. Wenn sie diese Situation nicht schon mehrfach erlebt hätte, würde sie Gerrit Kerkhoff für einen Autisten halten. Zeitweise lebte er in einer eigenen Welt.

„Ja, sehr merkwürdig!“, bestätigte sie.

„Hör mal.“

Aha, dachte Nina, nun gibt es Infos, nun werde ich mit in den Fall einbezogen. Sie lächelte. Wie oft hatten sie dieses Spiel bereits durchgezogen.

„Ja, ich höre!"

„Wie? Ach ja. Wenn du ein Pferd hättest ...", begann er.

„Oh, bewahre. Lass lieber, ich weiß so schon nicht, wie ich alles schaffen soll. So ein zeitaufwendiges Hobby würde mir gerade noch fehlen", wandte Nina ein.

„Aber, nur einmal angenommen. So ein richtig tolles Pferd, rassig, temperamentvoll, dein ganzer Stolz. Vielleicht sogar selber ausgebildet ..."

„Okay, ich habe ein tolles Pferd. Wie toll, ich meine, was kostet mich dieses edle Hobby?", fragte Nina.

„Vollblüter, wertvoll!", sagte Gerrit. „So in etwa zehntausend Zacken, vielleicht sogar mehr!"

„Zehntausend?", rief Nina, „du hast wohl einen Knall. Habe ich vielleicht einen Dukatenscheißer, so einen Goldesel?"

„Nun lass doch mal! Also, ein richtig wertvolles Tier. Und dann kommt so ein elender Pferderipper und bringt es dir um. Hier direkt auf deinem Anwesen. Quält es zu seiner Befriedigung; schlitzt es ..."

„Hör auf!", bat Nina, „hör bitte auf! Ich ertrage es nicht!"

„... und erschießt es dann mit einem Bolzenschussgerät ... irgendwann, um es von seinen Qualen zu erlösen oder um dem Gezappel und Zucken des Todeskampfes ein Ende zu machen ..."

„Hör auf!" Nina brüllte Gerrit an, riss die Tür auf und stürmte davon.

Gerrit Kerkhoff legte den Rückwärtsgang ein, drehte bei und fuhr Nina hinterher. Sie war bereits erstaunlich weit gekommen. Sie lief mit energischem Schritt. Erst am Ende der Allee holte er sie ein. Gerrit hielt an und öffnete die Beifahrertür.

„Komm, Schatz. Steig ein!“ Als sie weiterlief, fügte er ein „Bitte“ hinzu.

Nina blieb stehen. „Vielleicht kannste mir einmal zuhören. Ich hatte gesagt, du sollst mit dem verbalen Gemetzel aufhören. Ist das so schwer?“ Sie wischte sich eine Träne aus dem Auge.

„Entschuldige, Nina!“, sagte Gerrit Kerkhoff. „Ich wollte ausprobieren, wie du es aufnimmst, wie du reagierst. Ob es dich betroffen macht.“

„Ob es mich betroffen macht? Tickst du noch richtig? Da wird ein Tier zu Tode gequält und du willst testen, ob es mich berührt?“

„Ich möchte deine Meinung hören!“ Gerrit Kerkhoff wirkte sehr ernst, so ernst, dass Nina wieder einstieg, aber dabei die Tür laut zuschlug.

Gerrit fuhr rechts ran und stellte den Motor ab: „Es tut mir leid, wirklich. Ich weiß ja, wie tierlieb du bist. Nicht umsonst habe ich wochenlang halb tot im Krankenhaus gelegen, weil du unbedingt den kleinen Piepmatz retten musstest. Fast hätte ich mir das Genick gebrochen!“ Gerrit übertrieb maßlos und versuchte, die Spannung herunterzuschrauben. „Also, um auf diesen Fall zurückzukommen ...“

„Hör auf!“ Nina presste es so laut und bestimmt heraus, dass Gerrit zuckte und eine Pause machte.

Dann nahm er ihre Hand und sagte: „Ich möchte deine Meinung hören! Das ist wichtig! Ich schmücke nichts mehr aus. Jetzt weiß ich, wie du reagierst, aber ich möchte dir auch sagen, wie Bloempott reagiert hat.“

Gerrit sah sie an. „So wie du reagiert hast, müsste jeder reagieren. Entsetzt darüber, was man dem Pferd angetan hat. Mitleid, Trauer, Betroffenheit, Entsetzen, Ekel ...“ Gerrit sah Nina an.

„Und betroffen war Bloempott nicht? Hat er nicht um sein Pferd getrauert?“, fragte Nina erstaunt.

„Doch, betroffen wirkte er schon. Allerdings gingen ihm die Qualen des Tieres völlig ab. Was ihn betroffen machte, war lediglich der materielle Schaden“, ergänzte Gerrit. „Er sprach immerzu nur von seinen finanziellen Einbußen.“

„Das gibt's ja nicht!“ Nina blickte ihn entrüstet an. „Diese Scheißkohle ist ihm wichtiger als sein Pferd? Wie kaltherzig ist das denn? Das ist in meinen Augen genauso ein Schwein wie dieser Ripper. Und dem sollte man sowieso die Eier abschneiden, diesem Dreckskerl!“ Nina war wütend. „Unfassbar! Da quält sich so ein Wesen mit seinen Verletzungen, kämpft um sein Leben und dieser Bloempott denkt nur an das Geld. Als wäre ein Tier eine Ware und kein Lebewesen! Unglaublich!“

„Das finde ich auch. Der Bloempott ist nicht sauber! Das stinkt zum Himmel.“ Kerkhoff legte den Gang ein und fuhr an. „Er sagte, er wolle zur Reithalle und alle Mitglieder aktivieren. Das würde ich mir gerne einmal ansehen. Wie er das wohl aufzieht.“

Buenos Aires 1976

Isabel raffte sich schließlich auf, wischte sich die Tränen aus den Augen und stellte sich ans Fenster. Aber sie sah nicht den fließenden Verkehr und die vorbeieilenden Menschen, sie registrierte nicht die am Himmel vorüberziehenden, dunklen Wolken. Ihre Gedanken hingen an ihrem Bruder und an ihrer Mutter.

Was konnte sie jetzt tun?

Obwohl sie wusste, dass es wenig Aussicht auf Erfolg hatte, suchte sie in den nächsten Stunden die Polizeistationen und Institutionen auf, in denen sie schon einmal nach ihrem Bruder gefragt hatte. Nichts. Doch Isabel hoffte weiter, irgendein Lebenszeichen zu bekommen. Gleichzeitig wusste sie genau, dass die meisten Familien, in denen Angehörige auf offener Straße oder in ihren Wohnungen von Sonderkommandos verschleppt wurden, über den Verbleib der Vermissten im Unklaren gelassen wurden.

Allerdings kam es in jüngster Zeit häufiger vor, dass Menschen, die die Folter nicht überlebten, nachts auf die Straße gelegt und von der Polizei abgeholt wurden. Die Zeitungen berichteten tags darauf von Gefechten zwischen der „glorreichen" Armee und den subversiven Elementen, wobei „Terroristen" erschossen worden seien.

Auch dieses Mal erhielt Isabel bei ihrer Suche keine oder ausweichende Antworten. In der deutschen Botschaft in Buenos Aires ließ man sie warten. Als endlich ein Mitarbeiter sich herabließ, mit ihr zu reden, versprach er, sich um den Fall zu kümmern. Sogar einen deutschen Pass wollte er Miguel und Isabel, da ihr Vater Deutscher sei, gern aus-

stellen: „Das erweist sich in den meisten Fällen als sehr hilfreich!" Aber weiterhelfen konnten oder wollten auch die Diplomaten der Bundesrepublik nicht.

Isabel ließ sich nicht entmutigen. Sie forschte in den folgenden Tagen weiter, sprach mit anderen Müttern der Plaza de Mayo. Aber letztlich kam nichts dabei heraus. Als sie am folgenden Dienstagnachmittag die Pässe von der deutschen Botschaft abholte, beschlich sie das Gefühl, beschattet zu werden. Scheinbar zeitungslesende Männer standen unbeteiligt an belebten Straßenecken und taten unauffällig auffällig so, als seien sie in ihre Lektüre vertieft. Ein grüner Ford fuhr mehrmals langsam an Isabel vorüber. Die getönten Scheiben ließen die Gesichter der Insassen nur erahnen.

Isabel wusste, dass sie lediglich die Chance hatte, relativ unbehelligt zu bleiben, wenn sie sich in der Nähe vieler Menschen aufhielt, und so ging sie bewusst die Wege, wo der Strom der zahlreichen Passanten nicht abriss. Dann sah sie das grüne Auto erneut. Es stand an einer Straßenecke. Bei einem Blick durch die Frontscheibe meinte Isabel, die Konturen Francesco Monzorros zu erkennen. Hastig änderte sie ihre Laufrichtung, worauf sich der Ford in Bewegung setzte und ihr folgte. Fast panisch beschleunigte sie ihre Schritte und versuchte, in der Menge der Menschen unterzutauchen. Urplötzlich schlug sie Haken und verschwand in einem Kaufhaus, nahm einen roten Strohhut von der Ablage und verließ auf der gegenüberliegenden Seite das Kaufhaus durch den Nebeneingang.

Draußen setze sie den Hut auf und betrat eilig ein Schuhgeschäft. Sie nahm ein paar Schuhe aus den Regalen und tat so, als würde sie sie anprobieren.

Aus den Augenwinkeln hielt sie die große Schaufensterscheibe im Blick. Zwei der Verfolger rannten vorbei. Ein dritter blieb stehen, schaute aber nicht in den Laden, sondern auf die Straße. Dann verschwand auch er.

Nach zwanzig Minuten schlich Isabel unerkannt aus dem Geschäft.

41

Reithalle

Während Lena das Pferd in den Anhänger führte, packte Miriam ihre Sachen in den Geländewagen auf die Rückbank.

Lena lächelte. Was die alles mitgenommen hat, dachte sie. Klamotten im Rucksack, Isomatte zusammengerollt mitsamt daran befestigtem Schlafsack , eine Leinentasche, aus der eine große Mineralwasserflasche und das Endstück einer Taschenlampe lugte. Wahrscheinlich war unten alles voller Essensvorräte, mutmaßte sie. Wie lange wollte das Mädchen denn unterwegs sein? Und das Kuscheltier, einen kleinen Teddy, hatte Miriam so in der Klappe des Rucksacks befestigt, dass lediglich der Kopf herausguckte. Der Tröster in der Not, Glücksbringer und Vertrauter in einem, auch wenn er schon etwas älter und abgegriffen war und ein Glasauge fehlte.

„Hilfst du mir mal? Zu zweit geht es leichter." Lena deutete auf die Ladeluke. Natürlich hätte sie diese selber zubekommen, aber sie wollte Miri möglichst viel beschäftigen, sodass sie gar nicht erst ihren trüben Gedanken nachhing. Lena sicherte die Verriegelung und pfiff nach dem Hund. Harry preschte herbei und sprang ins Auto.

„Kannst du die Haustür abschließen? Schlüssel steckt innen. Schmeiß ihn vorne ins Auto", rief Lena.

„Und jetzt hast du keinen Mann oder Freund?", fragte Miriam, als sie durch den Waldweg zur Hauptstraße fuhren. Durch Vibrationen beim Durchfahren der Schlaglöcher musste sie sich zum Ausgleich hin und her bewegen.

„Nein, Gott bewahre! Ich habe es allein schon schwer genug." Lena lachte Miriam so herzlich und offen an, dass diese mit einem Lächeln antwortete. Das Eis schien gebrochen. „Wir können uns auch alleine gut helfen, oder? Geballte Frauenpower!" Lena begann zu summen.

Am Ende des Weges fuhr das Gespann auf die große Hauptstraße. Weder Lena noch Miriam bemerkten die hellwachen Augen, die sie aufmerksam fixierten. Und sie bemerken auch nicht, dass der Golf ihnen in sicherer Entfernung mit gleicher Geschwindigkeit folgte.

„Ist Hope ganz gesund und wieder voll belastbar?", fragte Miriam.

„Man muss jetzt nicht voll Galopp reiten, sondern sie langsam wieder in Gang bringen, sie vorsichtig bewegen. Das wird schon wieder. Bloempott muss sich schon etwas Mühe geben."

„Ach der. Wenn der dazu man die Geduld aufbringt", zweifelte Miriam. „Er ist ein brutaler Kerl. Ich hasse es, wie er mit Pferden umgeht. Wenn es nicht so läuft, wie er sich das vorstellt, dann flippt er aus. Deshalb mag ich ihn nicht."

„Ja, er ist sicherlich ein schwieriger Mensch, der Bloempott. Und ungeduldig ist er nicht nur mit Tieren!", erwiderte Lena. „Hoffentlich zahlt er mir wenigstens bald die Behandlung und die Pflege für das Pferd. Er schuldet mir ohnehin noch Geld für seine anderen Pferde."

„Arbeitest du denn wieder als Tierärztin?", fragte Miriam.

„Hin und wieder. Der Hundehof verschlingt eine Menge Geld. Ich habe schon so nebenbei einige Patienten wieder angenommen. Zum Glück zahlen sie nicht alle so zögerlich wie Bloempott. Das wäre eine Katastrophe."

„Dann bräuchtest du doch sicherlich Hilfe, ich meine, so in der Praxis, also, so etwas wie eine Tierarzthelferin, oder?"

Lena lächelte und schwieg zunächst. Sie hatte den Braten gerochen. „Wenn ich tatsächlich voll loslegen sollte, sage ich dir Bescheid!" Lena blickte zu dem Mädchen herüber.

„Versprochen?", fragte Miriam aufgeregt.

„Versprochen, dass ich dir Bescheid sagen werde, ja. Mehr aber nicht, schließlich weiß ich selber noch nicht, wie es weitergehen wird."

Lena steuerte den Wagen mit Anhänger vor das Tor der Reithalle in einer Linie mit den anderen Gespannen. Sie nahm ihr Handy von der Ablage und öffnete die Autotür.

„Da steht Bloempotts Mercedes", sagte sie. „Das trifft sich gut. Ich gehe mal rein, dann kann er sein Pferd gleich in Empfang nehmen."

„Okay, ich bleib hier, bis du zurückkommst." Beide nahmen keine Notiz von dem Golf, der in gebührendem Abstand in eine Parkbucht fuhr.

Esens, Bahnhofsstraße

Hauptkommissar Jan Czerlikoswki geriet in Rage, während er seinen Wagen an der roten Ampel anhielt: Seine Tochter schien das Opfer von Internet-Mobbing zu sein. Ein Phänomen, das immer mehr um sich griff und ganz schlecht aufgearbeitet und eingedämmt werden konnte. Erst kürzlich gab es einen Fall in den Niederlanden, bei dem sich ein zwanzigjähriger Student das Leben genommen hatte. Er wurde verspottet, ausgeschlossen, gehänselt, beschimpft, so schrieb er seinen Eltern in einem Abschiedsbrief. Die Umgebung des jungen Mannes nahm die Signale nicht auf und konnte ihm nicht helfen.

Jan fragte sich, warum auch er die Signale seiner Tochter nicht gesehen hatte. War er mittlerweile so blind vor Eifersucht, so verletzt durch die Trennung von seiner Frau, dass er das Wichtigste, das ihm noch geblieben war, nicht beschützen konnte; dass er nicht helfen konnte, weil er selber Hilfe brauchte, um mit seiner neuen belastenden Lebenssituation klarzukommen?

Der Fahrer des nachfolgenden Pkw hupte. Die Ampel stand schon lange auf Grün. Czerlikowski fuhr an. Jan war sich im Klaren, dass er sein Leben wieder in Ordnung bringen musste. Er überquerte den Kreisel.

Er musste sich neu orientieren und musste sich um seine Tochter kümmern! Miriam! Es wird Zeit, dass ich sie finde, dass ich mit ihr rede. Es wird Zeit, mit ihr ihre Sorgen zu teilen und wenn möglich zu zerstreuen, dachte er. Dazu musste er aber erst einmal wissen, wo sie war. Er fluchte.

Czerlikowski beschleunigte, als sein Handy klingelte.

„Jan hier!" Die Nummer im Display kannte er nicht. „Moment. Sitze im Auto. Ich fahre rechts ran, dann kann ich besser telefonieren. Die Freisprechanlage funktioniert nicht."

Er wusste gar nicht, warum er diese kleine Lüge jetzt erzählte. Die Freisprechanlage seines Navigationsgerätes funktionierte deshalb nicht, weil er es gar nicht eingeschaltet hatte. In der Bucht der Bushaltestelle hielt er an.

„So", sagte er, „jetzt kann ich reden. Entschuldigung. Mit wem spreche ich gerade?"

Reithalle

Er verhielt sich still und machte sich ganz klein. Vom Beifahrersitz nahm er die Zeitung zur Tarnung in die Hand, falls jemand zu dicht am Golf vorbeigehen sollte. Sein Gesicht musste niemand sehen. Fritz Mahluss rutschte etwas auf dem Sitz hin und her, so lange, bis er eine angenehme Sitzposition hatte. Das lange Sitzen und Warten auf Lena Schuster und den Gaul hatte sich gelohnt, aber Fritz merkte, dass er nicht mehr der Jüngste war. Die Rückenmuskulatur machte ihm zu schaffen. Verschiedene Stellen am Beckenkamm taten weh. Je länger er saß, desto unangenehmer wurde es. Schmerzen zogen sich bereits über den linken Gesäßmuskel. Der Ischiasnerv pochte. Aber er würde das aushalten. Eine bessere Gelegenheit würde es nicht geben, um den Gaul und vielleicht einige andere Pferde abzumetzeln. Heute noch würde er zuschlagen. Zuerst hier und dann beim Hundehof. Denn es gab ja noch diese kleine, hübsche Lena Schuster. Fritz bekam eine Erektion bei der Vorstellung, sie in der Hand zu haben, über sie und ihr Schicksal zu bestimmen, über ihr Leben zu entscheiden; alles lag in seiner Hand. Er würde entscheiden. Er hatte, wie so oft schon in seinem Leben, die Macht; die Macht des Überlegenen, des Besseren, die Macht des Starken über das Minderwertige, über das Schwache.

Fritz sah zu Lena Schusters Auto herüber. Die Beifahrertür öffnete sich und ein junges Mädchen stieg aus. Sie lief langsam zum Heck des Pkw und dann zur

Klappe des Anhängers. Kaum hatte sie die Sperre entfernt und den schwer gängigen Riegel mit den Handballen nach oben geschlagen, hielt sie inne und blickte die Auffahrt hoch. Nun trat sie einen Schritt hinter den Hänger zurück in Deckung. Zunächst dachte Fritz, sie verstecke sich vor ihm, aber dann fuhr ein Wagen an ihm vorbei zum Eingang der Reithalle. Je näher das Auto kam, desto mehr wich das Mädchen hinter den Anhänger zurück und stand schließlich an der Deichsel, über die sie herübersprang, sodass der ankommende Fahrer sie nicht sehen konnte. Fritz vermutete, dass das Mädchen wusste, wer soeben angekommen war und ihr Verhalten ließ darauf schließen, dass sie keinen Wert auf eine Begegnung legte. Der Autofahrer war nicht alleine. Mit ihm stieg eine schlanke Frau Mitte/Ende dreißig, wie Fritz schätzte, aus. Beide verschwanden im Eingangsbereich. Das Mädchen schlich zurück in Lena Schusters Wagen und machte sich auf dem Beifahrersitz klein.

Esens, Bushaltestelle

Jan Czerlikowski sah genervt aus dem Auto. Ungewöhnlich viel Verkehr floss an ihm vorbei. Er sah aufs Handy. Er konnte weder die Nummer des Anrufers zuordnen, noch passte es ihm überhaupt, dass er jetzt angerufen wurde. Es störte ihn einfach. Immer wenn er sich auf eine Sache konzentrierte, und die Suche nach Miriam war schließlich keine Kleinigkeit, immer dann fühlte er sich durch Störungen gestresst. „Hallo! Mit wem rede ich?“ Er drückte das Handy stärker ans Ohr, da ein tiefergelegter Opel mit defektem Auspuff an ihm vorbeiröhrte.

„Ich bin's!“ Die nette Stimme ließ Jan aufhorchen. „Wir haben eigentlich seit einer halben Stunde ein Date“, sagte die Stimme.

Ich Esel, dachte Jan Czerlikowski, als er sie erkannte. Er hatte voll in die Grütze gegriffen. „Marie!“, sagte er nur.

„Na ja, wenigstens ist mein Name noch präsent, wenn ich schon sitzen gelassen werde!“

„Ich bin ein Depp! Entschuldigung“, stammelte Jan.

„Da würde ich nicht widersprechen!“

„Es tut mir entsetzlich leid, aber ich habe ein Problem“, sagte Jan.

„Da bin ich aber gespannt. Männer sind bei Entschuldigungen immer sehr fantasievoll!“ Marie räusperte sich.

„Nein, echt. Ich bin total durcheinander und habe gar nicht mehr an unser Kaffeetrinken gedacht ...“, begann er entschuldigend, wobei Marie sogleich unterbrach.

„... Na ja, Polizist eben. Das scheint mächtig von dem Kollegen, von diesem Kerkhoff, abzufärben“, sagte sie nun schärfer. Ihre Abneigung gegen Kerkhoff konnte sie nur schwer unterdrücken.

„Nein, der hat damit nichts zu tun.“

„Nicht, aha! Wer dann?“

„Meine Tochter!“, sagte Jan und deutlich leiser. „Sie ist verschwunden, einfach abgehauen.“

„Oh, Schiet“, antwortete Marie Schröder. „Was ist passiert? Warum ist sie weg?“

„Eine etwas längere Geschichte“, meinte Jan. Dann erzählte er ihr von seinen häuslichen Problemen und je länger er sprach, desto mehr fiel die Last von ihm ab. Sie gingen gemeinsam noch einmal alle Möglichkeiten durch, wo Miriam sein könnte. Das Gespräch mit Marie tat Jan gut. Die Chemie zwischen ihnen beiden stimmte. Sie verstanden sich einfach.

„Kann ich irgendwie helfen?“, fragte Marie.

„Ich wüsste im Moment nicht wie. Wir klappern nun zuerst einmal alle Kontakte ab und ich selber bin auf dem Weg zur Reithalle. Dort verbringt Miri den Großteil ihrer Freizeit. Pferde, Pferde, Pferde. Ihr ein und alles!“

„Oh je, etwa bei diesem ekligen Bloempott?“ Marie Schröder nahm wahrlich kein Blatt vor den Mund, wenn sie jemanden nicht leiden konnte. „Der hat den ganzen neuen Verein im Griff. Zuerst hat er dafür gesorgt, dass sich die Vereinsmitglieder in die Haare bekamen, und dann baute er eben diesen neuen Verein auf, den er nun als Vorsitzender führt. Discordia hätte er ihn besser nennen können. Bloempott hat Zwietracht und Neid geschürt. Ich selber bin dort weggegangen, nur wegen dieses Ekels; damals als ich noch jung und hübsch war. Heute bin ich nur noch und." Sie lachte.

„Na ja. Das sehe ich ganz anders!" Das Telefonat tat Jan gut. „Auf alle Fälle muss ich sie finden, Ekel Bloempott hin, Ekel Bloempott her. Und wenn der mir dabei in die Quere kommt, dann nagele ich ihn an sein Scheunentor!"

„Das möchte ich sehen!" Maries Begeisterung sprühte durchs Telefon. „Und bitte rostige Nägel verwenden, die dicken! Ich will sie gerne spenden."

Jan Czerlikowski lachte. „Nun muss ich aber los. Ich mach mir in der Tat große Sorgen." Seine Stimme wurde wieder ernster.

„Viel Glück! Und den Kuchen heb ich auf. Vielleicht meldest du dich heute Abend noch. Ich würde gerne wissen, ob du etwas erreicht hast, ja?" Ihre Stimme klang sanft und ruhig.

„Ja, mache ich. Versprochen!", erwiderte Jan. Plötzlich sah die Welt etwas anders aus. Er wusste, es würde alles gut werden und er würde Miriam finden. „Versprochen. Bis heute Abend!"

„Tschau", hauchte Marie ins Telefon. „Bye."

Buenos Aires 1976

Isabel irrte durch die Straßen. Erst spät, als die Dämmerung einsetzte, entschied sie sich, Juans konspirative Wohnung aufzusuchen. Sie holte den Schlüssel aus dem Versteck und betrat die dunkle Unterkunft. Vollständig bekleidet legte sie sich aufs Bett und schlief sofort erschöpft ein. Spät in der Nacht schlug sie die Augen auf und wusste zuerst nicht, wo sie war. Isabel hatte tief geschlafen und wirr von Miguel, ihrer Mutter und Francesco Monzorro geträumt. Nun saß sie auf der Bettkante und versuchte, klare Gedanken zu fassen. Am Boden stand eine angebrochene Wasserflasche. Isabel hatte Durst und letztlich war es ihr egal, wer vorher aus der Flasche getrunken hatte. Das Mineralwasser enthielt kaum noch Kohlensäure und schmeckte daher leicht schal, stillte aber den ärgsten Durst. Sie sah sich um. Seit dem letzten Besuch hatte sich nicht viel verändert. Isabel stand auf und lief unruhig hin und her. Nervös zuppelte sie mit der rechten Hand am Ärmel. Sie hat Angst. Was wird als Nächstes passieren? Würde sie ihren Bruder und ihre Mutter je wiedersehen? Auch sie selber war in großer Gefahr. Das Regime bekämpfte nicht nur ihre erklärten Feinde, die kommunistischen „Subversiven" und militanten Linken, die mit Bombenanschlägen gegen die Faschisten vorgingen, sondern auch viele Studenten, Intellektuelle, die lediglich Flugblätter verteilten und gegen das Unrecht demonstrierten. Hatte Isabel überhaupt eine Zukunft, eine Zukunft in Ruhe und Frieden?

Sie spürte urplötzlich eine unendliche Sehnsucht nach Nähe zu ihrem Vater in Deutschland. Sie fühlte den deut-

schen Pass in ihrer Tasche. Was war mit Manuel, wo war er? Ihr fielen die Augen zu. Sie merkte, wie unendlich müde sie immer noch war und wie anstrengend die Mühen des Tages auf ihr lasteten. Sie kuschelte sich wieder aufs Bett, zog die Decke über sich und bildete sich ein, den Geruch von Manuel zu spüren. Dann fiel sie erneut in tiefen Schlaf.

Ein leises monotones Geräusch weckte Isabel. Benommen suchte sie zu erfassen, wo sie sich befand und woher dieses Schnarren kam. Ihr Blick wanderte von der Decke mit den Feuchtigkeitsflecken über die getünchte Wand, an der die Farbe blätterte, zum staubbedeckten Fußboden und weiter zur quergestellten Matratze. Obwohl ihr im Grunde ihres Herzens nicht danach zumute war, musste Isabel lächeln. Manuel lag dort ausgestreckt auf dem Rücken und führte seinem Körper geräuschvoll den nötigen Sauerstoff zu. Isabel schälte sich aus dem Bett, krabbelte zu Manuel herüber und verschwand unter seiner Decke. Als sie ihn zärtlich umarmte, nahm sie die wohlige Wärme seines Körpers auf und plötzlich versiegte das Schnarchen. Manuel drehte sich mit geschlossenen Augen zu Isabel und legte automatisch ebenfalls einen Arm um sie.

45

Reithalle

Gerrit Kerkhoff hielt Nina die Tür zum Klubraum der Reithalle auf. Sie schlüpfte hindurch und begab sich links zur Wand. Gerrit stellte sich dazu. An den Holztischen und Bänken saßen etwa fünfundzwanzig Reiter und Reiterinnen. Die männlichen Mitglieder waren eindeutig in der Minderheit und fielen in der Masse nicht weiter auf. Nur einer von ihnen stand vorne und alle Augen waren auf ihn gerichtet. Bloempott instruierte seine Leute: „… können wir nicht untätig zusehen, wie so ein Wahnsinniger unsere Tiere und damit unser Eigentum verletzt und zerstört. Auch die Polizei kann uns nicht weiterhelfen, das musste ich leider heute am eigenen Leib erfahren ..."

Wie auf ein Stichwort klingelte Kerkhoffs Handy und die gesamte Aufmerksamkeit der Anwesenden richtete sich sofort weg von Bloempott auf ihn. Der Hauptkommissar murmelte nur „Tschuldigung!" und verließ den Raum durch die Eingangstür, um ungestört telefonieren zu können. Nach fünf Minuten kehrte er zurück und stellte sich wieder zu Nina, die ihm zuflüsterte: „Der heizt denen ganz schön ein. Und an der Polizei lässt er kein gutes Haar. Ich verstehe nur nicht, was er denn meint, er hätte es am eigenen Leib erfahren müssen. Schließlich ist er ja nicht geschlachtet worden, sondern das Pferd!"

„Ich denke nicht, dass das Interesse der Polizei so groß sein wird. Schließlich handelt es sich nur um eine Sachbeschädigung. Das muss man sich mal auf der

Zunge zergehen lassen: Sach-be-schä-di-gung!" Bloempott betonte jede einzelne Silbe.

Allgemeine Empörung machte sich breit.

„Ja, liebe Reiterfreunde. Werden eure Pferde, eure Lieblinge, eure Sportskameraden umgebracht ...", das letzte Wort schrie Bloempott mit einer unbändigen Wut heraus, „...dann wird nur eine Sache beschädigt; jawohl, so heißt es im Beamtendeutsch. Ich aber nenne das Mord; Mord an unseren vierbeinigen Freunden. So sieht das aus!"

Wieder erhob sich ein empörtes Gemurmel, als Bloempott eine Pause machte. „Aber wir können hier und heute direkt einen Vertreter der Staatsgewalt fragen, was sie denn zu tun gedenken, unsere Freunde und Helfer von der Polizei. Wir haben nämlich Besuch vom ermittelnden Beamten, Herrn Kommissar ...! Wie war noch Ihr Name?"

„Kerkhoff, Hauptkommissar Kerkhoff", verbesserte Gerrit, während er feindselig angestarrt wurde.

„Ja, richtig. Kerkhoff. Und Hauptkommissar ist dann wohl Ihr Vorname, was?" Bloempott und einige Umstehende lachten, als hätte er den Witz des Jahrhunderts gelandet.

„Auch wenn Sie hier Stimmung gegen uns machen, Herr Blumentopf, oder wie heißen Sie noch?" Kerkhoff holte wichtig seinen Block heraus und tat so, als läse er aus seinen Notizen ab: „Nein, Bloempott, entschuldigen Sie bitte! Wie gesagt, wir sind dran und haben sogar die Spurensicherung hinzugezogen. Das volle Programm, Herr Bloempott!"

„Ach nee. Und können Sie mit Ihrem vollen Programm unsere Tiere schützen? Können Sie uns garantieren, dass sie nicht wieder angegriffen werden von so einem psychopathischen Pferderipper? Nein, das können Sie nämlich nicht, Herr Hauptkommissar."

„Ich möchte das Gespräch auf diese Weise so nicht fortführen; das bringt nichts. Arbeiten Sie lieber mit uns zusammen. Ich hätte sowieso noch einige Fragen an Sie, Herr Bloempott", rief Kerkhoff in das Stimmengewirr.

„Sieh mal, deine Lena ist auch hier!", sagte Nina leise. Sie zupfte Gerrit am Ärmel und nickte in Richtung der Fenster, die den Raum zur überdachten Reitbahn der Halle abtrennten. Lena Schuster blätterte in einem Schreibheft und machte sich einige Notizen. Sie blickte auf, winkte und lächelte, als sie Kerkhoff bemerkte.

„Was soll das heißen, meine Lena?", flüsterte Kerkhoff zurück, während er zum Gruß die Hand hob.

„Ich meine ja nur", stichelte Nina provokant. „Und was macht dieser Kotzbrocken hier?" Nina deutete in die Ecke des Raumes. Dort saß der Bauunternehmer Goldau. Auf ihn waren im Sommer während des Esenser Schützenfestes Anschläge verübt worden. Aber es wurden immer nur andere getroffen; zuerst Rainer Muul, der erschlagen und gekreuzigt worden war, dann Goldaus Ehefrau, die massive Verbrennungen erlitt und immer noch in einer Spezialklinik lag, und letztlich sein Vorarbeiter, Hinrich Schröder, der von einer Kugel, die Goldau galt, tödlich getroffen wurde.

Im Laufe der Ermittlungen hatten Czerlikowski und Kerkhoff die üblen Machenschaften des Bauunternehmers aufgedeckt. „Solche Banditen fallen immer wieder auf die Füße", grollte Nina, deren Blick sich verfinsterte. „Und er läuft ohne Scham hier mit so einem jungen Flittchen am Arm herum. Das ist so ekelig, so wie bei diesem Fußballer, Loddar ... wie heißt der noch?"

„Soll er sich etwa ein altes Flittchen nehmen?", witzelte Gerrit und trat einen Schritt zur Seite, um Lenas Rippenstoß zu entgehen.

„Du weißt genau, wie ich das meine", zischte sie ärgerlich.

Plötzlich flog mit großem Schwung ein Flügel der Eingangstür auf und traf Kerkhoff am angewinkelten Arm.

„Au, verdammt!" Der Hauptkommissar rieb sich den Musikknochen und blickte wütend auf den Eindringling.

Reithalle Vorplatz

„So eine Scheiße! Nicht auch das noch." Miriam drückte sich tiefer in den Sitz. Sie hatte den Wagen ihres Vaters sofort erkannt, als dieser in die Straße zur Reithalle einbog und auf den gut belegten Parkplatz zufuhr. Also hatte Lena Schuster doch nicht Wort gehalten; sie hatte versprochen, Miriams Vater nicht anzurufen und jetzt tauchte genau der hier auf. Das war gemein. Das hatte sie Lena nicht zugetraut: Lena hatte sie verraten. Miriams Blick verdüsterte sich. Worauf sie gar keinen Bock hatte, war, jetzt von ihrem Vater angepampt zu werden. Der würde doch nur herummosern und ihr Vorwürfe machen. Weder ihr Vater noch ihre Mutter wussten, wie es in ihr drinnen aussah. Einsamkeit und tiefe Traurigkeit breiteten sich in Miriam aus. Sie wischte sich die Tränen aus den Augen und überlegte. Gedankenverloren wedelte sie mit dem Zeigefinger Staubpartikel von der schwarzen Armatur neben dem Lenker weg. Nein, sie würde jetzt nicht nach Hause gehen und sie würde sich auch nicht mit ihrem Vater auseinandersetzen. Miriam war klar, dass sie schnell handeln musste, denn eines schien sicher: Im Handumdrehen würde ihr Vater wieder aus der Reithalle kommen, sobald Lena ihm gesagt hatte, dass sie hier im Auto säße.

„Du bleibst hier, Platz!", sagte Miriam zu Harry. Der Labrador fiepte, als sie die Beifahrertür öffnete. Sie hatte eine Idee: Schnell griff sie ihre Sachen vom Rücksitz und rannte vollbepackt außen an der Hallenwand vorbei, um ungesehen verschwinden zu können.

Miriam öffnete mühsam die Nebentür des Gebäudes und schlüpfte hinein. Sie stieg über eine umgefallene, dreizackige Mistgabel, drückte mit dem Oberschenkel eine mit Strohballen beladene Schubkarre zur Seite, die bedenklich kippelte und umzufallen drohte, und gelangte in die Stallgasse der Reithalle. Einige Pferde steckten neugierig die Köpfe über die Balustrade. Miriam blickte nach oben. Über den Pferdeställen war eine Zwischendecke mit dicken hölzernen Querbalken eingezogen. Dort lagerten auf der rechten Seite quaderförmige Stroh-, auf der linken formgleiche Heuballen. Miriam lief einige Schritte weiter und setzte ihren Rucksack auf heruntergefallenes Stroh ab. Dann ergriff sie die auf dem Betonboden liegende Holzleiter und stellte sie am Ende des Ganges auf. Nun eilte sie zurück, griff den Rucksack mit der Isomatte und kletterte die Sprossen nach oben. Dort legte sie ihre Sachen mühsam auf einen Heuballen. Dann kletterte sie erneut herunter, um das restliche Zeug nachzuholen. Von draußen dröhnte Stimmengewirr herein, als sie den Fuß von der letzten Sprosse nahm.

47

Reithalle

Jan Czerlikowski blickte auf seinen Kollegen, der sich den Arm rieb. Er hatte ihn nicht gesehen und die Tür schwungvoll aufgestoßen.

„Meine Güte, kannste nicht aufpassen!" Kerkhoff schüttelte den Arm aus.

„Sorry! Was machst du denn hier? Und was ist das für eine Versammlung?" Er deutete auf die anwesenden Reiter.

„Auf Bloempotts Hof ist ein Pferd getötet worden", berichtete Kerkhoff. „Wir tragen gerade die Untersuchungsergebnisse zusammen. Ich stehe in Kontakt mit der „Soko Pferd". Die Kollegen dort haben die Fotos von der Tat bereits übermittelt bekommen und werten sie aus. Der Vorsitzende Bloempott wiegelt die Vereinsmitglieder gegen die Polizei auf, die angeblich nichts tut. Und was machst du hier? Geht's dir besser?"

„Nicht wirklich. Ich suche Miriam. Sie ist verschwunden. Ich dachte, sie wäre bei meiner Frau und die dachte, Miri wäre bei mir!"

„Hallo!" Lena Schuster stand urplötzlich neben ihnen. „Wenn ich mich einmischen darf?" Sie lächelte Czerlikowski an. „Miri kam zu mir auf den Hundehof und schüttete mir quasi ihr Herz aus!"

„Und wo ist sie jetzt?", unterbrach Jan Czerlikowski ungeduldig.

„Ich habe sie mitgenommen. Sie sitzt draußen in meinem Wagen."

Ohne ein weiteres Wort zu verlieren, drehte sich Jan um und raste genauso ungestüm, wie er hereingekommen war, durch die Tür wieder nach draußen.

„Oh je. Wir sollten hinterhergehen, damit die Wellen nicht so hoch schlagen.“ Lena seufzte. „Vamos!“

Auf dem Parkplatz raste Czerlikowski zum Gespann mit der Aufschrift „SCHUSTERS HUNDEHOF“ und blickte durch die Autoscheiben.

„Wo ist sie denn? Hier ist nur der Hund“, rief er ungehalten.

„Ich bin mit ihr hierher gefahren. Sie wollte auf mich warten!“ Lena kam heran und öffnete die Autotür. Der Labrador sprang schwanzwedelnd heraus und lief sofort auf Gerrit Kerkhoff zu, der ihm spielerisch ins Fell griff und überschwenglich streichelte.

„Na, du altes Hundevieh!“ Kerkhoff freute sich, den Hund zu sehen.

„Also, wo ist sie nun abgeblieben?“ Jan Czerlikowski trat von einem Bein auf das andere.

„Keine Ahnung! Ihre Sachen sind auch verschwunden“, stellte Lena Schuster fest.

„Wie keine Ahnung? Sie hätten sie doch festhalten müssen, meine Güte!“

„Festhalten? Anbinden, oder was?“ Lenas Lächeln war verschwunden. Man sah ihr an, wie sauer sie war.

„Aber irgendwo muss sie doch sein. Die kann sich doch nicht in Luft auflösen.“ Jan Czerlikowski ließ die Gruppe stehen und öffnete das Tor zu den Ställen. Alle anderen folgten. Harry rannte an ihnen vorbei und preschte über den Betonboden auf eine Stelle zu, an der nur ein Bündel Stroh lag. Hier schnüffelte der Hund, lief weiter zur Holzleiter, schnüffelte erneut und gab einen kurzen, tiefen Belllaut von sich.

„Harry, hier. Mach uns nicht die Pferde verrückt!" Der Labrador rannte zu Kerkhoff zurück und setzte sich an seine linke Seite.

„Na, hier ist sie auch nicht!", stellte Jan Czerlikowski fest.

„Was ist denn hier los? Massenversammlung?", blökte Gerd Bloempott. Er stand vor dem offenen Tor.

„Oh, Herr Bloempott, gut, dass Sie fertig sind. Ich möchte Ihr Pferd unterstellen!", sagte Lena. „Leider waren Sie am Handy und auch am Festnetz nicht zu erreichen. Immer besetzt!"

„Hm ...", grummelte Bloempott. „Das erklärt aber den Auflauf hier nicht!"

„Das können Sie im Anschluss regeln", sagte Lena bestimmt. „Jetzt ist zuerst das Pferd dran und dann alles andere. Ich musste ohnehin schon zu lange warten."

Lena Schuster marschierte los, wurde allerdings von Jan Czerlikowskis Ausruf gestoppt: „Und was ist mit meiner Tochter? Was ist mit Miriam?"

Lena stoppte ab und drehte sich um: „Ich bin nicht ihr Kindermädchen. Das Mädchen kann auf sich selber aufpassen. Aber Sie. Sie sollten besser auf sie achtgeben. Ihre Tochter hat massive, persönliche Probleme, die niemand ernst nimmt. Ihre Mutter nicht und ihr Vater auch nicht." Sie wollte schon weitergehen, als sie sich noch einmal an Jan Czerlikowski wandte: „ ... und statt hier den wilden Mann zu markieren, sollten Sie froh sein, dass Miri keinen Unfall hatte oder einem Verbrechen zum Opfer gefallen ist. Das ist doch wohl das Wichtigste, oder? Darüber sollten Sie sich freuen! Ich denke, dass sie über kurz oder lang wieder auftauchen wird. Und ich kann Ihnen nur den Rat geben, ihr dann keine Vorwürfe zu machen, sondern sie mit offenen Armen zu empfangen. Sie braucht Ihre Hilfe und nicht Ihre Vorhaltungen."

Czerlikowski schloss seinen Mund. Eine Antwort hatte ihm bereits auf der Zunge gelegen. Doch jetzt schwirrten ihm Lenas Ratschläge durch den Kopf.

Gerrit Kerkhoff schlug seinem Kollegen freundschaftlich auf die Schulter: „Sie hat recht, Jan. Du weißt, welche schlimmen Hintergründe das Verschwinden von Mädchen haben kann. Sieh es positiv. Wie Lena sagt: Miri ist nur abgehauen, weil sie ein Problem hat. Das wird schon wieder!"

Als alle zum Ausgang drängten, rief Kerkhoff: „Herr Bloempott, ich habe noch einige Fragen an Sie. Unter anderem interessiert mich, was Sie mit Herrn Goldau zu tun haben."

„Ja, ja, gleich. Zuerst die Arbeit und dann …"

Na ja, ein Vergnügen wird es sicher nicht, dachte Kerkhoff.

48

Heuboden, Reithalle

Miriam lugte vorsichtig über die Heuballen nach unten. Sie hatte sie zu einer kleinen Mauer, hinter der sie sich gut verbergen konnte, aufgebaut, aber einen Spalt zum Durchgucken gelassen. Durch das geöffnete Tor hörte sie den Gesprächen zu. Einerseits freute sich Miriam darüber, dass Lena für sie Partei ergriff, andererseits war sie sauer, dass sie ihrem Vater scheinbar den Tipp gegeben hatte. Wie sonst sollte der hier so unvermittelt aufgetaucht sein, kurz nachdem sie angekommen war.

Miriam drehte sich zu ihren Klamotten, die hinten an der Wand gelehnt standen. Fünf Meter weiter entdeckte sie ein Stück Siloplane, mit der ein alter Sattelschrank gegen Staub und Dreck abgedeckt war. Damit sie nicht verrutschte oder durch Zugluft wegflog, lag obenauf ein meterlanges Vierkantholz.

Miriam ging vorsichtig darauf zu, wobei die Balkenlage hörbar ächzte und knarrte. Durch die Ritzen fielen vereinzelt Heuhalme und rieselten auf den Boden der darunter liegenden Pferdeboxen. Gerade als Miriam die Plane greifen und wegziehen wollte, hörte sie Hufgeklapper und Lenas Stimme. Miriam blieb stocksteif stehen. Von der Stallgasse aus war sie nicht zu sehen, aber direkt über den Pferdeboxen durch die Ritzen der Balken sehr wohl. Jetzt durfte kein Heu mehr durchfallen. Das würde sie schnell verraten. Miriam verhielt sich still.

„Ihr Pferd ist so weit wiederhergestellt, Herr Bloempott“, hörte Miriam Lena sagen. Sie ermahnte den Pferdebesitzer, Hope noch vorsichtig einzureiten, damit die Verletzung nicht wieder aufbrechen konnte.

„Ich bin ja kein Anfänger, Frau Schuster", erwiderte Bloempott genervt.

„Dann ist ja gut. Wäre schade, wenn alles umsonst gewesen wäre. Apropos umsonst. Die Rechnung habe ich gleich mitgebracht."

Miriam sah durch die Ritzen, wie Lena einen Briefumschlag überreichte, den Bloempott in die Innentasche seiner Jacke steckte. Statt einer Antwort brummte er nur.

„Ich schau morgen noch einmal nach dem Tier. Routinekontrolle! Bis demnächst, Herr Bloempott," sagte Lena.

„Tschüss", erwiderte dieser nur kurz. Als er das Tor zufallen hörte, griff er nach dem Umschlag und riss eine kleine Ecke ab, sodass er den kleinen Finger hineinstecken und ihn aufschlitzen konnte.

„Hübsches Sümmchen! Scheiß Vieh! Da habe ich wohl den falschen Gaul aufgeschlitzt", presste Bloempott hervor und schlug der Stute mit den Fingerknöcheln auf das weiche Maul. Das Pferd wich zurück und knallte mit der Schulter gegen die Holzwand, die die Erschütterung bis an die Decke weiterleitete. Auch Miriam erschrak durch den unbeherrschten Ausbruch und musste das Körpergewicht von dem linken auf das rechte Bein verlagern. Durch einen Ausfallschritt schob der Schuh einige Halme nach unten. Miriam drückte sich noch dichter an den abgedeckten Schrank, damit Bloempott sie nicht entdeckte, sollte er nachsehen, woher die Halme fielen.

„Was läuft da wieder für ein Dreckszeug auf dem Dachboden herum? Scheiß Ratten! Scheiß Katzen!", brüllte Bloempott von unten und warf eine Bürste mit voller Wucht nach oben an die Decke. „Abknallen, alles abknallen!" Er donnerte die Boxentür zu, schmiss die Rechnung auf den Boden und schlurfte aus der Halle.

Miriam atmete erleichtert aus. Sie nahm die Plastikplane und ging zu ihren Sachen zurück. Hier wollte sie sich einen Lagerplatz für die Nacht einrichten. Und morgen? Morgen würde sie nach Hause gehen, wahrscheinlich. Wo sollte sie auch sonst hin?

Sie breitete die Plane als Schutz gegen das pikende Heu aus, entrollte die Isomatte und den Schlafsack. Ihre anderen Sachen drapierte sie darum herum. Sie hatte Hunger und griff nach den Keksen. Am Kopfteil schob sie Heu zusammen, um etwas höher zu liegen. Mit etwas mulmigem Gefühl legte sie sich hin. Ratten hatte Bloempott gebrüllt. Ob hier tatsächlich Ratten herumliefen? Ein Schauer lief über ihren Rücken.

Großraumparkplatz Esens

Fritz Mahluss bezahlte die Currywurst und den großen Teller Pommes. Er hockte sich in die Ecke des Imbisses an den Tisch, von wo er den ganzen Großraumparkplatz überblicken konnte. Fritz setzte das Bier an und nahm einen großen Schluck. Er sah auf die Uhr. Bald würde es dunkel werden. So lange, ja sogar noch etwas länger, wollte er warten. Das Leben in der kleinen Stadt musste sich beruhigen, bevor er zuschlagen konnte. Fritz führte die Gabel zum Mund. Er wurde regelrecht kribbelig. Das abgeschnittene Stück Wurst fiel auf den Teller in die rote Ketchupsoße zurück. Einige Sprenkel landeten auf dem Tisch. Zwei Jugendliche in Trainingsanzügen prusteten los.

Fritz wurde ärgerlich. Er hasste es, Aufmerksamkeit zu erregen. Er bemühte sich immer, unauffällig zu sein. Er blickte nach draußen. Der Parkplatz leerte sich. Fritz wandte sich wieder seinem Essen zu.

Eine halbe Stunde später verließ er den Imbiss, überquerte den Parkplatz und ging in den Supermarkt. Einige Bananen und Äpfel fanden den Weg in den Einkaufswagen; dazu kam ein Sixpack grüner Bierflaschen - abgefüllt in einer benachbarten Stadt - und ein Flachmann mit Weinbrand. An der Kasse ließ er sich zusätzlich eine Packung Zigaretten und Streichhölzer geben. Den gesamten Einkauf verstaute er anschließend auf dem Beifahrersitz. Noch war es zu früh, noch sollte es nicht losgehen.

Fritz Mahluss startete den Golf und wechselte auf einen Stellplatz am Rande des Areals unter größeren Büschen. Unbeobachtet konnte er dort den Fahrersitz herunterdrehen, um sich auf dieser Liegefläche etwas auszustrecken und zu schlafen.

Zwei Stunden später rieb Fritz sich die Augen und blickte um sich. Es standen nur noch vereinzelt Autos auf dem Großraumparkplatz. Keine Menschenseele war zu sehen. Der Schein der Reklameleuchten am Supermarkt erhellte gelblich den Vorplatz, doch leichter Nebel drängte sich von seewärts herein und trübte die Sicht. Fritz kramte seine zusammenlegbare Lanze und das Langmesser zusammen und stellte beides in den köcherartigen Rucksack, den er über den Kopf und eine Schulter warf. Er öffnete die Heckklappe, packte das Fahrrad am Rahmen und hob es vorsichtig heraus. Er blickte sich um. Niemand war zu sehen. Niemand nahm Notiz.

Plötzlich rief eine Stimme spöttisch: „Na, noch ne Wurst?"

Ein doppeltes Gelächter und Gekicher drang zu Fritz herüber. Die beiden Jungen, die schon vorhin im Imbiss über ihn gelacht hatten, fuhren mit großer Geschwindigkeit über den Großraumparkplatz, winkten provozierend zu ihm herüber und verschwanden.

Fritz fluchte.

Er kippte den Dynamo am Vorderrad und fuhr bedächtig los. Er zwang sich, langsam zu fahren. Trotz des leichten Nebels ging etwas Wind, Rückenwind; das machte das Treten leichter.

Etwa in der Höhe der Stelle, wo er vor einigen Stunden die Reithalle im Golf beobachtet hatte, stellte er das Fahrrad ab. Dann ging er neben einem Busch in Deckung und wartete ungefähr zehn Minuten ab.

Alles ruhig. Fritz fingerte das Messer und eine kleine Taschenlampe heraus. An der Reithalle und auf den Zuwegen war es weiter still.

Fritz überquerte den Vorplatz. Er nahm den typischen Pferdegeruch wahr. An der Ecke zum Stalltor blieb er wieder stehen. Er horchte. Nun stand er vor der Tür. Seltsamerweise war sie nicht verschlossen. Wahrscheinlich vergessen, dachte Fritz. Er öffnete das Tor, schlüpfte hinein und schloss es wieder. Den Schein der Taschenlampe richtete er auf den Betonboden. Tiefe Risse zogen über die gesamte Breite. Fritz hielt das Messer in der Hand. Er leuchtete die Boxen aus. Er suchte ein bestimmtes Pferd; das Pferd, das er bei Lena Schuster gesehen hatte. Mit dem Gaul würde er beginnen.

Er ging an dem ersten Pony vorbei. Die zweite Box war leer, die dritte ebenfalls. Dann fand er die Stute. Er steckte das Messer vorsichtig an den Hosengürtel. Nun holte er die Einzelteile der Lanze aus dem Köcher und drehte sie ineinander. Er lehnte die Waffe an die Wand und kramte nach dem Plastikoverall.

In diesem Moment erschrak Fritz, denn etwas schien sich um seine Beine zu wickeln. Sein Puls beschleunigte. Er sah an sich herunter. Seine Hände waren schweißnass. Lautlos hatte sich eine schwarze Katze an ihn herangeschlichen und forderte Streicheleinheiten ein. Genervt durch diese Unterbrechung gab er dem Krallentier einen derben Tritt, sodass es durch die halbe Stallgasse flog. Der Lichtkegel der Taschenlampe folgte dem schreienden Tier und fiel unversehens auf die geduckte Gestalt eines Mannes, der halb verdeckt drei Meter vor ihm stand.

Supermarkt Esens

Lena Schuster hatte die Reithalle schon lange hinter sich gelassen. Sie hatte genug von den Vorwürfen Czerlikowskis, sie hätte besser auf Miriam aufpassen müssen. Lena fuhr die Norder Straße Richtung Innenstadt. Ihr Wagen und der Pferdeanhänger ruckelten wie ein Zitteraal; die Straße war eine einzige Katastrophe. Loch an Loch und hält doch, dachte Lena. Sie bog in den AOK-Kreisel, durchfuhr die Bahnhofstraße und suchte sich einen doppelten Parkplatz beim Discounter, wo sie sich mit ihrem Gespann hinstellen konnte. Der Laden hatte bis einundzwanzig Uhr geöffnet. Sie kam also gerade noch rechtzeitig vor Ladenschluss, um einige Einkäufe zu erledigen. Die Lasagne, auf die sie großen Appetit hatte, ließ sie links liegen, da sie nicht wusste, ob tatsächlich das drin war, was auf der Packung stand, oder ob rumänische Pferdeschlachter ihren Anteil beigesteuert hatten. Eine frische Lasagne zu machen, hatte sie keine Lust, dazu war sie zu müde. Also warf sie eine Spaghettipackung, eine Dose Tomaten und Gemüse in den Korb. Das Hackfleisch schubste sie zurück ins Regal. Der Einkaufswagen füllte sich rasch.

„Wir beide sind heute aber spät dran."

Lena drehte sich um und erkannte Nina Campen, die sie herzlich anlachte.

„Das stimmt. Manchmal ist der Tag so voll, dass es sich nicht anders einrichten lässt. Ich weiß gar nicht, wie wir das früher gemacht haben, als alles um achtzehn Uhr dicht machte."

„Mir tun die Verkäuferinnen leid, die noch so spät arbeiten müssen", sagte Nina.

Sie gingen zusammen zum Ausgang und stellten sich geduldig in die Schlange an der Kasse. Lena wunderte sich, wie viele Menschen noch so spät einkauften. Als sie die Milchpackung als Letztes auf das Laufband legte, tastete sie nach ihrem Portemonnaie. Sie fand es nicht. Sie wusste genau, dass sie es in die Außentasche der Fleecejacke gesteckt hatte. Aber nichts. Weder in der linken noch in der rechten Tasche wurde sie fündig.

„Das macht achtundsechzigfuffzig", sagte die Kassiererin am Ende des Scanvorgangs.

„Mein Geld ist weg!" Lena wurde panisch. Wie sollte sie jetzt zahlen? Sie klopfte alle Taschen ab und hob die Schultern. „Das gibt's doch gar nicht!"

„Hier!" Nina Campen reichte ihr siebzig Euro.

Lena lächelte sie dankbar an. Das war ihre Rettung. „Boah! Das ist super. Ich weiß gar nicht, was ich sagen soll. Ich bringe das Geld noch heute ...", sie sah auf die Uhr, „... nein, gleich morgen früh vorbei oder soll ich es Gerrit Kerkhoff mitgeben, wenn er den Hund wieder vorbeibringt?"

„Das reicht völlig aus, wenn er mal wieder zum Hof kommt", wiegelte Nina freundlich ab, „wobei ich denke, dass er den Hund sowieso bald ganz behält!"

„Oh, toll! Finde ich gut. Und vielen Dank für die Hilfe. Vielleicht trinken wir mal ein Glas zusammen. Tschüss", sagte Lena und schob ihren Einkaufskorb zum Auto. Das nachgerufene „Gern" hörte sie nur noch nebenher, denn sie überlegte schon krampfhaft, wo sie das Portemonnaie verloren haben könnte. Als sie im Auto saß, fiel ihr ein, dass sie Bloempott die Rechnung gegeben hatte, die in der gleichen Tasche ihrer Jacke gesteckt hatte. Wahrscheinlich war es dabei herausgefallen.

Missmutig drehte sie bei und fuhr den Weg zurück. Bevor sie von der Norder Straße zur Reithalle abbog, blickte sie rechts in die Nebenstraße.

Was macht der denn mit dem Wagen da? Warum parkte der denn dort?, dachte Lena und trat plötzlich auf die Bremse, da sie fast in ein entgegenkommendes Auto gefahren wäre. Sie fuhr auf den Vorplatz zur Reithalle und wendete das Gespann in großem Bogen, sodass sie gleich weiterfahren konnte, wenn sie hier fertig war.

Sie öffnete die Beifahrertür und schälte sich mühsam aus dem Sitz. Mitten in der Bewegung hielt sie inne. Ihr Blick fiel auf den Raum zwischen Fahrersitz und Türschwelle. Genau dort lag ihre Geldbörse. Super. Da hätte sie lange suchen können. Ungeduldig fingerte sie herum, bis sie sie zu fassen bekam und herausziehen konnte. "Gott sei Dank!"

Mit einem Lächeln setzte sie sich wieder hinter das Lenkrad und fuhr an. Im Vorbeifahren bemerkte sie, dass der Wagen immer noch in der Nebenstraße stand.

„Seltsam", dachte sie.

Buenos Aires 1976

Kaffeeduft zog durch den Raum. Manuel saß auf einem Stuhl und rührte mit einem Löffel in der Tasse.

„Na, ausgeschlafen?“

„Nein, abgebrochen“, sagte Isabel. Sie setzte sich auf die Kante am Ende der Matratze, wischte sich den Schlaf aus den Augen und nahm die angebotene Kaffeetasse in die Hand. Vorsichtig setzt sie sie an die Lippen. „Heiß!“ Sie pustete zur Kühlung.

„Natürlich, hast du schon mal versucht, Kaffee kalt zu kochen?“, scherzte Manuel.

Er war ein Meister darin, schwierige Situationen mit flapsigen Bemerkungen zu entspannen. Isabel schlürfte vorsichtig.

„Es wird eng für uns, Isabel“, sagte Manuel plötzlich todernst. „Du wirst kein zweites Mal so viel Glück haben wie gestern.“

„Wie? Woher weißt du?“

„Juan sah dich zufällig und ging dir nach, als er bemerkte, dass du verfolgt wurdest. Er hat mir begeistert erzählt, wie du ihnen entkommen bist. Sehr einfach, aber äußerst wirksam.“

„Ich habe ihn gar nicht bemerkt.“

„Er ist ja kein Volltrottel so wie diese Deppen, Monzorros Bluthunde. Die sind doof wie Schifferscheiße, aber dadurch äußerst gefährlich. Bei Juan ist es der reinste Selbsterhaltungstrieb, nicht erkannt oder entdeckt zu werden. Jeder Fehler kann tödlich enden.“

„Ich bekam große Angst und bin daher in diese Wohnung gegangen. Ich fürchtete, dass sie mir bei uns Zuhause auflauern würden,“ meinte Isabel.

„Du hast ein gutes Gespür. Juan folgte dir, um dir den Rücken freizuhalten und um eventuell einzugreifen, wenn du in Bedrängnis gekommen wärest. Du hast sehr geschickt Umwege benutzt, um ungesehen hierher zu kommen. Es ist übrigens sehr wichtig, dass diese Wohnung unentdeckt bleibt. Sie ist mittlerweile unser einziger Zufluchtsort, an dem wir sicher sind. Viele Genossen sind aufgeflogen und inhaftiert."

„Genossen? Genossen von was?"

„Montoneros ... Studenten, Gewerkschafter, viele Menschen, die dieses Unrecht nicht länger ertragen wollen", sagte Manuel.

„Und nun, was soll werden?" Isabel blickte resigniert auf ihren Becher.

In ihr Schweigen platzte das Geräusch des Haustürschlüssels, der das Schloss entriegelte. Juan trat ein und grüßte.

„Zwei Posten vor der Wohnung!", berichtete er kurz und griff ebenfalls einen Kaffeebecher.

„Wo? Bei unserer Wohnung?", fragte Isabel, worauf Juan nur stumm nickte.

„Es wird ernst!" Manuel stand auf und öffnete den Deckel eines Kartons.

„Hier!" Er hielt Isabel eine kleine Pistole hin.

„Wie? Was soll ich damit? Ich rühr so etwas nicht an."

„Ich fürchte, dir wird nicht viel übrig bleiben. Möchtest du ein Stück?" Manuel bot ihr ein Brot an.

„Wie kannst du jetzt ans Essen denken?", entrüstete sich Isabel und drehte verständnislos ihren Kopf zur Seite.

„Der Mensch lebt nicht nur vom Brot allein, aber ohne satt zu sein, lässt es sich schlecht kämpfen. Du nützt nur deinen Feinden, wenn du dich selber schwächst." Manuel legte das Brot neben die Waffe auf den kleinen Schemel, den sie als Tisch benutzten.

„Ihr braucht Pässe, um wegzukommen!" Juan hatte lange geschwiegen. Er nahm einen Schluck Kaffee.

„Wie lange würde das dauern?“, fragte Manuel.

„Na ja, ein paar Tage schon. Solange müssen wir untertauchen!“, antwortete Juan.

„Und dann? Wo sollen wir dann hin?“, fragte Isabel. „Und wer kümmert sich um meine Mutter und meinen Bruder? Wie stellt ihr euch das vor? Ich kann doch nicht weggehen und alles hier zurückgelassen! Meine Freunde, mein ganzes Umfeld, meine Sachen, mein ...“. Sie brach ab und schüttelte den Kopf.

„Es kommt jetzt darauf an, dass du überlebst, Isabel. Du bist auch in Gefahr. Wenn sie dich kriegen, dann machen sie kurzen Prozess. Das hilft dir nicht, deinem Bruder nicht und deiner Mutter auch nicht!“, entgegnete Manuel.

„Ich kann doch die Wohnung nicht so verlassen. Die ganzen Sachen ...“ Tränen liefen über ihre Wangen.

„Wir werden deine Tante aufsuchen. Sie muss sich darum kümmern. Sie ...“

„Meine Tante? Die will mit uns nichts mehr zu tun haben. Für sie gehören wir ohnehin zu den Outlaws. Meine Tante und ihre Familie sind Speichellecker der Obristen.“

„Und der Bruder deiner Mutter?“

„Selbst wenn ... Wo sollen wir hin? In den Untergrund? Das kann ich nicht“, sagte Isabel verzweifelt.

Zunächst sagte niemand ein Wort, dann meinte Manuel: „Nach Deutschland! Zu deinem Vater!“

Isabel blickte ihn mit großen Augen an.

„Nach Deutschland?“ Sie überlegte. Es ratterte in ihrem Kopf.

Gedankenverloren griff sie nach dem Brot und der Pistole.

51

Esens-Osthörn

In dieser Nacht schlief Gerrit Kerkhoff schlecht. Er wälzte sich hin und her. Er träumte schwer: Abgetrennte Pferdeschädel flogen durch sein Zimmer. Sie grinsten und wieherten, bleckten die Zähne, sahen mit ausgestochenen Augenhöhlen auf ihn herab; dann folgten die kopflosen, geschlitzten Pferdeleiber mit heraushängendem, baumelnden Gedärm. In wilder Hatz rasten sie durch das Zimmer, rundherum, um dann durch die Wand zu verschwinden, die sie verschluckte wie Stanley Beamish.

Und hinter allem folgte Gerd Bloempott, peitschenknallend, in wehendem Westerncoat, teuflisch lachend mitten in einem Geldregen stehend. Kerkhoff schlug die Augen auf. Völlig verschwitzt blickte er zur Decke. Der ganze Spuk war verschwunden. Er richtete sich auf und knipste die Lampe an: 4:30 Uhr. Der Wecker leuchtete grünlich. Kerkhoff zog die Augenbrauen zusammen. Der dumpfe Schmerz dehnte sich von der Stirn über den Kopf bis zum Nacken aus. Zum Dehnen drehte er den Kopf zur Seite. Ein Halswirbel knackte. Mühsam hob er die Beine über die Bettkante. Mit beiden Händen stützte er den Kopf ab und atmete tief aus. Sofort stupste ihn die feuchtkalte Hundenase von Harry an den Armen, so lange und intensiv, bis Gerrit eine Hand über den Kopf des Labradors gleiten ließ. Der Hund wedelte und schien schon hellwach.

„Was ist los? Wie spät ist es?“ Nina drehte sich zur Seite und sah ihn aus verkniffenen Augen an.

„Noch früh, halb fünf." Kerkhoff fuhr sich mit der rechten Hand übers Gesicht. „Leg dich wieder hin. Schlaf noch etwas."

Nina drehte sich wieder um, während Gerrit Kerkhoff aufstand und ins Bad schlurfte. Im Spiegel sah er sein fahles Gesicht. „Guten Morgen, Fremder", murmelte er nur und klappte dann den Klodeckel hoch.

Wieder im Bett starrte er im Dunkeln an die Zimmerdecke. An Schlaf war nicht mehr zu denken. Zu sehr grübelte er über die Pferdemorde: Das Bild auf der Wangerooger Weide glich so gar nicht dem, was er auf Bloempotts Bauernhof vorgefunden hatte. Das passte nicht zusammen. Da schien ein Trittbrettfahrer am Werk zu sein. Aber was war dessen Absicht, was war das Motiv? Kerkhoff konnte sich darauf keinen Reim machen. Ebenso wenig wie auf die Ankündigung Bloempotts, die Reiter würden sich schon selber helfen. Was hatte der alte Halsabschneider vor? Der Hauptkommissar hatte seine Gedanken noch nicht recht geordnet, als plötzlich das Handy klingelte. In der nächtlichen Stille schien es noch lauter als normal. Kein Wunder, dass Nina wie ein Stehaufmännchen hochfuhr: „Oh, nee nicht. Ich glaube es nicht. Ich glaube es einfach nicht. Das ist hier ja wie auf dem Bahnhof!"

Gerrit Kerkhoff blickte ihr nach, als sie mit der Bettdecke in der Hand ins Wohnzimmer auswanderte, während er sich am Handy meldete.

„Eine brennende Leiche? Wo? Schiet. Gut, ich komme!" Er warf die Bettdecke zur Seite. Leicht schwindelig vom schnellen Aufstehen tat er einen Schritt nach vorn und knallte mit dem kleinen Zeh des rechten Fußes an den Bettpfosten. Höllische Schmerzen. Gerrit sah Sterne. Er setzte sich auf die Kante und rieb mit den Fingern den geschundenen Zeh, als ob sich dadurch der Schmerz verteilen und lindern ließe. Gleichzeitig sah er sich durch verklebte Augenschlitze nach seiner Kleidung um. Die Jeans hing über der Stuhllehne, das Hemd zerknittert daneben; zusammen geknäulte Strümpfe lagen auf dem Teppich. Der Labrador stand mittlerweile vor der Flurtür und wollte hinaus. Gerrit ging voran, öffnete die Hintertür zum Garten und ließ Harry hinaus. Dann füllte er den Fressnapf.

Es dauerte etliche Minuten, bis Kerkhoff hinter dem Lenkrad saß. Noch während er losfuhr, schnallte er sich an. Auf den Straßen war nichts los. Lediglich ein alter Golf kam ihm entgegen und blendete mit falsch eingestellten Scheinwerfern und überflüssigerweise eingeschalteten Nebellampen. Vom bösen Blick des Fahrzeugs schloss Gerrit Kerkhoff auf einen jungen Fahrer. Tatsächlich fuhr aber eine junge Frau mit Baseballkappe und Zigarette im Mund an ihm vorbei.

„Sitz!" Genervt sah er, dass der Hund im Kofferraum aufgestanden war. Gerrit drehte das Autoradio an und sofort wieder aus, weil die Moderatoren zu nervig waren. Das vertrug er so früh am Morgen nicht.

An der Reithalle parkte er und öffnete die Heckklappe. Erst auf seinen Befehl hin sprang der Hund heraus und lief schnüffelnd auf dem Vorplatz hin und her.

Die Fahrzeuge der Kollegen standen bereits direkt vor der Halle, aus der ein gelber Lichtschein fiel.

52

Miriams Kerker

Sie zerrte an den Fesseln, doch es gelang ihr nicht, sich zu befreien. Am Knie spürte sie eine Schürfwunde, die Handgelenke schmerzten. Was wollte der blöde Typ von ihr? Sie weinte leise und wimmerte. Die schweren Schläge an ihren Kopf hatten sie bewusstlos werden lassen. Wie lange war sie weggetreten gewesen?

Mühsam öffnete sie die Augen und blieb weiter regungslos auf dem Bauch liegen. Schemenhaft konnte sie die Umrisse erahnen. In der Ecke blätterten weiße Kalkreste von der schmierigen Wand, an der Abdrücke der Schalbretter zu erkennen waren.

Einem Impuls folgend drehte Miriam sich auf die Seite. Ganz langsam gelang es ihr, die gefesselten Hände zum Gesicht zu heben. Sich damit auf dem Fußboden abzustützen, klappte nicht. Die rechte Hand schien völlig gefühllos zu sein. Sie berührte vorsichtig ihr Gesicht. Der Schmerz der aufgeplatzten Lippen ließ sie zurückzucken. Sie horchte. Sie schlotterte, stöhnte leise auf. Sie musste aufs Klo. Sie konnte es nicht mehr aushalten und entleerte ihre Blase. Der dünne, warme Rinnsal floss über ihren Oberschenkel und brannte in den leichten Hautabschürfungen, ehe er den Boden fand. Wie peinlich war das denn? Was machte dieses Schwein mit ihr?

Miriam drückte sich mit aller Kraft auf die Knie und Ellenbogen, sie schleppte sich vorwärts. Sie setzte sich und lehnte mit dem Rücken an der Wand. Die Kälte, die vom Boden in sie hineinkroch, spürte sie trotz der

Schmerzen, die ihre Sinne betäubten. Sie zitterte. Ihre Zunge suchte sich den Weg zu den Schneidezähnen. Sie bemerkte den metallenen Geschmack des Blutes.

Ganz langsam erinnerte sie sich, was passiert war. Sie hatte geschrien. Zuerst hatten Geräusche sie geweckt, Geräusche von kämpfenden Männern. Ganz benommen war sie gewesen. Hatte gar nicht gewusst, wo sie war und was passierte. Und dann hatte sich etwas bewegt, irgendetwas und sie hatte sofort an die Ratten gedacht. Vor Ekel und Angst hatte sie laut aufgeschrien und dadurch wurde sie entdeckt. Dann ging alles blitzschnell: Schläge, Gebrüll, wieder Schläge. Zwei starke Arme hatten sie gepackt und die Leiter hinunter gezerrt. Sie wäre fast abgestürzt. Ihr Kopf wurde auf den kalten Betonboden gepresst, während man ihre Hände zusammenband. Zum Schluss bekam sie noch ein Tuch vor das Gesicht gebunden. Dann warf man sie in ein Auto. Danach wusste sie nichts mehr. Auch nicht, wie lange sie ohne Bewusstsein gewesen war.

Reithalle

„Moin", Gerrit grüßte in die Runde. Er war auf der einen Seite des Stalls hineingegangen, hatte die Stallgasse durchquert und trat gerade auf der andern Seite des Gebäudes heraus auf die Außenreitanlage. Dort knieten die Mitarbeiter der Spurensicherung in ihren weißen Overalls. Am Tatort stand ein weißes Zelt als Schutz gegen Regen und neugierige Blicke.

„Sag mal, muss der Köter hier durchrasen? Der macht noch die letzten Spuren kaputt. Meine Güte, Kerkhoff!"

„Hier!", brüllte nun Gerrit, worauf der Labrador heranpreschte. „Bleib hier, Harry! Die Typen mögen dich nicht", sagte er.

„Mögen dich nicht, mögen dich nicht", äffte Alois Grambauer ihn nach. Der Bayer war vor Jahren in Ostfriesland hängen geblieben, weil seine Frau ihn gedrängt hatte. Ihre Tochter litt unter Asthma und fand durch das ostfriesische Reizklima Linderung für ihre Gesundheitsprobleme. Gerrit mochte diesen wortkargen, grantelnden Kollegen. Sein Charakter kam dem der Ostfriesen sehr nahe: Letztlich unterschieden sich Ostfriesland und Bayern ohnehin nur durch die Höhe der Deiche, fand Gerrit.

„Und was haben wir?"

„Eine verkohlte Leiche. Es ist nicht mehr viel zu erkennen! Wir sind erst am Anfang der Untersuchung. Sie wurde, den Schleifspuren nach zu deuten, von den Pferdeboxen hierher nach draußen gebracht, abgelegt, mit einer brennbaren Flüssigkeit übergossen und angezündet." Alois deutete auf die zusammengekrümmte Gestalt vor ihnen. „Es gibt eine große Anzahl an Stichverletzungen. Der Bauch war aufgeschlitzt! Die Waffen haben wir auch sichergestellt. Außerdem weist der Kopf ein Löchlein auf wie von einem Bolzenschussgerät, mit dem man Rindviecher tötet. Drinnen fanden wir eine große Blutlache. In der Reithalle liegt auch noch ein totes Pony. Genauso aufgeschlitzt, genauso mit einem Bolzenschussgerät erschossen. Wie beim Pferd auf Bloempotts Hof."

„Aufgeschlitzt? Bolzenschussgerät?" Kerkhoff sah ihn ungläubig an. „Die Leiche ist aufgeschlitzt und ... ?"

„Ja, aufgeschlitzt. Rede ich so undeutlich oder hast du deine Ohren nicht gewaschen?" Alois war in seinem Element. Er kramte in seinem Koffer und öffnete eine grüne Tupperdose. Herzhaft biss er in ein Schwarzbrot mit Leberwurst.

„Wie kannst du jetzt essen?", maulte Kerkhoff zurück.

„Ganz einfach", sagte Alois. „Ich nehme das Brot in die Hand, führe es im rechten Winkel zum Mund, öffne die Kauleisten, schiebe das Brot dazwischen und beiße ab."

„Arsch", sagte Gerrit nur, wohl wissend, dass der Bayer ihm dieses nicht krumm nahm.

„Also", meinte Alois, jetzt ernsthaft, aber immer noch kauend. „Es wird schwer sein, ihn zu identifizieren. Vielleicht geht es über das Gebiss oder über eine DNA-Analyse. Mal sehen, was sich machen lässt!" Er biss noch einmal ab.

„Und was sonst noch?"

„Männliche Leiche, korpulent, kräftig, in fortgeschrittenem Alter", erwiderte Alois Grambauer.

Gerrit Kerkhoff nahm sich zusammen. Er riskierte einen Blick auf die Leiche. Der ekelhafte Geruch von verbranntem Fleisch hing in der Luft. „Der hat Ähnlichkeit mit dem Bloempott, finde ich." Kerkhoff blickte den Kollegen an. „Erst sein Pferd, jetzt er?"

„Vom Körperbau her kannst du doch nicht auf eine bestimmte Person tippen, das ist viel zu vage. Nein, wir müssen weitere Untersuchungen abwarten, um Genaueres sagen zu können", antwortete Grambauer.

„Du hast recht, aber meine erste Eingebung ging halt in diese Richtung", sagte Kerkhoff. Er rief einen Kollegen zu sich und beauftragte ihn, den Aufenthaltsort von Bloempott herauszufinden. Dann drehte er sich wieder zur Leiche.

„Was ist das da? Was hängt da?"

„Du meinst hier an der Hand?"

„Ja, wenn das eine Hand ist", sagte Kerkhoff. „Da hängt doch etwas Metallenes."

Alois Grambauer kniete sich hin. Er hielt immer noch das Schwarzbrot in der linken Hand. Mit der Rechten ergriff er die verkohlten Knochen und zog etwas davon ab. „Ein Ring, denke ich. Soweit war ich noch nicht gekommen!" Er hielt das runde Teil in einen Lichtkegel und steckte es in die kleine Tüte, die Kerkhoff ihm hinhielt. Dann biss er noch einmal von seinem Brot ab.

Der Hauptkommissar drehte und wendete die Tüte. Er betrachtete den breiten, aber schlichten Goldring von allen Seiten. „Hast du mal ne Lupe?"

Grambauer kramte in seinem Koffer: „Wiedersehen macht Freude!"

„Ja, ja." Kerkhoff blickte angestrengt auf die Inschrift. „Da ist eine Gravur zu sehen. E S M A und auf der anderen Seite eine Zahl", buchstabierte er.

„Wie?"

„Ich sagte ESMA", wiederholte der Hauptkommissar etwas lauter.

„Was soll das sein? ESMA, noch nie gehört. Ich kenn wohl ‚ess mal'. Aber das wäre kein gutes Deutsch. Der Imperativ heißt ‚iss mal'", witzelte Alois Grambauer.

„Seit wann redet ihr Bayern gutes Deutsch? Das wäre das Erste, was ich höre!", frotzelte Kerkhoff.

„Na, ihr Ostfriesen, müsstet eigentlich erst einmal die Kartoffel aus dem Mund nehmen, damit man euch versteht." Grambauer schlug zurück.

„Aber nun mal ernsthaft. Was könnte das bedeuten? ESMA.

Eine Abkürzung? Oder ein ...."

„Google doch einfach mit deinem Smartphone, du Handyposer!", schlug der Bayer vor.

Kerkhoff zückte sein Telefon, stellte aber fest, dass er kein ausreichendes Netz hatte, um ins Internet zu kommen.

Er drückte sich in eine Ecke, wo er wenigstens mit Marike telefonieren konnte und bat sie, Infos zu ESMA aus dem Netz zusammenzutragen. Allerdings war die Verbindung immer noch nicht gut.

Er lief deshalb durch die Stallgasse und konnte die Sekretärin endlich besser verstehen, als er auf den Vorplatz kam. Während er noch einige Schritte weiterlief, erblickte er das Fahrrad, das er schon bei Lena Schuster im Wald gesehen hatte. Ein Mountainbike der Marke „Cube", schwarz-rot, Hörnchenlenker. Noch bevor er es sich genauer ansehen konnte, meldete sich die Sekretärin zurück. Marike war schnell fündig geworden und zählte einige Ergebnisse ihrer Internetrecherche über ESMA auf: ESMA-The Egyptian Society for Mercy to Animals (Tierschutz in Ägypten), außerdem Europäische Wertpapier- und Marktaufsichtsbehörde (ESMa) und ESMA als gängigen türkischen, weiblichen Vornamen. „In der Türkei hätte es sogar eine Prinzessin mit Namen Esma Sultan gegeben, übersetzt die Schönste der Welt", fasste Marike zusammen.

Gerrit bedankte sich und lief den Weg zurück. Er wies einen Mitarbeiter an, das Fahrrad sicherzustellen. Dann ging er weiter zum Leichenfundort, wo Alois Grambauer immer noch beschäftigt war. Kerkhoff berichtete von den verschiedenen Varianten.

„Die europäische Behörde scheidet ja wohl aus", konstatierte Grambauer ohne aufzusehen und seine Arbeit zu unterbrechen, „und ägyptischer Tierschutz? Ich weiß nicht. Eine ostfriesische Tierbefreiungsfront würde besser passen, aber eine ägyptische? Nee, das ist Humbug. Ich tippe auf den türkischen Namen! Eindeutig meiner Meinung nach, denn das ist doch gängige Praxis, dass man sich den Namen seiner Frau oder Freundin in einen Ring eingravieren lässt, oder? Die Tierschützer hätten eher einen Button oder Aufkleber, aber keine Ringgravur."

Das hört sich schlüssig an, dachte Gerrit Kerkhoff. Türkischer Name? Brachte ihn das weiter? Er kannte in Esens nur einen Türken: Emre Demirci, den Gemüsehändler. Gewiss, der war auch korpulent, das passte, aber was hatte der sonst mit der Reithalle, dem Reitverein oder gar mit Pferden zu tun? Er notierte den Namen.

„Wir haben hier noch etwas." Ein Mitarbeiter der Spurensicherung kam auf sie zu. „Ein kleiner Teddy. Lag bei der Leiter! Neben der großen Blutlache."

„Wohin führt die?", fragte Gerrit Kerkhoff.

„Die Leiter? Auf den Heuboden! Da gehen wir gleich noch hoch, wenn wir fertig sind." Der Mann drehte sich um und wollte gehen.

„Stopp! Draußen steht ein Fahrrad. Hab ich schon einem Kollegen gesagt. Bitte sicherstellen und kriminaltechnisch untersuchen. Denkt ihr dran? Danke!" Er sah Alois Grambauer an. „Wo ist eigentlich Jan?", fragte Gerrit, worauf Alois die Schultern zuckte.

„Hier bin ich!" Czerlikowski kam durch den Gang auf sie zu. „Mein Auto sprang nicht an." Er kam näher und sah auf das Stofftier in Kerkhoffs Hand. „Was machst du denn mit Miriams Teddy?", fragte er erstaunt.

„Das ist Miriams Teddy?"

„Ja, eindeutig. Das eine Auge fehlt. Woher habt ihr ihn?" Kerkhoff zog seinen Kollegen mit und ließ sich von dem SpuSi-Mitarbeiter den Fundort zeigen.

„Wie gesagt. Gleich hier unter der Leiter!"

Er hatte es kaum ausgesprochen, da war Czerlikowski schon auf der Leiter und kletterte hoch. Kerkhoff folgte ihm.

„Das sind ihre Sachen! Das gehört alles Miriam", sagte Jan Czerlikowski und zeigte aufgeregt auf den Lagerplatz zwischen den Heuballen. „Aber wo ist sie? Wo ist Miriam, verdammt!" Er raste über die Bretter und untersuchte jeden Vorsprung. Nichts. Miriam war verschwunden.

Kerkhoff ließ ihn gewähren. Als er unten laute Stimmen hörte, kletterte er die Leiter wieder herunter.

„Sie können hier nicht durch und Fotos werden schon gar nicht gemacht!" Die beiden Männer hatten sich lautstark in der Wolle; der eine sprach von Behinderung der Polizeiuntersuchungen, der andere sah die Pressefreiheit eingeschränkt.

„Lassen Sie ihn durch! Kommen Sie zu mir, Steinchen!“

„Ach, Herr Hauptkommissar Kerkhoff. Ihr Kollege wollte mich nicht durchlassen. Unglaublich! Und übrigens heiße ich nicht Steinchen, sondern Kiesel, mit Betonung auf der letzten Silbe, falls Ihnen das nichts ausmacht.“

„Okay, Herr Kiesel. Da hat mein Kollege ganz recht! Wir sind mitten in den Untersuchungen und Sie können hier nicht einfach so hindurchtöffeln und alle Spuren verwischen.“ Tadelnd sah Gerrit Kerkhoff den Reporter des Anzeigers an.

„Hee, Gerrit. Nun nimm endlich den Köter beiseite. Der nervt und stört bei den Ermittlungen.“ Alois Grambauers tiefe Stimme dröhnte zu ihnen herüber. Gerrit rief den Hund und legte ihn an der Steinmauer ab.

„Können Sie schon etwas sagen? Wie man hört, soll es eine Leiche gegeben haben; verbrannt und verkohlt, oder?“ Mit listigen Augen suchte er dem Hauptkommissar brauchbare Informationen zu entlocken.

„So? Wer sagt das?“

„Bevor ein Mord geschieht, steht es schon bei Facebook“, meinte Kiesel lakonisch. „Also, wer ist zu Tode gekommen und warum?“

„Kein Kommentar! Warten Sie die Pressekonferenz ab.“ Gerrit setzte sein Pokerface auf.

„Nun kommen Sie schon. Ich muss doch meine Arbeit machen, genau wie Sie!“ Fast bettelnd sah der Reporter ihn an. Da kam Gerrit eine Idee. Er rief einen Kollegen der SpuSi zu sich, flüsterte ihm etwas ins Ohr und sagte Kiesel, er solle ihm folgen. Mit dem Hund an seiner Seite ging er durch die Tür zum Schankraum, der Reporter dicht hinter ihm.

„Setzen Sie sich, Herr Kiesel! ‚Platz!'" Kiesel sah ihn verschreckt und verständnislos an.

„Ich meinte den Hund mit Platz, sorry!" Kerkhoff lächelte.

Es dauerte nicht lange, bis der Kollege mit dem sichergestellten Fahrrad hereinkam. Dann legte er einen kleinen Beutel auf den Tisch.

„Ich habe tatsächlich etwas für Sie, Herr Kiesel! Exklusiv!" Kerkhoff sah sofort, dass der Reporter hellwach war. „Sie können uns helfen. Dieses markante Fahrrad können Sie fotografieren. Rufen Sie dazu auf, dass die Leute uns informieren, wenn sie es erkennen oder wissen, wem es gehört."

„Wird gemacht. Sagen Sie mal: Hat der Pferdemörder, der bei Bloempott zugeschlagen hat, etwas mit der Tat hier zu tun? Ein Zusammenhang kann doch nicht ausgeschlossen werden, oder?"

„Kein Kommentar! Soweit sind wir noch nicht! Das gehört alles ins Reich der Spekulation!" Kerkhoff langte nach dem Beutel auf dem Tisch. „Ich habe aber noch etwas anderes für Sie!" Er zeigte auf den Inhalt. „Wir haben einen Ring gefunden; breit, aus Gold. Aber vor allem enthält er eine Gravur." Er blickte den Reporter ernst an. „Wir schicken Ihnen eine Großaufnahme zu. Können Sie dafür sorgen, dass es in einem größeren Einzugsbereich veröffentlicht wird?"

Kerkhoff wählte diesen ungewöhnlichen Weg, damit er möglichst schnell verwertbare Hinweise bekam. Es war klar, dass es dadurch wieder Schwierigkeiten mit der Obrigkeit geben würde, die sich übergangen fühlen würde, aber das war jetzt egal.

„Das ist kein Problem! Was wurde eingraviert?"

„ESMA. Wir nehmen an, dass es ein türkischer Name ist. Aber es gibt auch andere Möglichkeiten."

„Und welche?"

„Nichts mehr! Das muss Ihnen vorläufig genügen!"

„Dann wollen wir mal!" Kiesel nahm seine Kamera und legte los.

Es entstand eine kleine Pause, bis Kerkhoff fragte: „Kennen Sie eigentlich Emre Demirci?"

„Ja", entgegnete Kiesel, „über ihn und seine Familie habe ich eine Reportage gemacht. Überschrift: Integration in Ostfriesland. Ist schon etwas länger her."

„Und gibt es noch weitere Familienmitglieder? Kennen Sie die auch?", hakte Kerkhoff nach.

„Warten Sie mal. Die fangen alle mit E an. Fand ich witzig damals. Konnte man sich gut merken. Moment, das hab ich gleich. Der Vater heißt Emre, der Sohn Erkan ...", Kiesel stockte, „dann gab's noch die Tochter Esme; die haben sie vielleicht schon einmal bemerkt. Sie trägt immer ein weißes Kopftuch. Muss sie gar nicht, wie mir der Vater sagte. Aber sie will es so. Ich denke, sie möchte damit auffallen, sich abgrenzen, verstehen Sie. Das sagte jedenfalls der Vater auf meine Nachfragen. Die Familie ist auf alle Fälle nicht so religiös, als dass die Eltern das von ihrer Tochter verlangten. Übrigens bekommt man bei den Demirci einen hervorragenden Chai-Tee. Superlecker! Kann sich durchaus mit unserem Ostfriesentee messen lassen."

Gerrit Kerkhoff merkte, dass ihm etwas fehlte, dass sich sein Magen meldete. Und einen leckeren Tee hätte er jetzt auch gern gehabt: „Esme, heißt die Tochter?" Er nahm die Tüte mit dem Ring in die Hand und studierte die Inschrift erneut sehr akribisch. „Nein, hier steht nicht Esme; der letzte Buchstabe ist ein a, eindeutig! ESMA!"

„Ja, Esma", betonte Kiesel. „So heißt die Ehefrau von Emre. Erkan, Esme, Emre und Esma Demirci."

Tatort Reithalle

Zur improvisierten Lagebesprechung saßen Gerrit Kerkhoff und Jan Czerlikowski mit ihren Kollegen am runden Tisch in der Reithalle. Sie wollten keine Zeit verlieren, die vorläufigen Ergebnisse zusammentragen und die Meinung der Kollegen hören.

„Um etwas weiter auszuholen: In Niedersachsen und Bremen machte seit Jahren ein Pferdemörder die Gegend unsicher. Sein Betätigungsfeld verlagerte er scheinbar nach Ostfriesland. Die Tat auf Wangerooge trägt eindeutig seine Handschrift, wie mir die Soko aus Hannover bestätigte. Auf der Insel, also am Tatort, wurde ein blutgetränkter Lappen gefunden. Höchstwahrscheinlich vom Täter, aber Genaues wissen wir nicht. Vielleicht hatte er sich verletzt.

Eine ähnliche Tat, wie auf der Insel, geschah auf dem Bauernhof von Gerd Bloempott, einer sehr zwielichtigen Gestalt, in Bensersiel. Aus den vorgelegten Bildern der verletzten Pferde schlossen die Kollegen aus Hannover, dass es sich um einen Trittbrettfahrer handeln könnte. Ein Bolzenschussgerät wurde nämlich vorher nicht benutzt.

Auffällig in diesem Zusammenhang ist ein Brand auf Bloempotts Bauernhof, dessen Ursache noch nicht eindeutig geklärt werden konnte.

Darüber hinaus gab es einen Einbruchsversuch auf dem Hundehof Schuster, bei dem der Täter mit dem Fahrrad floh, das wir heute nun an diesem Tatort sicherstellen konnten. Die männliche Leiche von heute wurde in der Stallgasse niedergeschlagen und mit einem Bolzenschussgerät ermordet, genauso wie bei den getöteten Pferden aufgeschlitzt, nach draußen geschleift und angezündet. Vorher wurde in der angrenzenden Reithalle ebenfalls ein Pferd getötet.

Zur Leiche: Vom Körperbau her könnte es sich um Gerd Bloempott handeln, was aber noch sehr vage ist, um das zu behaupten.

Aber es gäbe auch eine weitere Variante: Ein Ring am Finger des Opfers enthält die Gravur ESMA: Dabei könnte es sich um einen türkischen Vornamen handeln.

Spinnen wir diesen Gedanken weiter, so könnte der Tote Emre Demirci sein, ein türkischer Gemüsehändler aus Esens. Das gilt es aber, ebenso wie bei Bloempott, abzuklären ..."

„... vergiss Miriam nicht!", sagte Jan Czerlikowski und rutschte nervös auf dem Stuhl hin und her.

„Da kannst du sicher sein, Jan", sagte Kerkhoff entschlossen, „ganz sicher! Bevor wir aber dazu kommen, noch eine Bemerkung zu Emre Demirci. Bislang gibt es keinen Anhaltspunkt, welche Verbindungen er zum Reitsport hat."

„Und wenn es ein Anschlag aus der rechten Szene ist? Stichwort Nationalsozialistischer Untergrund - NSU?", warf Alois Grambauer ein.

„Auch das sollten wir nicht außer Acht lassen, wenngleich es eher unwahrscheinlich ist. Dennoch ist der Einwand natürlich berechtigt. Das behalten wir im Hinterkopf! Unbedingt!"

„... Miriam", ermahnte Czerlikowski, der sich nicht mehr zurückhalten konnte.

„Ja, jetzt, Jan. Miriam Czerlikowski, Jans Tochter ist verschwunden. Sie hatte ihr Elternhaus bereits vor einigen Tagen verlassen, wobei die Eltern davon ausgingen, dass das Mädchen sich jeweils beim anderen Partner aufhielt, weil ..." Gerrit Kerkhoff kam ins Stocken.

„Du kannst es ruhig erzählen; es ist ein offenes Geheimnis", fuhr Jan Czerlikowski dazwischen. „Meine Frau und ich ... also, wir leben zurzeit getrennt. Miriam ist die Woche über bei mir, ein Wochenende geht sie zu ihrer Mutter, ein Wochenende zu mir. Wobei es keine strikte Regelmäßigkeit gibt ... Also, wenn ich arbeiten muss oder wenn ihre Mutter keine Zeit hat, dann springt der andere eben ein."

Jan machte eine Pause und schien in Gedanken versunken. Doch dann fuhr er vehement fort: „Also. Miri packte ihre Sachen, feierte eine Fete in Neuharlingersiel. Das bestätigte uns eine Freundin. Irgendwann tauchte sie bei Lena Schuster auf, die sie mit zur Reithalle nahm. Als ich kurz darauf dort auftauchte, war sie bereits wieder verschwunden. Sie hat, so wie es aussieht, über den Pferdeboxen in der Reithalle kampiert. Auf dem Heuboden fand ich ihre Sachen."

„Vorher konnten wir einen kleinen Teddy sicherstellen. Auch der gehörte Miriam. Jan meinte, ohne den würde sie nicht losgehen", warf Gerrit Kerkhoff ein. „Wir müssen davon ausgehen, dass sie nun nicht mehr freiwillig verschwunden ist. Vielleicht hat sie die Bluttat mit angesehen und wurde vom Täter verschleppt. Sorry, Jan, das klingt hart, aber wir müssen realistisch sein." Kerkhoff blickte auf seinen Kollegen, der bei den letzten Worten zusammenzuckte, aber dann zustimmend nickte. „Vielleicht läuft sie auch traumatisiert umher. Wir wissen es nicht. Jedenfalls hat die Suche nach Miriam Czerlikowski oberste Priorität. Ich habe bereits Verstärkung angefordert. Handzettel werden gedruckt und verteilt usw. ... Ihr kennt die Vorgehensweise. Gibt es weitere Anmerkungen?"

Nachdem sich einige Kollegen zu Wort gemeldet hatten, teilte Gerrit Kerkhoff die Aufgaben ein und schickte sie an die Arbeit. Dann fuhren Kerkhoff und Czerlikowski mit ihren Autos getrennt zur Wache, wo Jan seinen Passat parkte und zu seinem wartenden Kollegen ins Auto stieg. Schweigend fuhren sie durch die Innenstadt. Kerkhoff war unzufrieden. Er fand in der ganzen Angelegenheit keine klare Linie; sie stocherten im Nebel herum, in der Hoffnung etwas auffinden zu können, das sie weiterbrachte.

Sie fuhren zum Marktplatz und parkten. Fünf Minuten später standen sie vor dem Gemüseladen der Familie Demirci: Vorübergehend geschlossen. Unter der Telefonnummer für Notfälle meldete sich niemand. Eine Nachfrage bei Marike im Büro brachte die Privatanschrift der Demircis. Wieder schwiegen beide Polizisten während der Fahrt. In Gedanken spielten sie die bisher gewonnenen Erkenntnisse durch, jeder auf seine Art, wobei Jan Czerlikowski natürlich in erster Linie das Verschwinden seiner Tochter beschäftigte.

„Scheiße! Blödmann!" Gerrit bremste abrupt ab. Ein Tourist trat unvermittelt auf die Fahrbahn, als gebe es keinen Autoverkehr. Sie bogen in den Flak ein. Nach wenigen Metern stockten sie. „Hier muss es sein!" Die Polizisten näherten sich dem roten Backsteingebäude mit den schwarzen Dachziegeln. Lediglich kleine Gardinen zierten die Fenster, deren Sprossen akkurat weiß gestrichen waren.

„Holzfenster, das gibt es nur sehr selten bei unserem Klima hier. Die musst du dauernd streichen, sonst rotten sie dir unter dem Hintern weg. Es sei denn, du nimmst Tropenholz und unterstützt die Holzmafia in Südamerika", dozierte Kerkhoff, worauf Czerlikowski aber nicht antwortete, sondern einfach die Klingel drückte. Für so ein Geschwätz hatte er jetzt einfach keine Ohren. Er klingelte erneut und wieder hörten sie im Haus das dunkle Dröhnen des Gongs.

Kerkhoff blickte durchs Fenster. Innen sah alles äußerst sauber, ja, wie geleckt aus. Auf dem Boden lag ein schwerer Orientteppich, in dessen Mitte ein kleiner runder Tisch stand, darauf einige Teetassen und eine Doppelkanne.

„Wollt ihr zu den Kümmeltürken?" Eine Stimme drang vom Nachbargrundstück über den Zaun in die Gehörgänge der Polizisten. „Nich' da!"

Erst jetzt sah Hauptkommissar Kerkhoff einen unrasierten, mit Unterhemd und Cordhose bekleideten Mann hinter einem Gebüsch auf einer Gartenbank.

„Sie wissen nicht, wo wir Herrn Demirci finden können?", fragte Gerrit Kerkhoff über die Grundstücksgrenze hinweg.

„Nö, nich wirklich! Wäre nich schlecht, wenn se gar nich wiederkämen, diese Knoblauchfresser", pöbelte der Mann.

„Sie mögen die Familie anscheinend nicht?", fragte Czerlikowski.

„Und wenn es so wäre? Die haben doch alles: Haus, Auto, Fernseher, aber vom Feinsten und Neuesten. Und alles von unseren Steuergeldern bezahlt, nich. Und dann nehmen die uns noch unsere Arbeitsplätze wech, so sieht das aus. Ist doch wahr, nich?"

Dass diese blöden Sprüche sich immer noch so unausrottbar in den Köpfen halten, dachte Kerkhoff und ertappte sich selber dabei, dass er glaubte, einen leichten sächsischen Unterton in der Stimme seines Gegenübers zu hören. Oder bildete er sich das ein?

„Sind Sie denn auch Gemüsehändler oder welchen Arbeitsplatz nimmt Herr Demirci Ihnen weg? Vielleicht versuchen Sie es selber einmal mit reeller Arbeit, dann wäre auch mehr als diese Pulle Bier drin, vielleicht sogar ein neuer Fernseher. Oder haben Sie schon einen von der Arbeitsagentur gesponsert bekommen?" Kerkhoff geriet in Rage. „Und dann müssten Sie wohl etwas eher aufstehen und könnten hier nicht so faul in der Sonne herumsitzen."

Jan Czerlikowski zog seinen Kollegen kommentarlos am Arm und führte ihn zum Auto.

„Ist doch wahr, oder?"

„Du hast recht, aber es bringt nichts. Vor allem kommen wir nicht im Fall weiter."

Jan bemühte sich, etwas Sachlichkeit in ihre Arbeit zu bringen. „Mich interessieren diese unverbesserlichen Arschlöcher nicht. Ich will in erster Linie meine Tochter wiederfinden", sagte er so entschieden und ernst, dass Gerrit verstummte und zustimmend nickte.

Sie setzten sich wieder ins Auto. Kerkhoff startete den Motor und legte den Gang ein, als ein Klopfen am Beifahrerfenster ihn stoppte. Eine junge Frau mit zusammengebundenen Haaren beugte sich herunter, um zu ihnen ins Auto hineinsehen zu können. Jan ließ die Scheibe herunter.

„Sie waren bei den Demircis. Die sind nicht da. Ich wohne nebenan und hüte ihr Haus, wenn sie verreist sind."

Jan Czerlikowski zeigte seinen Ausweis. „Wir müssen mit Herrn Demirci reden. Sind Sie sicher, dass die Familie verreist ist?"

„Ja, ganz sicher. Ich habe sie letzten Freitag zum Bremer Flughafen gefahren; es ging um eine Familienfeier, wenn ich richtig informiert bin. Hochzeit von Frau Demircis Bruder."

„Frau Esma Demirci?"

„Ja, von Esma, genau. Um was geht es denn? Ist etwas passiert? Vielleicht kann ich Ihnen weiterhelfen?"

Gerrit Kerkhoff beugte sich etwas vor, um die Frau besser sehen zu können: „Wir müssten nur kurz mit Herrn Demirci reden. Haben Sie vielleicht eine Telefonnummer von ihm?"

Die Frau nickte: „Wenn es die Handynummer auch tut? Ich müsste sie nur eben aus meiner Wohnung holen. Einen Augenblick!"

Sie rannte mit kurzen, schnellen Schritten los. Noch während des Laufens zückte sie den Haustürschlüssel. Es dauerte nicht lange, da kehrte sie mit einem Zettel zurück: „Hier bitte! Oben steht mein Name, wenn Sie noch Fragen haben."

55

Polizeiwache Esens

Die Kaffeetassen klapperten. Gerrit goss ein, nahm etwas Zucker und Milch und setzte sich auf seinen Stuhl im Büro der Polizeiwache.

„Den Gemüsehändler Demirci können wir also von der Liste streichen. Ich bin froh, dass anscheinend kein rechtsradikaler Terroranschlag vorliegt. Mir reicht schon der alltägliche Rassismus, wie wir ihn vorhin erlebt haben", meinte Gerrit Kerkhoff. „Gibt es etwas Neues von Bloempott?"

„Nee, nichts gehört. Die Kollegen sind noch unterwegs." Jan Czerlikowski rührte nachdenklich den Kaffee um. Er machte jetzt einen ganz ruhigen und ausgeglichenen Eindruck. Kerkhoff wusste, dass das täuschte. Sein Kollege konzentrierte sich völlig auf den Fall, der augenscheinlich mit dem Verschwinden seiner Tochter zusammenhing. Innerlich brodelte es in ihm. Jan tauschte den Löffel gegen einen Bleistift und kaute darauf herum.

Gerrit Kerkhoff drehte seinen Schreibtischstuhl zur Wandtafel, an der Fotos und Verbindungshinweise aufgesteckt waren.

„Irgendetwas übersehen wir. Irgendwo hängen wir fest", sagte er, eigentlich mehr zu sich selber. „Irgendetwas, ir-gend-et-was ...!"

Das Telefon klingelte und Gerrit nahm ab. Aufmerksam hörte er zu, brummte nur hin und wieder zustimmend, nahm einen Zettel und notierte mit. Dann stand er auf, schrieb mit schwarzem Edding das Wort

BREMEN in Großbuchstaben ans Writeboard und kreiste es sein. Er setzte sich wieder und hörte weiter zu. Wieder murmelte er ins Telefon, wieder schrieb er Stichworte auf seine Schreibtischunterlage. Am Ende des Gesprächs bedankte er sich und legte auf.

„Ein vorläufiger Bericht der KTU", sagte er zu Czerlikowski.

„Die sind aber schnell diesmal." Es war nicht ganz klar, ob sein Kollege es ernst oder eher spöttisch meinte.

„Es gibt erste Auffälligkeiten, die sie uns mitteilen wollten. Das Wichtigste ist, dass eine baugleiche Waffe wie die im Reitstall benutzte Lanze bei einer Auseinandersetzung in Bremen gefunden wurde. Allerdings nur das Oberteil. Das lässt sich durch Schraubgewinde verlängern. Muss ein Eigenbau sein, wenn auch durchaus fachmännisch hergestellt." Gerrit Kerkhoff blickte auf seine Notizen und ergänzte: „Ein Freier bedrohte damit kürzlich eine Prostituierte. Als der Zuhälter dazwischen ging, hat er sich aus dem Staub gemacht, musste aber die Waffe zurücklassen. Es gibt Anzeichen, dass solch ein Gerät auch gegen Pferde eingesetzt worden ist."

„Auf Wangerooge? Oder wo?"

„Auf Wangerooge und bei verschiedenen Tierquälereien im Raum Bremen, Verden, Hannover", entgegnete Gerrit Kerkhoff. Er stand auf und zeichnete ein weiteres Cluster ans Board, in dessen Zentrum der Begriff NUTTE/ BREMEN stand. Dann strich er das erste Wort durch und schrieb PROSTITUIERTE.

„So viel Zeit muss sein!", sagte er nur, fügte noch PFERDEMÖRDER/VERDEN hinzu und verband diese Begriffe mit Linien, die beim Cluster WANGEROOGE und BLUTIGER STOFFFETZEN zunächst endeten.

Nun zog er einen weiteren Strich nach ESENS mit der Unterteilung BLOEMPOTTS HOF, SCHUSTERS HUNDEHOF und REITHALLE.

„Eine schöne Karte, aber da fehlt noch etwas", sagte Jan. Er stand auf und schrieb unter REITHALLE den Namen MIRIAM.

„Es scheint klar, dass der Pferdequäler seinen Aktionsradius von Bremen, Verden, Hannover nach Ostfriesland ausgedehnt oder verschoben hat", fasste Kerkhoff zusammen. „In Bremen kommt eine Qualität hinzu, nämlich der Angriff auf einen Menschen!"

„Dann schlägt er auf Wangerooge zu." Czerlikowski stand auf und trat an die Wandtafel heran. Seinen Finger heftete er an den Begriff WANGEROOGE und fuhr danach die Linie Richtung ESENS entlang.

„Auf Wangerooge finden wir ein Stück Stoff, das mit Blut getränkt ist, höchstwahrscheinlich das Blut vom Pferdemörder. Hier in Esens/Bensersiel wird erneut ein Pferd geschlitzt, dann gibt es einen Einbruch bei Lena Schuster. Wir finden in der Reithalle eine übel zugerichtete Leiche, ein weiteres getötetes Pferd und ...", nun schluckte er betroffen und fügte leise hinzu: „... Miriam verschwindet." Seine Stimme versagte; er drehte sich ab und hielt sich die Hand vor die Augen.

„Wir werden sie finden, Jan. Wir werden sie finden!" Gerrit Kerkhoff legte die Hand auf die Schulter seines Kollegen. Der nickte nur stumm. Es entstand eine Pause, in der sich Jan mit hängenden Schultern wieder auf seinen Stuhl setzte.

Kerkhoffs Blick blieb aber an einem Begriff an der Tafel hängen: BLOEMPOTTS HOF. Der fiel irgendwie aus der Reihe.

„Ich fahre noch einmal zur Reithalle. Vielleicht haben wir doch noch etwas übersehen." Jan Czerlikowski steckte seine Waffe ins Holster und warf das Jackett über.

Wieder klingelte das Telefon: Staatsanwalt Nordbeck. Während Hauptkommissar Kerkhoff ausführlich über den Fall berichtete, verabschiedete er mit flacher, ausgestreckter Hand seinen Kollegen.

Am Ende des Gesprächs fragte Nordbeck, ob Kerkhoff eine Renate Leschka kenne. Er überlegte kurz, verneinte dann aber. „Eine heiße Anwärterin auf den Chefposten der Polizeiinspektion."

„Oh! Das hört sich doch gut an! Schlechter werden kann es doch gar nicht. Die Kollegin wird nur gewinnen. Die Fußstapfen ihres Vorgängers sind nicht allzu groß, wenn er denn überhaupt Abdrücke hinterlassen hat." Gerrit Kerkhoff freute sich über die Nachricht. Endlich ging es wieder aufwärts. Er dankte Nordbeck für die Informationen und versicherte, sie vertraulich zu behandeln. Dann wandten sie sich wieder dem aktuellen Fall zu.

56

Schusters Hundehof/Schaffhauser Wald

Sie lag lange wach, obwohl sie hundemüde war. Ihre Gedanken ratterten. Einerseits gingen ihr die Worte Bloempotts nicht aus dem Kopf, was machte der einen Alarm bei den Reitern, meine Güte, andererseits beschäftigte sie sich mit ihrer Zukunft auf dem Hundehof; dann dachte sie an Gerrit Kerkhoff. Der würde jetzt vielleicht nicht mehr so häufig kommen und den Hund holen, wenn er sich tatsächlich entschlösse, dem Labrador ein neues Zuhause zu geben. Der Gedanke, ihn seltener zu sehen, stimmte sie traurig. Dann drehte sich wieder alles um den Hundehof, um ihre berufliche Perspektive als Tierärztin, dann wieder … Alles drehte sich im Kreis. Um drei Uhr fünfzehn schlug Lena die Augen auf. Sie schwitzte, als würde sie krank werden. Das ganze Haus lag gespenstisch still. Lena drückte den Schalter der Nachttischlampe und fischte mit der linken Hand nach dem Taschenbuch von Klaus-Peter Wolf – Ostfriesenmoor. Wieder ein Riesenhit dieses Bestsellerautors. Nur mit Mühe hatte sie sich von der Geschichte losgerissen, um wenigstens etwas Schlaf zu bekommen. Nun las sie bereits eine Stunde. Nachdem der Bewegungsmelder in der Hofeinfahrt das Licht durch das Fenster des Schlafzimmers warf, hörte sie kurze Zeit später den Briefschlitz klappern. Die Tageszeitung wurde durchgeworfen. Lena wischte sich den Schlaf aus den Augen, stand auf und warf die warme Fleecejacke über. Im Flur standen ihre Hausschuhe, in die sie hineinschlüpfte. Am Ende der Treppe hob sie die Zeitung auf. Die heutige Ausgabe schien sehr umfangreich zu sein. Lena schlurfte in die Küche, nahm ein Glas Wasser und setzte sich im Wohnzimmer unter den Deckenfluter. Gleich auf der ersten Seite fiel ihr Blick auf den Aufmacher: „Gräueltaten in Esens - Schlug der Pferdemörder zweimal zu?“

Zunächst wurde von einer verbrannten Leiche an der Reithalle berichtet und dann wurde die Frage nach der Verbindung zu der Tat auf Bloempotts Bauernhof gestellt. Lena überflog den Artikel. Ihr wurde ganz mulmig zumute, als sie darüber nachdachte, dass sie gestern Abend noch an der Halle gehalten hatte, wahrscheinlich unmittelbar vor der Tat. Sie blätterte weiter, da im Artikel auf weitere Informationen im Innenteil der Zeitung hingewiesen wurde. Sie überflog die Zeilen und blieb an den Fotos hängen. Auf dem ersten wurde ein breiter Ring abgebildet, von dessen Innenseite eine Vergrößerung angefertigt worden war. Deutlich konnte man die Gravur ESMA erkennen. Das zweite Bild zeigte ein Fahrrad, das in der Nähe des Tatortes gefunden worden war. Die Kriminalpolizei erbat Hinweise aus der Bevölkerung. Lena fröstelte. Ein Verbrechen, das in unmittelbarer Nähe begangen worden war, nahm man mit größerer Betroffenheit wahr, als ein Massaker auf der anderen Seite der Erdkugel. Hinzu kam der Einbruch im eigenen Haus und die Begegnung im Wald mit dem dubiosen Typen auf dem Fahrrad. War das abgebildete Fahrrad vielleicht sogar das Fahrrad dieses Einbrechers gewesen? Trieb der Typ sich immer noch in Esens rum? Mit Grausen dachte sie an diesen Vorfall. Unglaublich - immer mehr Bekloppte schienen in der Welt herumzulaufen. Sie stand auf, lief zur Haustür und vergewisserte sich, dass sie ebenso verriegelt war wie die Tür zum Keller. Lena blickte aus dem Fenster auf den Vorhof und weiter in den dunklen Wald: „... der Wald steht schwarz und schweiget ..." Diese Liedzeile fiel ihr dazu ein. Unheimlich. Lena ging ins Bad. Sie wollte sich eine heiße Dusche gönnen.

Reithalle

Jan Czerlikowski machte sich immer größere Sorgen. Daher musste er sich jetzt einfach bewegen, denn das Sitzen im Büro hielt er im Moment nicht aus. Er stürmte aus dem Polizeigebäude und hätte fast einer älteren Frau beim Betreten der Wache die Außentür an den Kopf gedonnert. Er entschuldigte sich und hielt ihr die Tür auf.

Draußen zog er seine Jacke am Kragen zu. Das Wetter war nicht richtig kalt, aber auch nicht richtig schön; eher grau, ungemütlich eben.

Um seine innere Unruhe zu kanalisieren, spurtete er zu seinem Wagen. Wo konnte Miriam nur sein? Wenn sie die Tat beobachtet hatte und entdeckt worden war, schwebte sie in großer Gefahr. Ihm musste irgendetwas einfallen, damit er seine Tochter finden konnte.

Am Auto stoppte Czerlikowski ab. Wo waren die Schlüssel? Verdammt, wo hatte er die verfuckten Autoschlüssel hingetan? Hektisch durchsuchte er die Taschen seiner Jacke. Mist. Wo zum Teufel … ? Er suchte weiter. Lagen sie vielleicht noch auf dem Schreibtisch im Büro? Er überlegte: Als er hineinging, hielt er den Bund in der Hand und als ... Er tastete noch einmal seine Hose ab. Bingo. Den Schlüssel fühlte er in der linken Tasche. Shiet, wo hatte er nur seine Gedanken. Mit quietschenden Reifen fuhr er los, direkt an die Abzweigung zur Hauptstraße. Dass er etwas zu schnell war, merkte er erst, als er wegen eines querenden Radfahrers scharf abbremsen musste.

„Jan, Jan, Jan!“, sagte er und es klang verständnislos wie „Mann, Mann, Mann!“ Laut und deutlich rief Jan sich selber zur Ruhe. Ein Autofahrer verlangsamte seine Fahrt. Er winkte, sodass Jan in die Fahrzeugschlange auf der Bahnhofsstraße einfahren konnte. Während er sich an die geringe Geschwindigkeit im Fahrfluss anpassen musste, dachte er an seine Frau. Wie würde es mit ihnen weitergehen? Er musste sie anrufen. Gestern hatte er sie damit noch beruhigen können, dass Miri „nur“ ausgerissen sei, aber jetzt sah es so aus, dass das Problem noch größer war als angenommen. Sollte er seiner Frau sagen, dass sie sich vielleicht in der Hand eines Tierquälers und Mörders befand? Er hielt das Handy bereits in der Hand, doch dann steckte er es wieder ein. Seine Frau würde es noch früh genug erfahren. Er musste ihr nicht noch mehr Sorgen bereiten als nötig.

„Nun fahr doch!“ Ungeduldig schlug Czerlikowski auf das Lenkrad. Die Autofahrer vor ihm fuhren seiner Meinung nach nicht schnell genug über die Ampel. Unbeherrscht drückte Jan auf die Hupe: „Geh doch wandern!“

Gestenreich motzte der Vordermann zurück und ließ seinen Wagen extrem langsam die Lichtanlage passieren, damit Jan nur mit Mühe bei mittlerweile wieder dunkelgelben Lichtern hinterherfahren konnte. Urplötzlich gab nun der Vordermann Vollgas. Jan musste sich selber bremsen, um nicht gleichfalls das Gaspedal bis auf das Bodenblech durchzudrücken.

Czerlikowski ließ seinen Wagen langsam ausrollen und stellte den Motor ab. Er stieg aus und ging durch den Haupteingang zur Reithalle. Dann stoppte er und lief links an dem Gebäude vorbei.

Angenommen, Miriam hätte ihn kommen sehen und nicht mit ihm reden wollen. Dann müsste sie sich in Lena Schusters SUV geduckt und versteckt haben, um nicht von ihrem eigenen Vater entdeckt zu werden. Das ist bitter, dachte Czerlikowski, richtig bitter. Während er ins Gebäude gegangen war, musste sie ihre Sachen aus dem SUV geholt und auf den Dachboden über die Pferdeboxen geschleppt haben. Sie konnte also nur durch die Nebeneingangstür geschlüpft sein; sonst wären sie sich begegnet: Klar, sie wollte unbedingt ein Zusammentreffen mit ihm vermeiden. Das wurde Jan jetzt deutlich. Er brach das Siegel, öffnete die Tür und trat ein.

Die Boxen standen leer. Die Pferdebesitzer mussten ihre Tiere abholen und kurzfristig anderweitig unterbringen, bis die Untersuchungen der Polizei abgeschlossen waren.

Nun folgte Jan dem Weg in den Innenraum zur Reitbahn der Halle. Hier hatten der oder die Täter ein Pferd niedergemetzelt.

„Czerlikowski!" Jan hielt das Handy ans Ohr. „Oh, Marie!" Er hatte immer noch nicht Marie Schröders Telefonnummer abgespeichert. Somit war der Nummer kein Name zugeordnet und dadurch erkannte er sie natürlich nicht. „Nein, leider nicht ... Keine Spur ... Wir ermitteln in alle Richtungen ... Nein, du kannst nichts tun, aber danke für das Angebot. Ich kann ja selber nichts tun. Das ist das Schlimmste .... Ja, versprochen, ich melde mich, wenn das alles vorbei ist ... Jo, tschüss ... Danke für den Anruf, bis bald."

Er stand mittlerweile wieder in der Stallgasse und ließ sich auf einen Strohballen nieder.

Jan blickte auf die Leiter. Wer war der Täter und wer das Opfer? Hatte Miri die Tat beobachtet? Und wo war sie jetzt? Jan vergrub das Gesicht in beiden Händen. Dann stand er mit einem Ruck auf, kletterte die Leiter empor und setzte sich mit baumelnden Beinen auf die Kante des Heubodens. Von dort blickte er auf die Stallgasse herunter. Von hier hat man einen tollen Überblick, dachte Jan. Miriam musste alles mit angesehen haben, das war klar. Klar war auch, dass Miriam nun nicht mehr freiwillig unterwegs war. Sie musste entdeckt worden sein und sie musste sich demnach in der Hand des Pferdemörders befinden. Bloß, wo hatte er sie hingebracht? Wenn sein Kollege Gerrit Kerkhoff das Mountainbike des Killers wiedererkannt und dieser es an der Halle zurückgelassen hatte, wie war er dann entkommen? Und vor allem, wie hatte er Miri mitgenommen? Zu Fuß? Unwahrscheinlich. Mit dem Auto? Warum ist er dann überhaupt mit dem Fahrrad hergefahren?

Und wer war der Tote? Warum war der noch nicht identifiziert? Fragen, Fragen, Fragen. Wütend trat Jan gegen die Leiter, die dabei fast umgefallen wäre, hätte er nicht gerade so eben noch den Holm ergreifen können. Das fehlte noch, dass er sich hier oben selber festsetzte. Eilig kletterte er nach unten. Also zurück: Wer war der Tote? Den Türken konnten sie ausschließen. Bloempott? Hatten die Kollegen diesen windigen Kerl immer noch nicht antreffen können? Sollte Bloempott das Opfer sein?

Miriams Kerker

Miriam hatte Durst und Hunger. Und alles war kalt. Und doof. Schöne Scheiße. Und es stank. Es roch nach Verbranntem und Verkohltem, ähnlich, aber viel stärker in der Nase stechend als erkaltete, mit Wasser gelöschte Grillkohle. Miriam hustete. Unwillkürlich hob sie beide Hände vor den Mund.

Das Schwein hatte Kabelbinder um ihre Hand- und Fußgelenke zusammengezogen. Es gelang ihr, die Augenbinde etwas hochzuschieben. Ihr Gefängnis war ein kleines Zimmer mit verblichenen Tapeten. Die dunklen, großblumigen Muster mussten vor fünfundzwanzig, dreißig Jahren in Mode gewesen sein. Auf den braun-rot lackierten Fußbodenbrettern warf der schäbige, verstaubte Teppich große Falten. Zwei wackelige Stühle fristeten ein unwürdiges Dasein neben einem runden Holztisch, dessen viertes Bein nach innen abgeschrägt in der Luft hing. Gelbstichige Rollos und dunkelbraune, faltige Übergardinen verdunkelten die beiden Fenster des Raumes und ließen nur wenig Licht ins Innere dringen.

Wie spät mochte es wohl sein? Wie lange bin ich schon hier? Warum hat das Arschloch mir die Augen verbunden?, fragte sich Miriam. Wie hätte sie die Wasserflasche und das trockene Brot finden sollen? Das war ja schlimmer als im Knast. Was heißt schlimmer? Sie hielt inne. Aber es war ja tatsächlich ein Knast, ihr Knast. Zunächst dachte sie bockig, von diesem Typ würde sie nichts annehmen, doch dann siegten Hunger und Durst. Mit beiden Händen griff sie die Flasche und setzte sie an den Mund. Die kalte Flüssigkeit rann ihre Kehle hinunter. Sie schluckte noch einmal. Dann hielt sie wieder inne.

Waren das Stimmen? Bildete sie sich das ein oder waren sie real? Da wieder. Zwei Stimmen. Männerstimmen. Sie wurden lauter, stritten heftig und kamen näher. Miriam begann zu zittern. Was würden die mit ihr machen?

Nun hörte sie nur noch eine einzige Stimme, die ärgerlicher und lauter wurde, und die jetzt nur noch ungezügelt herumbrüllte. Kurz darauf fiel etwas gegen die Zimmertür. Dong! Miriam bekam Angst. Die Gefahr schien zum Greifen nah. Sie versuchte, ihre Hände ruhig zu halten. Wie sollte sie sich wehren, wenn er jetzt hereinkäme? Miriam hörte, wie etwas von der Tür weggezogen wurde, etwas, das wie ein nasser Sack über den Boden schleifte. Nun entstand eine kurze Pause. Dann drehte sich der Schlüssel im Schloss und die Tür öffnete sich mit einem Ruck. Miriam schloss die Augen und stellte sich schlafend.

Großraumparkplatz Esens

Hauptkommissar Gerrit Kerkhoff gönnte sich nur wenig Schlaf und fuhr früh ins Büro. Zu seinen Füßen lag der Labrador, der sich völlig entspannt unter dem Schreibtisch ausgestreckte. Sein Kollege Czerlikowski sah aus, als hätte er die Nacht durchgearbeitet. „Ich konnte nicht schlafen. Ich habe es versucht. So lange Miriam in Gefahr ist, kann ich mich nicht einfach hinlegen", erklärte er Kerkhoff.

Gerrit stellte seine Kaffeetasse auf den Tisch: „Wir werden sie finden! Bestimmt!" Er versuchte, seinen Kollegen zu beruhigen. Sein Zuspruch wurde vom Telefon unterbrochen. „Ja. Kerkhoff hier. Aha. Nein, das haben Sie genau richtig gemacht. Wir gehen jeder Spur nach. Nein, wenn die Jungens etwas Wichtiges oder Unwichtiges gesehen haben, dann stellt sich das bald heraus. Wo haben die beiden das beobachtet? Auf dem Parkplatz? Aha. Wir können uns dort gleich treffen. In fünf Minuten sind wir da. Wie? Nein, mit der Schule klärt sich das. Zur Not schreibe ich eine Entschuldigung! Vielen Dank, bis gleich!", sagte er ins Telefon und zu seinem Kollegen: „Komm! Es gibt etwas Neues!"

Er stand auf, griff in die Jackentasche und fischte nach dem Autoschlüssel. Sofort sprang der Labrador auf. Nach kurzer Fahrt trafen sie gleichzeitig mit der Anruferin am Parkplatz beim zentralen Omnibusbahnhof ein. Sie befuhren den Mittelweg und hielten einhundert Meter vor dem Supermarkt an. Links beim Campingshop stellten sie das Fahrzeug ab.

„Moin, mein Name ist Kerkhoff und das ist mein Kollege Czerlikowski. Und ihr beide seid?", fragte der Hauptkommissar.

„Das ist mein Sohn Joshua, Joshua Janssen", antwortete die Mutter stellvertretend für die beiden Jugendlichen, die sichtlich beeindruckt waren von der Situation. Während sie Kerkhoff die Hand entgegenstreckte, ergänzte sie: „Und das ist Christopher Pankow."

„Okay, Jungs. Zunächst einmal finde ich es klasse, dass ihr euch gemeldet habt. Lasst euch Zeit und denkt genau darüber nach, was ihr gesehen habt. Fang du einmal an, Joshua."

„Ja, also." Der Junge wirkte unsicher, begann aber nach dem aufmunternden Nicken seiner Mutter zu erzählen. „Wir kamen vom Fußballtraining von Esens-Land, wissen Sie?"

„Klar!", sagte Kerkhoff, „hab früher selber auf dem Platz gespielt und im Winter in der Halle."

„Wir haben etwas getrunken und sind dann, als es schon dunkel wurde, losgefahren ... nach Hause!"

„Wir wohnen in der Berliner Straße", fügte die Mutter hinzu.

„... und dann kamen wir hier vorbei." Joshua zeigte den Weg, den sie befahren hatten. „Hier an diesem Golf stand der Typ und holte gerade das Fahrrad heraus. Ein tolles Mountainbike: schwarz-rot. Das Teil, was in der Zeitung abgebildet war. Genauso eines."

„Wie sah der denn aus?"

„So groß etwa ..." Joshua streckte seinen rechten Arm aus. „... und so breit." Nun nahm er beide Arme zu Hilfe und sah wie ein Angler aus, der seinen Fang beschrieb.

„Och, richtig alt!", mischte sich nun Christopher ein. „So wie mein Opa oder wie Sie, Herr Kommissar oder ein bisschen jünger." Czerlikowski lachte auf und sagte sofort: „Sorry, Gerrit!"

„Aha. Dann müssen wir nur noch wissen, wie alt dein Opa ist." Kerkhoff lächelte ihn an.

„Siebzig!", antwortete Christopher.

„Nein, der war jünger. Dein Opa geht doch am Stock. Der Mann von gestern aber nicht. So sechzig Jahre alt würde ich schätzen", widersprach Joshua.

Dann erzählten die beiden, wie sie den Mann im Imbiss beobachtet hatten, wie ihm das Wurststück auf den Teller in die Currysoße gefallen war und wie Christopher ihm später am Abend dann etwas Freches hinterhergerufen hatte, wegen der Wurst nämlich.

Während Kehrkoff die Jungen befragte, hatte Czerlikowski bereits die Spurensicherung angefordert und den Halter des Golfs feststellen lassen. „Fritz Mahluss. Nadorster Straße 137, Oldenburg!" Er klappte seinen Notizblock zu.

Kerkhoff bedankte sich bei den Zeugen und verabschiedete sie, nicht ohne sie noch einmal ausdrücklich zu loben.

„Ich denke, wir sollten die Kollegen in Oldenburg informieren und uns einmal die Wohnung dort ansehen", schlug Kerkhoff vor.

Während sie im Auto auf die Kollegen der Spurensicherung warteten, gingen sie die jüngsten Erkenntnisse noch einmal durch, als plötzlich jemand gegen das Dach des Pkw, in dem sie mittlerweile wieder Platz genommen hatten, schlug. Harry, der Labrador, bellte laut. Er tanzte im Kofferraum schwanzwedelnd wild hin und her.

„Gut, dass ich dich treffe. Da habe ich mir gleich das Telefonat gespart."

Kerkhoff blickte in ein altbekanntes Gesicht: Willi Wedell, der alte Nörgler. Nicht schon wieder! „Was willst du denn? Wir haben genug zu tun, da brauchen wir dich Pflegefall nicht auch noch", raunzte Kerkhoff seinen alten Freund an.

„Nichts da, nichts da. Ich habe etwas Wichtiges zu sagen. Zu diesem Ring da. In der Zeitung." Willi Wedell war total aufgeregt. So kannte Kerkhoff ihn gar nicht, denn sonst hatte er eher das Temperament einer ostfriesischen Wanderdüne.

„Da bin ich aber mal gespannt auf deine Hilfe. Wir haben es auch ohne dich schon schwer genug."

Willi ließ sich nicht beirren. „Dieser Ring, also diese Inschrift darin. ESMA. Das kommt aus Argentinien! Habt ihr dazu schon etwas? Es gab in Argentinien in den siebziger Jahren die berühmt-berüchtigte Marineschule in der Hauptstadt Buenos Aires – die ESMA." Willi überschlug sich förmlich.

„Ach, komm. Was erzählst du denn da für einen Scheiß!", fuhr Kerkhoff ihn an. „Wir denken, das ist ein ..." Er unterbrach, als Czerlikowski ihm den Ellenbogen in die Rippen drückte und sich einmischte: „Natürlich können wir nicht sagen, was wir herausgefunden haben, aber erst immer besten Dank für den Hinweis. Wir werden das bedenken!"

Willi Wedell sah etwas verdutzt drein, weil sich Kerkhoffs Kollege in das Gespräch einmischte, betrachtete er doch die Unterhaltung mit Gerrit als privaten Austausch. Dann aber wandte er sich wieder dem Hauptkommissar Kerkhoff zu: „Hör zu, Gerrit. Auf dem Dachboden habe ich noch alte Zeitungsausschnitte. Von früher. So Mitte der siebziger Jahre. Lehrlings-und Jugendbewegung. Da haben wir uns mit diesen Sachen beschäftigt!"

„Mit welchen Sachen?", fragte Kerkhoff.

„Mit dem Faschismus in Chile und Argentinien und diesen Folterknechten …"

„Ja, okay! Ähm. Ehrlich gesagt. Ich wüsste nicht, wie uns das weiterhelfen könnte." Vorsichtig versuchte der Hauptkommissar seinen Freund zu bremsen. „Du kannst ja mal gucken, ob du noch etwas findest. Und kommst am besten auf einen Kaffee vorbei. Dann erzählst du mir das etwas genauer. Aber nun muss ich nach Oldenburg, dringend. Tschuldigung!"

Ohne weitere Erklärung schloss er die Tür.

Czerlikowski sagte nur: „Der wird auch immer sonderbarer, der Willi."

Sie fuhren an und beschlossen, arbeitsteilig vorzugehen. Kerkhoff setzte seinen Kollegen bei der Polizeiinspektion Wittmund ab und fuhr weiter nach Oldenburg.

60

Nina Campens Wohnung

Nina Campen warf ihre Schultasche in die Ecke ihres Arbeitszimmers. Das war wieder ein Schultag gewesen, voller Stress und Action. In der fünften und sechsten Stunde konnte sie mit den Schülern und Schülerinnen nichts mehr anfangen. Sie benahmen sich wie junge Pferde vor dem Start eines Wettrennens. In den ersten Stunden lieferten sie noch tolle Referate und mündliche Beiträge zum Thema Social Networks ab. Nina hatte dazu eine Mitarbeiterin des Präventionsrates und einen Polizisten eingeladen. Die gestellten Aufgaben bearbeiteten die Schüler richtig gut. Sie waren motiviert, denn das Thema interessierte sie mächtig, da sie zu achtzig Prozent bei Facebook registriert waren. Immer wieder kam es zu Beschwerden über andere Schüler der Schule. Viele kommunizierten problemlos und entspannt mit ihren Facebook-Freunden, wieder andere gaben ohne Hintergedanken und ohne nachzudenken gutgläubig ihre Daten preis. Sehr häufig musste Nina Streit über Nichtigkeiten schlichten, die allerdings für die Schüler durchaus von Bedeutung waren; die wenigsten konnten Gerüchte über sich im Netz ertragen und richtig damit umgehen.

Diese Problematik fassten die Kollegen vom Präventionsrat professionell an und wiesen auf die strafrechtliche Relevanz des Cybermobbing hin. Und einige Schüler kamen doch mächtig ins Grübeln, wobei Nina nicht davon ausging, dass der Spuk damit vorbei war und das gegenseitige Runterziehen vollständig der Vergangenheit angehörte. Aber ein Anfang war gemacht.

Nina drückte den Knopf der Kaffeemaschine. Das Mahlwerk zerdrückte krachend die Bohnen. Mit großem Druck floss das Wasser durch den gemahlenen Kaffee und flirrte als dampfender Espresso in die kleine Tasse.

Mit der Zeitung in der Hand setzte sie sich an den Tisch und las die aktuellen Beiträge. Der barbarische Mord in der Reithalle beherrschte heute Vormittag bereits das Pausengespräch im Lehrerzimmer. Von Gerrit hatte sie allerdings dazu noch gar nichts gehört, denn sie hatte nicht bei ihm übernachtet, sondern fuhr früh von der eigenen Wohnung zur Schule. So hatte sie wenigstens ohne größere Unterbrechungen durchschlafen können.

Sie überlegte, ob sie sich ein Brot schmieren und heute Abend für Gerrit und sich selber etwas Tolles kochen sollte. Aber dazu musste sie zuerst einmal wissen, ob er überhaupt abkömmlich war.

Nina griff zum Telefon und wählte Gerrits Handynummer. Sie erwischte ihn bei der Überprüfung einer Oldenburger Wohnung. Er meinte, er könne noch nicht genau sagen, wann er zurückkäme. Daher lud er sie für den Abend um neunzehn Uhr ins „Sturmfrei" zum Essen ein. Das Restaurant in der Esenser Steinstraße hatte sich prächtig etabliert und lockte die Gäste mit leckerem Essen und Musik- und Literaturveranstaltungen.

Gerrit Kerkhoff meinte, er würde sie anrufen, wenn er absehen könnte, wann er zurück sei.

Nina nahm den letzten Schluck aus der Tasse und belegte ihr Käsebrot. Dann setzte sie sich an den

Schreibtisch und bereitete die Klassenarbeit in Mathematik vor.

61

Oldenburg, Nadorster Straße

Die Oldenburger Kollegen arbeiteten zügig und kooperativ. Der Vermieter hatte die Wohnung von Fritz Mahluss mit einem Reserveschlüssel geöffnet. „Es gehören auch noch Lagerräume im Parterre zur Wohnung. Die hat der Mahluss als Werkstatt benutzt, soviel ich weiß", erzählte er auf Nachfrage. Die Miete sei immer pünktlich per Dauerauftrag überwiesen worden. Nachteiliges könne er nicht über den Mahluss sagen, ergänzte der Vermieter und fügte hinzu, er hätte ihn aber ohnehin kaum gesehen. Vielleicht konnten die Nachbarn mehr Informationen geben.

Deren Befragung ergab allerdings nicht viel. Lediglich der Mieter der gegenüberliegenden Wohnung, ein Schwarzafrikaner, hatte Fritz Mahluss hin und wieder gesehen. Er sei brummelig, wenig redselig und sehr abweisend gewesen. Nein, Besuch kam nie. Mehr konnte er auch nicht sagen.

„Kaffee?" Der Oldenburger Kollege Brenner deutete nach unten. „Hier können wir im Moment ohnehin nicht viel tun. Wir warten auf die Untersuchung der Spurensicherung. Wenn die ihr Placet geben, gehen wir noch einmal in die Wohnung."

„Gut", meinte Kerkhoff. Er spürte einen mächtigen Kaffeedurst. „Könnt ihr die Konten von Mahluss überprüfen?"

Ein Kollege der BePo bot seinen Platz im Polizeibulli an und der Hauptkommissar setzte sich. Kerkhoff nahm einen Schluck aus dem Plastikbecher und schaffte es gerade so eben, das Gesicht nicht zu verziehen.

Da klappen einem ja die Fußnägel hoch, dachte er und stellte den Kaffeebecher zurück. Bevor er mit dem Small Talk beginnen konnte, klingelte sein Handy.

„Kerkhoff! Ah, Marike! Was gibt es?" Er hörte eine Weile aufmerksam zu, brummelte abwechselnd „Hm" und „Aha". „Argentinien? Dann scheint wohl doch etwas an Willis Infos dran zu sein? ... Ach nichts. Ich habe nur laut gedacht!" Umständlich zog er einen Notizblock aus der Jackentasche und schrieb mit. „Und wann will der kommen? Reist bereits heute Abend an und ist morgen auch noch den ganzen Tag da? Okay Jan holt ihn von der Nordwestbahn ab? Gut. Ich werde zusehen, dass ich hier schnell wieder wegkomme. Tschüss!"

Ohne weiteren Kommentar drückte er das Gespräch weg, um sogleich einen anderen Kontakt im Handyverzeichnis zu wählen. Es dauerte einen kurzen Moment. Dann sagte er: „Hallo Willi! Hast du …? Wie? Wir wären nicht interessiert? Doch, doch. Nun sei man nicht gleich eingeschnappt. Ich habe einen dringenden Termin in Oldenburg. Dort bin ich im Moment auch immer noch. Aber gerade erzähl ich den Kollegen von dir als exzellentem Kenner der südamerikanischen politischen Verhältnisse. Und nun möchte ich dich als Spezialisten gerne mit ins Boot holen. Hast du noch Unterlagen von der Videla-Diktatur in Argentinien? Zeitungsausschnitte? Gut! Arbeiterkampf? Was ist das? Aha ... Zentralorgan des Kommunistischen Bund Nord. Komische Volkszeitung? ... Ach, sorry, Kommunistische Volkszeitung, KBW. Und das war was? Kommunistischer Bund Westdeutschland. Meine

Güte. Was hast du denn damals für ein Zeug gelesen? Hatte der Verfassungsschutz dich nicht am Arsch? … Nein, nein. Beruhige dich. Ich würde gerne an deinem Wissen partizipieren. Kannst du den ganzen Kram ... sorry, die Akten zur Esenser Wache bringen? Gut. Danke dir!" Kerkhoff atmete hörbar aus und sagte zu seinem Oldenburger Kollegen: „Bevor ich nach Oldenburg fuhr, sprach ein Bekannter von der Gravur ESMA im Ring des Toten."

Hauptkommissar Brenner nickte nur höflich, verstand aber nicht, worauf sein Kollege hinaus wollte. Kerkhoff fuhr fort: „Es hat sich jemand gemeldet, der den Ring zuordnen kann. Ein ehemaliger Rechtsanwalt. Deutsch-Argentinier. Er heißt Manuel Ortega und meinte der Ring mit der Aufschrift ESMA wurde von Angehörigen der argentinischen Marine bzw. der Marineschule in Buenos Aires als Zeichen ihrer Zugehörigkeit getragen. Über die zusätzlich eingravierte Nummer lässt sich der Name des Soldaten ermitteln. Herr Ortega trifft heute Abend in Esens ein. Er kommt direkt aus Osnabrück. Es scheint ihm sehr wichtig zu sein."

„Ich verstehe nur die Hälfte ...", sagte Hauptkommissar Brenner.

„Also …", begann Kerkhoff mit seiner Erklärung. Doch weiter kam er nicht, denn ein anderer Oldenburger Kollege unterbrach ihn.

„Haben wir unter einem losen Fußbodenbrett gefunden." Er legte mehrere Pässe und Notizbücher auf den kleinen Klapptisch des Polizeibullis. „Fritz Mahluss war nur einer seiner Namen. Aber seht selber nach."

62

Miriams Kerker

Es kam jemand ins Zimmer. Miriam wagte nicht zu blinzeln, sondern hielt die Augen geschlossen.

„Ach, das Mäuschen schläft noch fest, lebt aber noch. Zum Glück!“

Zwei Finger berührten ihren Hals, um den Puls zu fühlen.

„Das muss ja eine tiefe Bewusstlosigkeit sein, wenn man zwischendurch Wasser trinken kann.“ Die Stimme triefte vor Spott. Er hatte sie also ertappt, denn aus der Flasche fehlte natürlich der Teil, den sie ausgetrunken hatte.

Miriam schlug die Augen auf.

„Na, hast du dich von dem Schreck erholt, Mäuschen?“ Sein Handrücken glitt von ihrer Wange und vom Hals in Richtung Brust. Blitzartig drehte sich Miriam zur Seite, sodass die Hand ins Leere fiel.

„Fass mich nicht an!“, schrie sie aggressiv. Es gelang ihr kaum, sich zusammenzunehmen, denn Panik hatte sie ergriffen. Was würde er mit ihr tun? Was hatte er vor? Wie kam sie aus diesem Loch wieder heraus? Warum war ihr Vater nicht da? Warum befreite er sie nicht von diesem Bastard?

„Warum denn so kratzbürstig? Wir könnten es uns doch etwas gemütlich machen, meine Süße!“ Das dreckige Lachen fuhr ihr in die Gliedmaßen. Bei dem Gedanken hätte Miriam kotzen können. Er widerte sie an. Diese Wurstfinger! Dieser Fettkloß! Diese stinkende Alkoholfahne!

„Aber das müssen wir wohl leider auf später verschieben, meine Kleine. Ich habe noch etwas Wichtiges zu besorgen."

„Warum lässt du mich nicht frei. Was habe ich dir getan? Ich will hier raus."

„Aber sicher kommst du hier heraus, nur Geduld. Ob dir der neue Raum allerdings besser gefallen wird, das wage ich zu bezweifeln. Und dass ich dich nicht gehen lassen kann, ist doch wohl klar, nach alledem, was du gesehen hast."

„Ich schwöre, ich werde alles für mich behalten", antwortete Miriam, wobei ihr der Satz selber sofort blödsinnig erschien, als sie ihn aussprach.

„Ja, ja! Halt' den Mund. Du gehst mir mächtig auf die Nerven", grantelte er.

„Wenn du mir ...", Miriam merkte, dass ihr das Sprechen schwer fiel, „... auch nur ... ein Haar krümmst ... wird mein Vater ..."

Mitten im Satz brach sie ab. Ihr schwanden die Sinne, alles drehte sich. Ihre Augen nahmen die Umgebung nur noch schemenhaft wahr. Das Schwein musste etwas in das Wasser getan haben. Seine Stimme, die jetzt an ihr Ohr drang, schien weit entfernt und traf bollernd und verzerrt im Echo auf ihr Trommelfell.

„Gleich ...ch ...ch wirst du nunnnn erst einmal schön schlafen ...afen ...afen und dann ...nn ...nn bringe ich dich hier weg ... weg ...weg."

Ein Messer blitzte auf.

Es durchschnitt die Fesseln.

Zwei kräftige Hände umfassten und hoben sie wie eine leichte Puppe empor. Miriam landete mit dem Kopf nach unten und herunterbaumelnden Armen auf seiner Schulter und wurde aus dem Raum durch die knarrende Tür herausgetragen. Aber das bekam Miriam gar nicht mehr richtig mit.

63

Oldenburg, Nadorster Straße

Hauptkommissar Gerrit Kerkhoff zog das Smartphone aus der Tasche und filmte die Räume der kleinen Wohnung. An der Tür mit dem Pferdekopfposter machte er Halt und zoomte das Motiv nah heran.

„Wir können die Bilder der Panoramakamera auch zur Dienststelle schicken. In etwa einer Stunde habt ihr sie vorliegen“, meinte Brenner. „Wenn du in Esens ankommst, sind sie da. Dann kannst du die Wohnung hier problemlos virtuell betreten. Wir setzen das Gerät heute zu Übungszwecken ein. Es kostet 200.000 Euro und hat eine Auflösung von fünfzig Millionen Pixel und einen 400-fachen Zoom.“ Brenner blühte auf.

Er hält uns wahrscheinlich für Provinzler, dachte Gerrit Kerkhoff und sagte: „Ich weiß. Wir arbeiten seit einigen Jahren mit der Spheron. Aber fürs Handgepäck reicht mir mein Handy.“ Er lächelte den Kollegen Brenner an und deutete auf das Poster: „Mahluss hat sich hier als Messerwerfer versucht. Er hat oft getroffen!“ Er zeigt auf die zahlreichen Löcher und Ritze im Bild, die bis ins Türblatt durchdrangen.

„Der dürfte schon einen gewaltigen Schaden haben, dieser Fritz Mahluss! Er ist auf jeden Fall unser Pferderipper; alle Indizien sprechen dafür. Und wenn er nun auch noch Menschen massakriert, dann wird es umso dringlicher, ihn zu fassen!“

„Ich frag mich nur, wo dieser Typ sich aufhält! Wahrscheinlich hat er eine zweite konspirative Wohnung,“ meinte Brenner.

„Ich bräuchte noch einige Aufnahmen von den Maschinen in seiner Werkstatt, von der Drehmaschine“, unterbrach Kerkhoff ihn, denn er hatte zwischendurch auf die Uhr geschaut. Es wurde Zeit, dass er zurück nach Esens kam.

„Kein Problem. We’ll keep in contact!“ Brenner schüttelte ihm die Hand.

Eine Viertelstunde später fuhr Kerkhoff auf der Autobahn in Richtung Wilhelmshaven. Jetzt hatte er Zeit, die Eindrücke aus Mahluss’ Wohnung in seinem Kopf zu verarbeiten. Sie sah ziemlich verlottert aus, fand er. Der schäbige, alte Ledersessel, der verranzte Teppich, die überquellende Spüle, voller Mülleimer, leere Schnaps- und Bierflaschen. Der Mahluss hatte die Wohnung noch nicht aufgeben wollen, da war sich Kerkhoff sicher. Sonst hätte er die Ausweise mitgenommen. Vielleicht würde er zurückkommen und sie holen. Das war eine Chance. Hauptkommissar Brenner hatte eine Überwachung des Hauses angeordnet. Das war gut so. Sie mussten den Kerl schnappen. Wer weiß, wen er noch angreifen würde.

Und was war mit Miriam? Wer hatte sie entführt? War sie in Mahluss’ Gewalt? Alles deutete darauf hin.

Kurz vor Wittmund bog Kerkhoff in einen Feldweg ein. Er hielt an, öffnete die Heckklappe und ließ den Labrador herausspringen.

„Und ab, Harry!“ Der Hund rannte auf den Weg und lief mit gesenkter Schnauze an den Wegrand. Hier markierte er den nächsten Baum.

„Höchste Zeit, was?“, lachte Kerkhoff. Er blickte sich um, denn seine Blase drückte ebenfalls. Dann stellte er sich an den Rand und öffnete den Reißverschluss seiner Hose.

Harry raste derweil den Weg entlang, um die Gerüche der Umgebung zu erschnüffeln.

„Harry! Hier!“ Kerkhoff hielt einen abgebrochenen Ast hoch. Der Labrador schaute kurz hoch und rannte sofort zu ihm zurück. Mit mächtigen Sprüngen, die die ganze Kraft des Hundes erahnen ließen, kam er auf Kerkhoff zu, der, kurz bevor Harry ihn erreichte, mit dem rechten Arm ausholte und den Ast in weitem Bogen in die Laufrichtung des Labradors warf, sodass der gleich durchstarten und den Lauf noch einmal steigern konnte.

In vollem Lauf nahm Harry den Stock auf und apportierte ihn. Nach viermaligem Wiederholen ließ Kerkhoff das Tier wieder ins Auto springen. Er nahm das Handy und wählte die Nummer von Gerkens, damit sie den Hund heute übernehmen konnten. Er wusste, dass Harry dort gut aufgehoben war.

Eine dreiviertel Stunde später traf er in der Dienststelle ein. Unterwegs hatte er sich einen Döner gegönnt. Wer weiß, wann er heute noch zu essen bekam. Auf dem Flur drückte er einen Kaffee am Automaten: schwarz, keine Milch, keinen Zucker. Irgendwann mussten doch die Pfunde purzeln. Und er sollte endlich wieder regelmäßig Sport treiben, dachte sich Kerkhoff.

„Wir haben Besuch. Ich wollte gerade Nachschub holen. Der hat schon den dritten Kaffee nachbestellt!“ Jan Czerlikowski drückte nun ebenfalls den Schalter. „Marikes Kaffee ist besser als diese Plörre.“

„Besuch? Ist der Rechtsanwalt aus Osnabrück schon da? Und wen vertritt er?“

„Er vertritt sich quasi selber bzw. seine Ehefrau.“

„Wie?“ Kerkhoff nahm einen Schluck.

„Ich fasse das kurz zusammen. Herr Manuel Ortega macht gerade eine Zigarettenpause im Hof. Ortega meint, der Besitzer des Rings kommt ursprünglich aus Argentinien. Die Inschrift ESMA und die Nummer 131 beweisen das. Er erzählte mir, dass er zurzeit des Videla-Regimes in Buenos Aires lebte. Zunächst arbeitete er als Student in Menschenrechtsorganisationen mit. Er versuchte, das Schicksal von Regimegegnern aufzuklären, die teilweise aus nichtigen Gründen verhaftet wurden und spurlos in Kerkern verschwanden. Bei ihren Recherchen fanden sie heraus, dass es einflussreiche, frühere Nazischergen in Argentinien gab, die wieder zusammenfanden und mit den argentinischen Faschisten eng zusammenarbeiteten."

„Ex-Nazis? Wie sollten die denn unerkannt vom CIA, vom israelischen Mossad und von Simon Wiesenthal, dem Nazijäger, dorthin geflohen sein?", fragte Kerkhoff.

„Odessa-Akte oder Rattenlinien", las Czerlikowski aus seinem Notizblock vor.

„Rattenlinien?"

„Also. Ich hole etwas weiter aus: Als abzusehen war, dass der Zweite Weltkrieg verloren gehen würde, transferierten verschiedenen Nazigrößen gewaltige Summen in neutrale Länder. Allein in der Schweiz sollen bis zu fünf Milliarden Dollar versteckt worden sein. Von diesem Geld sollte das Nazi-Netzwerk unter anderem in Südamerika, insbesondere in Argentinien, erweitert und ausgebaut werden. Auf alle Fälle wurde ein Teil des Geldes zum Aufbau einer zweiten Existenz von Tausenden von NS-Exilanten eingesetzt. Ein anderer Teil floss in die Kassen des Vatikans und in die Taschen lateinamerikanischer Diktatoren. Amerikanische und britische Geheimdienste hatten ihre Finger bei der Flucht tausender Nazis über die sogenannten ‚Ratlines' oder ‚Klosterrouten' mit im Spiel. Möglich wurde das aufgrund enger Kontakte zwischen SS und Vatikan über Österreich, Italien nach Lateinamerika usw. Zahlreiche der am meisten gesuchten Kriegsverbrecher wurden von einer kleinen Gruppe von Vatikanangehörigen mit italienischen Identitätsausweisen und anderen gefälschten Urkunden versorgt, über Mailand nach Genua gebracht und nach Lateinamerika geschafft.

Hier bauten sie ein nationalsozialistisches Netzwerk auf, um in den nachfolgenden Jahrzehnten Gesinnungsgenossen auf ähnlichen Wegen zurück nach Europa zu schleusen, um hier die demokratischen Staaten zu destabilisieren oder um die Kameraden vor Strafverfolgung, nach dem Absetzen zum Beispiel des Videla-Regimes, zu retten. Das Nazi-Evakuierungsnetzwerk wurde später also auch in die entgegengesetzte Richtung gedreht. Die Ratten liefen zurück."

„Alles gut und schön, aber was hat das mit unserem Fall zu tun?", fragte Kerkhoff.

„Moment. Unser Zeuge meint, dass unser Opfer an der Reithalle eben eine dieser Ratten war, die mithilfe der argentinischen Naziorganisation geflohen ist."

„Aber wieso sollte ausgerechnet der ... hat er übrigens einen Namen, unser Toter?", fragte Kerkhoff.

„Ja", Czerlikowsi las vom Notizblock: „Dem Ring nach hieß er Francesco Monzorro!"

„Gut, wieso sollte ausgerechnet Francesco Monzorro hier bei uns in Esens ermordet werden? Das gibt doch alles keinen Sinn! Und was hat das mit Fritz Mahluss zu tun?" Kerkhoff griff in die Tasche und drückte ärgerlich den Anruf weg. Er wollte jetzt keine Störung, denn ihn nervten die losen Enden des Falles, die nicht zueinanderfinden wollten. Er steckte das Handy wieder ein.

„Wie hieß dieser Typ mit der Nr. 131? Francesco Monzorro? Moment?" Kerkhoff kramte in seiner Tasche und zog die Ausweise aus Mahluss' Wohnung heraus. Er schaute sie durch, stoppte und sortierte einen davon mit zwei Fingern aus. „Francesco Monzorro! Wahnsinn!"

„Also noch einmal. Herr Rechtsanwalt Manuel Ortega meint, das Opfer anhand des Ringes ...", weiter kam Czerlikowski nicht, denn ein schlanker, älterer Mann in grauem Anzug mit weißem Hemd und roter Krawatte öffnete die Tür.

Sein schütteres, grau meliertes Haar ließ sein wahres Alter erkennen. Er bewegte sich rasch und energisch auf die beiden Hauptkommissare zu und streckte Gerrit Kerkhoff die Hand hin. „Mein Name ist Manuel Ortega. Es freut mich, Sie kennenzulernen." Er lächelte Kerkhoff mit den vom Zigarettenkonsum leicht gelblich gefärbten Zähnen an. Die Falten um die wachen Augen ließen einen melancholischen Menschen mit unglaublich sympathischer Ausstrahlung erahnen.

„Ist das Ihr Polizeihund?", fragte er und tätschelte dem Labrador den Kopf.

„Gewissermaßen", lächelte Kerkhoff. „Aber kommen Sie doch in mein Büro." Auf dem Weg dorthin unterdrückte er einen erneuten Anruf auf seinem Handy. Bevor sie jedoch das Büro betreten konnten, öffnete sich eine andere Tür. Hier erschien zuerst der Kollege Peters mit einer Bananenkiste in den Händen, gefolgt von Willi Wedell, der ebenfalls einen Karton trug.

„Hier ist mein Argentinienarchiv von früher; alles, was ich über die Videla-Banditen noch gefunden habe", rief Willy laut über den Flur, als er Gerrit Kerkhoff entdeckte. Dem war der überraschte und interessierte Blick des Rechtsanwalts nicht entgangen.

„Stell das dort auf den Tisch. Ich muss dich etwas vertrösten, Willi. Das ist Herr Rechtsanwalt Manuel Ortega. Er ist extra aus Osnabrück angereist", sagte Gerrit Kerkhoff und wollte soeben dem Rechtsanwalt Willi vorstellen. Doch Manuel Ortega steuerte bereits auf die Kisten zu.

„Verstehe ich das richtig? Sie haben Material über die Diktatur in Argentinien gesammelt?" Er drückte Willi die Hand. Der nickte nur.

„Sozusagen, Chile, Argentinien, ..., Lateinamerika eben", erwiderte der.

„Das ist interessant, höchst interessant", sagte Manuel Ortega. „Ist es möglich, dass ich das Material sichten könnte? Ich bin Deutsch-Argentinier. Ich habe zu dieser Zeit in Buenos Aires gelebt und versucht, die Verbrechen der Videla-Clique aufzuarbeiten".

Erstaunt registrierte Gerrit Kerkhoff das Leuchten in Willi Wedells Augen.

„Na klar! Sobald wir fertig sind, können wir ins „Sturmfrei" gehen und etwas essen und trinken."

„Sturmfrei - oh Schiet", rief Kerkhoff. Er sah auf die Uhr. Mittlerweile war es neunzehn Uhr dreißig geworden. Viel zu spät. Wieder endlose Überstunden heute, aber das war nicht das Problem: Das Problem war, dass er um neunzehn Uhr einen wichtigen Termin verpasst hatte.

„Moment, ich muss dringend telefonieren!" Er ging zur Seite und wählte die Rückruffunktion.

Miriams Kerker/Güllekeller

Sie war aufgestanden. Die Fesseln ließen nur kleine Schritte zu. Der Strick führte zu ihren Handgelenken und umspannte ihre Arme so fest, dass die Blutzirkulation unterbrochen schien. Die Hände kribbelten. Miriam machte Fäuste und streckte die Finger. Dann ballte sie wieder die Hand. Das schaffte Erleichterung. Sie tippelte bis zur verrammelten Luke des Verlieses, wo der Boden etwas erhöht war. Durch die Ritzen der Betonspalten drang dünnes Licht. Eine getrocknete, grünlichschwarze Schicht bedeckte den Boden und die Seitenwände. Nun war klar, wo sie sich befand und warum es so erbärmlich stank. Das war ein ehemaliger Güllekeller mit Spaltenboden und seit Längerem stillgelegt.

Miriam horchte. Hierher hatte er sie also gebracht. Was sollte das?

Sie bewegte sich zu einem hervorstehenden Stein. Sie streckte die gefesselten Hände vor und rieb vorsichtig den Strick an der Steinkante. Sie wollte sich befreien, die Fessel loswerden. Miriam rieb hektischer, sie keuchte, rang nach Luft. Ihr war schlecht, sie würgte. Das Ergebnis ihrer Anstrengungen trieb ihr Tränen in die Augen. Nur einige wenige Fasern konnte sie durchtrennen. Das Tau schien ganz neu zu sein.

Miriam machte eine Pause. Sie horchte in die Stille. Totenstille. Wieder spannte sie das Seil an ihrer Hand, wieder rieb sie es an der Kante des vorstehenden Steins. Sie wusste, dass es funktionieren konnte. Bei ihrem Vater hatte sie im letzten Sommer gesehen, wie er dieses Bontje-Band, das Paket-Band, an dem man die überreifen Bohnen auffädeln und anschließend trocknen konnte, auf ungewöhnliche Weise durchtrennte. Updrögt Bohnen kochte man in Ostfriesland im Winter daraus, einen deftiger Eintopf mit Räucherwürstchen und Speck. Ihr Vater schien süchtig danach zu sein, genau wie nach Grünkohl in der kalten Jahreszeit. Miriam musste das nicht haben. Dieser Eintopf sah aus wie schon mal gegessen und sowieso war ihr dieses Gericht zu fettig.

Als ihr Vater also ein Stück vom Bindfaden abschneiden wollte, hatte er weder Schere noch Messer zur Hand. Er würde das auch so schaffen, meinte er, ging mit dem Paketband an eine Ecke der Hauswand und ratschte damit an der roten Klinkerecke solange hin und her, bis der Faden durchtrennt war. „Alter Indianertrick", hatte ihr Vater gesagt.

Und genau das versuchte Miriam nun auch. Aber würde der ‚alte Indianertrick' auch mit einem dickeren Seil funktionieren? Sie versuchte es wieder. Sie würde sich nicht unterkriegen lassen. Sie musste hier raus. Wie froh wäre sie, wenn ihr Vater jetzt hier bei ihr wäre.

Miriam lief ein Schauer über den Rücken. Sie hielt inne und sah an sich herunter. Sie war völlig verdreckt. Am liebsten hätte sie sich übergeben. Ihre Armmuskeln taten weh; der verstärkte Druck an den Handgelenken erhöhte den Schmerz dort, wo das Seil die Haut bereits abgeschürft hatte.

Sie horchte wieder. Alles still, oder? War da nicht ein Motorengeräusch? Ja, es wurde lauter. Tatsächlich: Ein Auto fuhr vor.

„Hilfe! Hier bin ich! Hilfe. Holt mich hier raus!" Miriam schrie sich die Seele aus dem Leib. Hörte sie denn niemand? Und wenn das Schwein zurückkäme? Sollte sie lieber ruhig sein? Miriam hörte auf zu schreien. Sie wich etwas zurück, immer wieder horchend.

65

Esens, Polizeiwache

Gerrit Kerkhoff versuchte erneut, eine Verbindung zu bekommen. Er hörte aber immer nur die Ansage der Mailbox, Ninas Mailbox. Er hatte sie versetzt und nun war sie sauer, das war klar. Gerrit suchte im PC die Festnetznummer des Restaurants und tippte sie ein. Nach dreimaligem Klingeln stand die Verbindung. Ja, Frau Campen sei dort gewesen ... Nein, mittlerweile wäre sie gegangen ... Ja, gegessen hätte sie auch und ... ein kurzes Räuspern war zu hören ...die Rechnung hätte sie auf seinen Namen schreiben lassen. Und ob das recht sei?

„Ja, ist schon in Ordnung. Sobald es geht, komme ich vorbei und begleiche sie!", sagte Gerrit Kerkhoff. Er drückte noch einmal Ninas Nummer, aber nichts ging. Nun meldete sich nicht einmal mehr die Mailbox. Au weia, dachte er, nun ist aber gewaltig Stunk im Karton.

Soeben, als er das Handy einstecken wollte, klingelte es. „Nina? Es tut ..." Aber es war nicht Nina. Es war Hermine Gerken. Sie klang sehr aufgeregt und meinte nur, sie wolle eben Bescheid sagen, dass sie den Hund nicht nehmen könnten: Hannes, ihr Mann, sei soeben ins Krankenhaus gekommen. Wahrscheinlich Herzinfarkt! Sie weinte. Gerrit versuchte sie zu beruhigen und wollte später noch vorbeikommen.

„Aber der Hund ...", sagte Hermine.

„Keine Sorge, den bringe ich zum Hundehof, jetzt gleich noch!"

Er redete weiter beruhigend auf Hermine ein.

Bevor er zu den anderen zurückkehrte, rief er bei Lena Schuster an: „Hier ist der automatische Anrufbe … Hallo, Lena hier!"

„Ach, schön, dass du dran gegangen bist. Ich habe ein Problem. Eigentlich wollte ich den Hund heute bei den Gerkens lassen. Aber Hannes Gerken ist ins Krankenhaus gekommen. Nun wird es eng für mich mit Harry. Termine über Termine! Und da dachte ich, ich könnte ..."

„Bring ihn ruhig vorbei. Ich vermisse den alten Racker schon," meinte Lena.

„Echt? Super. Innerhalb der nächsten Stunde komme ich vorbei. Ist das in Ordnung?"

„Alles klar. Wie ist es mit Abendbrot? Ich habe noch ein Blech Pizza. Es ist noch warm, wenn du dich beeilst!"

„Ja, das wäre super, aber ..."

„Und die Flasche Rotwein ist auch schon offen".

„Nein, ja, ich meine ...," stammelte Kerkhoff, „ich weiß nicht, wann ich hier wegkomme. Es ist derart viel zu tun. Es sind noch Zeugen da und … Aber ich komme, so schnell es geht!"

Er legte auf. Für einen Moment genoss er die Ruhe im Raum. Dann ging er zurück ins Büro, wo der Rechtsanwalt und Willi Wedell sich angeregt unterhielten.

Der Kollege Peters blätterte mit spitzen Fingern die alten Zeitungsausschnitte aus Willis Akten um und schloss dann den Ordner: „Übrigens. Wir sollten doch den Bloempott aufsuchen. Ob er noch lebt. Wir trafen ihn kurz vor der Auffahrt der Allee zu seinem Bauernhof. Wir waren schon eingefahren, als er auf uns zusteuerte und sich direkt vor uns hinstellte. Ein bisschen komisch war das schon", meinte Peters.

„Wieso?"

„Bloempott wollte wissen, was los sei und er hätte keine Zeit usw. Er war nervös und hektisch. Und dann sollten wir rückwärts die Auffahrt herunterfahren."

„Rückwärts?", fragte Kerkhoff.

„Ja. Haben wir auch gemacht, obwohl es leichter gewesen wäre, am Wendekreis bei seinem Hof zu drehen und zurückzufahren. Auf alle Fälle lebt er noch", schloss Peters seinen Bericht.

„Da stimmt doch was nicht", meinte Jan Czerlikowski. „Der Bloempott ist mir sowieso suspekt."

„Wie dem auch sei. Ich denke, wir sollten hier einen Schnitt machen und eine Pause einlegen. Wir sind alle müde und kaputt. Ein paar Stunden Schlaf könnten uns gut tun."

Er blickte in die Runde. „Wir treffen uns morgen früh gegen acht Uhr wieder hier und beschäftigen uns mit Willis Akten und mit Herrn Ortega."

„Pause? Pause? Ich mach jetzt keine Pause. Ich will endlich meine Tochter wiederfinden. Da zählt jede Stunde!", ereiferte sich Jan Czerlikowski. „Ich fahre jetzt jedenfalls zu Bloempott und spreche noch einmal mit ihm. Irgendetwas muss ich tun, sonst werde ich verrückt. Kommst du mit Gerrit?"

„Äh." Gerrit stockte. Er blickte seinen Kollegen an. Konnte er jetzt nach Hause gehen und Feierabend machen? Jan erwartete, dass er mitkäme, logisch. Andererseits brauchten sie alle eine Pause, um mit frischen Kräften und Gedanken weiterarbeiten zu können. „Also. Ich ...äh ... Ich müsste zuerst den Hund wegbringen und dann … Ach, Scheiß drauf. Ist das in Ordnung, wenn wir zuerst bei Schusters Hundehof vorbeifahren?" Jan nickte und lächelte kurz.

66

Güllekeller

Miriam weinte leise. Sie verhielt sich jetzt still. Sie hatte keine Ahnung, wer dort angekommen war. Sie zitterte. Einerseits, weil sie Angst hatte, andererseits, weil sie mit dem Durchscheuern des Seils nicht weiterkam. Immer wieder hob sie beide Arme rauf und runter und ließ das Tau über die scharfe Kante des Ecksteins ratschen. Erschöpft hielt sie inne und atmete tief ein. Die entsetzliche Luft in diesem stillgelegten Güllekeller stach in ihre Lungen. Miriam hustete. Sie fühlte sich dreckig und mutlos. Selbst wenn sie die Fesseln durchtrennen könnte, wäre der Spaltenboden ein unüberwindbares Hindernis.

Während einer Betriebsbesichtigung auf einem modernen Bauernhof hatte ein Landwirt ihrer Klasse einen neu errichteten Stall für seine Kühe gezeigt. Der Güllekeller schien frisch betoniert, jedenfalls hatte er noch keinen Kuhfladen zu Gesicht bekommen. Der Spaltenboden war damals bereits zu zwei Drittel verlegt worden. Der Landwirt erklärte ihnen, wie die Dreifachsegmente maschinell eingelassen wurden. Nur am Ende gab es Einzelsegmente, wenn das Dreiermaß nicht hinkam. Diese Einzelteile wogen natürlich wesentlich weniger. Miriam überlegte. Wenn in diesem alten Stall auch teilweise Einzelstücke verwandt worden waren, gäbe es vielleicht die Chance, sie hoch und sogar zur Seite zu drücken, sodass sie hindurchklettern und abhauen konnte.

Diese vage Aussicht verlieh ihr neue Kraft. Gerade als sie die Handfesseln ansetzte, hörte sie wieder das Auto. Der Motor brummte zuerst leise; je näher der Wagen dem Bauernhaus kam, desto lauter wurde er. Das Motorengeräusch erkannte sie. Also kam das Schwein wieder zurück. Was sollte sie tun? Noch mal um Hilfe schreien? Hier würde sie wahrscheinlich niemand hören. Sie beschloss daher, sich still zu verhalten und kauerte in der Ecke, in der sie aufgewacht war. Sie rührte sich nicht und horchte. Von draußen dröhnte ein Schimpfen und Poltern zu ihr durch.

„Das wird dir eine Lehre sein. Wenn du glaubst, du kannst mich ausnehmen wie eine Weihnachtsgans, dann hast du dich getäuscht. Ha! Du dämlicher Polacke." Eine Tür schlug zu. Irgendetwas wurde über den Boden geschleift. Ein Mann stöhnte auf. Er musste Schmerzen haben. Ein Element des Spaltenbodens wurde angehoben. Durch die Öffnung wurde ein großes zusammengeschnürtes Paket geworfen. Dumpf schlug es auf den Boden auf. Miriam riskierte einen Blick. Das Paket entpuppte sich als Mensch, gefesselt, genau wie sie. Der Mann blutete heftig aus der Nase; rote Fäden umspülten den Mund, die Augen zugeschwollen und blauschwarz gerändert.

Miriam erkannte ihn: Marek Zielinski, der Pole. Er arbeitete doch für Bloempott. Immer in der Saison.

Marek war in der Nacht auch in der Reithalle gewesen und wurde dort mit dem Messer und der Lanze angegriffen. Nun lag er hier. Ein Lichtstrahl schoss durch die Spalten von oben auf Miriams Gesicht. Blitzschnell schloss sie die Augen und hielt den Atem an.

„Die kleine Ratte schläft also immer noch tief. Das ist gut. Dann gehen wir nachher ans Rattenersäufen. Zwei auf einen Streich."

Die dunkle Stimme klang bedrohlich. Was meinte er mit ersäufen? Zwei Ratten ersäufen? Wollte das Schwein sie quälen und diese toten Mistviecher hier herunterschmeißen? Miriam schüttelte sich. Allein der Gedanke erzeugte einen Würgereiz. Die Schritte entfernten sich. Zuerst fiel eine Stalltür zu, dann eine Autotür. Der Wagen fuhr an.

Miriam sprang auf und scheuerte weiter am Strick. Sie musste das Ding loswerden. Sie wollte raus, weg.

Nach einer Weile blickte sie auf die Fesseln. Einige Fasern hatte sie durchtrennen können. Sie hingen flusig nach allen Seiten. Der Erfolg spornte sie an. Sie konnte es schaffen. Eine Viertelstunde später hielt nur noch die Hälfte des Stricks stand.

Miriam freute sich, doch dann hörte sie wieder das Brummen des Autos. Er kam schon wieder zurück, das Schwein kam zurück. Sie horchte und rieb abwechselnd den Strick. Er musste sich im Stall befinden. Was machte der da? Das Seil ribbelte sich auf - nur noch ein kleiner Schritt und es war durchgescheuert. Miriam horchte wieder. Ein leises Tuckern drang an ihr Ohr. Eine Pumpe lief, ja klar, es hörte sich wie eine Pumpe an.

Und jetzt sprang wieder der Motor des Wagens an und das Auto fuhr los. Was für ein Wahnsinn. Was sollte das alles? Das Motorengeräusch entfernte sich, aber das Tuckern ging weiter. Die Pumpe lief. Was hatte das alles zu bedeuten?

Schusters Hundehof, Schaffhauser Wald

Hauptkommissar Kerkhoff fuhr durch den Tunnel aus Bäumen und hielt an der Kurve an: „Hier hat das Mountainbike gestanden, als der Einbruch bei Lena Schuster stattfand."

„Aha!", sagte Czerlikowski nur kurz. Er sah zu der Stelle herüber, auf die Gerrit deutete, der jetzt aber schnell wieder anfuhr und direkt vor dem Wohngebäude hielt.

„Ja, ich komme schon", rief Kerkhoff dem Hund zu, der seit dem Einbiegen in die Waldstraße unaufhörlich fiepte und sich auf der Ladefläche vor Aufregung hin- und herbewegte. Kaum hatte der Hauptkommissar die Klappe geöffnet, sprang der Hund auf sein Zeichen auf den Weg und rannte wie ein geölter Blitz über das Gelände. Dann änderte der Hund die Richtung, als sich die Haustür öffnete und Lena Schuster in der Tür erschien. „Hereinspaziert. Ich freue mich immer auf Besuch!"

In der Küche duftete es nach Knoblauch und Kräutern der Provence. „Ich hab das Blech noch einmal reingeschoben", sagte sie und stellte drei Weingläser auf den Tisch.

„Eigentlich müssen wir gleich los. Ich wollte nur den Hund ...", setzte Kerkhoff an.

„Nun setzt euch erst einmal. So viel Zeit muss sein. Kurz mal durchschnaufen. Ihr seht nicht gerade sehr fit aus, wenn ich das einmal so sagen darf", meinte Lena.

Die beiden Polizisten setzten sich.

„Gibt es etwas Neues von Miri?", fragte sie, als sie die Teller mit der Pizza servierte.

„Nein, leider nicht", meinte Jan mit belegter Stimme. „Wir sind zwar etwas weitergekommen, aber Miriam hat sich immer noch nicht gemeldet."

„Ich mache mir solche Vorwürfe, dass ich sie nicht zurückgehalten habe. Es tut mir leid!" Lena setzte sich, stand aber sofort wieder auf und griff nach ihrem Portemonnaie. „Hätte ich fast vergessen. Nina hat mir beim Einkaufen ausgeholfen." Sie zählte siebzig Euro auf den Tisch. „Würdest du das Nina wiedergeben?"

Gerrit schluckte den Bissen herunter und sagte: „Wie jetzt? Ich soll das Geld mitnehmen?"

Lena nickte und erzählte von ihrem Missgeschick an der Kasse vom Supermarkt. „Das ist schon ein blödes Gefühl so ohne Geld dazustehen. Und was hat man nicht alles in so einer Geldbörse: Kreditkarten, Führerschein, BahnCard, Ausweis ...

Ich war schon fast wieder an der Reithalle, weil ich dachte, ich hätte das Portemonnaie dort verloren. Und was glaubst du, wo es gelegen hat? Es lag zwischen Fahrersitz und Türrahmen. Habe ich zufällig beim Aussteigen entdeckt. Glück gehabt!" Lena lächelte.

Die Hauptkommissare ließen gleichzeitig die Gabeln sinken. „Heißt das, du warst noch an der Reithalle? Wie spät war das?"

„Ja, ich war dort vor dem Eingang auf dem Parkplatz. Es wurde schon dämmrig, so gegen viertel nach neun. Der Laden schließt gegen einundzwanzig Uhr und hat gleich dicht gemacht, als wir rausgingen", sagte Lena.

„Und ist dir etwas aufgefallen? Irgendetwas Besonderes?“ Kerkhoff sah sie aufmerksam an. „Überleg in Ruhe. Jedes Detail könnte wichtig sein!“

„Nein, ich habe auch auf nichts geachtet, weil ich doch schon froh war, dass ich mein Geld und meine Papiere wieder hatte.“

Lena schnitt mit dem Messer ein Stück Pizza ab und führte die Gabel zum Mund. Sie kaute genüsslich, schluckte den Bissen herunter und setze das Weinglas an. Doch bevor sie etwas trank, stoppte sie und sagte: „Auf dem Parkplatz an der Reitanlage war alles ruhig. Aber vorher habe ich etwas Ungewöhnliches gesehen. Bloempotts Mercedes parkte in einer Seitenstraße. Das war komisch!“

„Wieso?“ Jan blickte sie konzentriert an.

„Der stellt seinen Wagen immer direkt vor die Reithalle, immer auf seinen reservierten Platz. Nach dem Motto: Wir haben keine festen Parkplätze, aber das ist meiner!“ Lena trank einen Schluck.

„Vielleicht hat er dort jemanden besucht?“, warf Kerkhoff ein.

„Quatsch!“, meinte Lena. „Es sah eher so aus, als wollte er den Mercedes verstecken. Jedenfalls fiel mir das auf. Völlig untypisch für Bloempott, wenn ihr mich fragt. Ich kann mich aber auch täuschen.“

„Seltsam!“ Kerkhoff nahm nun auch einen kleinen Schluck.

„Ich meine, auch Marek gesehen zu haben, aber das kann ich nicht genau sagen, denn da war ich schon an der Nebenstraße vorbei“, ergänzte Lena.

„Nehmen wir doch einmal an, Marek und Bloempott waren zur Tatzeit in der Reithalle. Was wollten die da? Hat er nicht von Stallwachen gesprochen?“, fragte Gerrit.

„Ja, schon. Aber die sollten erst am darauffolgenden Tag beginnen. Jeden Einwand, die Stallwachen sofort einzuteilen, hat Bloempott vehement niedergemacht. Müssten erst richtig organisiert werden usw. Er wollte detaillierte Pläne machen und dazu benötigte er Zeit, wie er meinte."

„Was zum Teufel wollte er denn dann am Tatabend in der Halle?", fragte Jan.

„Gute Frage. Sag mal, Lena. Stand nicht das Pferd von Bloempott, das du gebracht hast, im Stall? Das war doch seins, oder?"

„Ja, Hope. Die Stute hatte ich dorthin gebracht, gemeinsam mit Miriam." Lena schluckte.

„Lass uns doch einmal spekulieren. Bloempotts Hof ist halb abgebrannt; das zahlt die Versicherung. Ein wertvolles Pferd wird ihm abgeschlachtet. Der Gaul ist wahrscheinlich auch gut versichert. Und ein weiteres steht in der Reithalle. Wahrscheinlich ebenfalls gut versichert!"

„Du meinst, der bringt seine eigenen Pferde um, weil die Gelegenheit günstig ist wegen der Pferdemorde auf Wangerooge? Und kassiert dafür die Versicherungssummen?" Ungläubig starrte Lena Kerkhoff an.

„Zuzutrauen wäre es ihm!", meinte Gerrit.

„In der Tat", bestätigte Lena. „Unglaublich! Allein auf solch eine Idee zu kommen!"

„Wie steht es eigentlich mit Bloempotts Finanzen?", fragte Gerrit und Lena meinte: „Schlecht, ganz schlecht, nach allem, was man so hört. Und man hört so einiges! Der Goldau hat mir das neulich erst gesteckt: Der Bloempott sei total am Ende! Pleite."

„Aber es war nicht sein Pferd, das tot in der Reithalle lag. Und wie passt das verbrannte Opfer dazu?", warf Jan Czerlikowski ein.

Alle drei schwiegen. Kerkhoff hielt seine Hand über das Glas, als Lena nachschenken wollte. Nachdenklich sagte er: „Angenommen, Bloempott wollte alle Pferde umbringen."

„Warum das?"

„Weil er mitbekommen hatte, dass dem Killer auf Wangerooge mehrere Pferde zum Opfer fielen, so wie immer. Immer waren mehrere Tiere getötet und verletzt worden, wenn der wirkliche Pferderipper zugeschlagen hatte. Auf Bloempotts Hof wurde untypischerweise nur ein Gaul abgeschlachtet. Es bestanden Zweifel, ob das die Tat des Pferdekillers war. Also wollte Bloempott diesmal zusammen mit Marek in der Reithalle nicht nur sein eigenes, sondern alle Pferde, die dort untergestellt waren, abschlachten. Es sollte so aussehen, als hätte der Pferderipper zugeschlagen."

„Aber nur ein Pferd ist tot!" Czerlikowski schüttelte den Kopf.

„Stimmt. Ein Pferd und ein Mensch. Ich glaube, Bloempott und Marek sind gestört worden – vom echten Pferderipper. Von Fritz Mahluss aus Oldenburg." Kerkhoff machte eine Pause. Dann fuhr er fort: „Fritz Mahluss wird Zeuge, wie Bloempott und Marek das Pferd abschlachten. Sie entdecken und überwältigen ihn, setzen das Bolzenschussgerät auf und schleppen die Leiche auf den Reitplatz hinter der Halle. Dann fackeln sie ihn mit Brandbeschleuniger ab."

„Krass", sagte Lena mit weit aufgerissenen Augen. Sie hatte das Essen mittlerweile ganz eingestellt und das Besteck aus der Hand gelegt. „Und wie passt Miri da hinein?"

„Gute Frage! Sie hat den Vorfall von oben vom Heuboden beobachtet. Irgendwie müssen Bloempott und

Marek Zielinski sie entdeckt haben", spekulierte Gerrit Kerkhoff weiter.

„... dann befindet sie sich in der Hand von Bloempott", stellte Jan fest und stand auf. „... los, lass uns fahren. Mach schon!" Er zerrte Gerrit hoch und rannte mit ihm aus dem Haus. Sie sprangen ins Auto.

„Kein Wunder, dass die Kollegen nicht auf seinen Hof fahren sollten." Gerrit Kerkhoff riss das Lenkrad herum. Die Antriebsräder drehten durch und schleuderten den Splitt von der Auffahrt hoch.

Güllekeller

Miriam warf die Reste der Handfesseln weg. Dann setzte sie sich auf den ekligen Boden, um das Seil an den Füßen zu lösen. Es schnitt an ihren Fußgelenken in die Haut. Während sie sich an den festen Knoten abmühte, bemerkte sie, dass sich der Boden veränderte. Ein schmieriger Film waberte um sie herum. Der modrig-faule Geruch nahm zu. Es wurde kühler um die Füße und um das Gesäß. Und nun erkannte sie auch die Bedeutung der Pumpengeräusche. Langsam, ganz langsam nahm die Feuchtigkeit zu. Miriam kniff die Augen zusammen, um das fahle Licht ausnutzen und besser sehen zu können: In den Güllekeller drang Wasser, eindeutig. Mittlerweile stand es einige Zentimeter tief auf dem Boden. Es stieg zwar langsam, aber stetig. Miriam wurde panisch. Wild riss sie an dem Seil hin und her, aber statt den Knoten zu lösen, schien er sich fester zu ziehen. Sie stand nun aufrecht und hüpfte an die Wand. Miriam lehnte sich mit dem Rücken an die kalte Steinmauer. Sie fror. Mit beiden Händen drückte sie auf die Elemente des Spaltenbodens. Die bewegten sich keinen Millimeter. Sie weinte. Sie wusste, sie würde jämmerlich ertrinken, wenn sie es nicht schaffen sollte, hier herauszukommen. Aber nicht nur sie würde ertrinken, auch Marek, der immer noch bewegungslos am Boden lag. Das also hatte Bloempott mit Ratten ersäufen gemeint.

Hektisch blickte sich Miriam um. Dort, wo Marek sich befand, schienen die Spalten breiter zu sein oder defekt. Jedenfalls war es an der Stelle nicht so dunkel. Sie schaute herüber. Mareks Kopf lag auf dem Boden, das Gesicht zur Seite gedreht. Ob er noch lebte? Das Wasser stand nun schon direkt an seinem Kinn und berührte die Unterlippe. Sollte sie ihn aufrichten, hochheben? Aber er war mit Schuld, dass sie hier war, dass sie in diesem Drecksloch saß. Wäre es klug, seine Fesseln zu lösen? Was würde er dann mit ihr machen? Wenn er überhaupt noch lebte.

Miriam ging in die Knie und robbte zu Marek herüber. Mit letzter Kraft zog sie ihn hoch und setzte ihn aufrecht mit dem Rücken an die Wand. Sein Gesicht war von Schlägen gezeichnet, aber er lebte noch.

Sie zerrte an dem Seil, das seine Hände umschlang. Es handelte sich um einen alten Kälberstrick, anders als bei dem Tau, das ihre Füße fesselte. Mareks Knoten lösten sich leichter. Miriam mühte sich und zog daran. Dabei brach schmerzhaft ein Fingernagel ab. Aber sie war erfolgreich. Sie bekam Mareks Hände frei. Das Wasser stieg immer schneller. Die Kolben der Pumpen wummerten dröhnend im Takt. Miriam schlug ihm leicht ins Gesicht. Er musste aufwachen, er musste endlich aufwachen. Das Wasser bedeckte schon ihre Knie und stieg unaufhaltsam. Miriam wusste, dass sie nur mit Mareks Hilfe hier herauskommen konnte. Doch dazu musste sie ihn erst einmal wieder zum Leben erwecken. Sie rüttelte ihn derbe: „Wach auf! Wach endlich auf!"

Auf dem Weg nach Bensersiel

Mit einer Affengeschwindigkeit bog Hauptkommissar Kerkhoff auf die asphaltierte Straße, die von dicken Buchenstämmen flankiert wurde, ein. Er zog die Gänge voll hoch und stieß den Schaltknüppel derbe ins Getriebe. Das Lenkrad in beiden Händen hielt er die Ideallinie in der Mitte der Fahrbahn, ohne auch nur einem Schlagloch auszuweichen. Sie passierten den Waldspielplatz und ließen links die Straße zum Forsthaus liegen. Durch die hochkant gepflasterten Ziegelsteine verstärkten sich die Fahrgeräusche der Straße enorm, aber die Geschwindigkeit drosselte Kerkhoff erst, als er in Höhe des Restaurants Landhaus Silvester links auf die Hauptstraße fuhr.

Das Niedersächsische Internatsgymnasium flog links, der Supermarkt Combi rechts vorbei. Mit unverminderter Geschwindigkeit fuhr Kerkhoff an die Kutschinskikreuzung heran und bog links ab, obwohl die Ampel auf Rot stand. Der Wind zuppelte an den Ästen der weißen Birken, die beidseitig der Straße nach Holtgast standen. Kurz nach der Brücke über das Benser Tief nahm Kerkhoff die scharfe Kurve in den Weg Coldewind und nach etwa fünfhundert Metern fuhr er in die Straße Wold ein.

Weder Kerkhoff noch sein Kollege Czerlikowski sagten ein Wort, denn sie konzentrierten sich nur auf ihr Ziel in Bensersiel. Nachdem sie eine gute Strecke an der Böschung des Kanals entlangrasten, steuerten sie in den Oldendorfer Weg direkt auf den Sielort zu.

Nach kurzer Zeit war die Umgehungsstraße erreicht. Als sie in den Kreisel einbogen, lag der Bauernhof vor ihren Augen etwas erhöht auf einer Warf. Durch die dicht gepflanzten Büsche und Bäume, die sowohl als Sicht- wie auch als Windschutz dienten, lugten die verbrannten Dachsparren des Stallteils durch. Ein Großteil der Dachpfannen fehlte. Nur der Wohnbereich schien einigermaßen intakt zu sein.

„In diesem Gemäuer haust Bloempott?" Gerrit Kerkhoff steuerte den Wagen an den Straßenrand und hielt an. Zur besseren Sicht ließ er die Seitenscheiben herunter.

„Wir sollten den Rest zu Fuß gehen", schlug Jan vor. „Ich spring über den Schlot und nehme den Weg über die Wiese zum hinteren Teil des Gebäudes."

„Dann laufe ich entlang der Allee zum Haupteingang. Vor der Zufahrt stelle ich den Wagen hinter dem Busch ab. Bloempott muss uns nicht eher sehen als nötig!"

Ohne ein weiteres Wort zu verlieren, stieg Jan Czerlikowski aus und Gerrit Kerkhoff setzte den Wagen verdeckt an den Eingang der Hofzufahrt. Er drückte die Autotür leise zu und lief mit schnellen Schritten im Schutz der Bäume die Allee zum Hof hoch. Als das große Tor des Hauses sich öffnete, ging Gerrit Kerkhoff hinter einem breiten Stamm in Deckung. Vorsichtig lugte er um den Baum und entdeckte Gerd Bloempott, der einen Koffer zu seinem Auto schleppte. Er ging um das Fahrzeug herum und öffnete den Kofferraum.

Kerkhoff schlich an die Hausecke: „Na, Herr Bloempott. Wollen Sie verreisen?"

Völlig überrascht starrte dieser zu Kerkhoff. „Das ... das geht Sie ja wohl gar nichts an. Oder haben Sie etwas dagegen, Herr Hauptkommissar? Sie sollten sich lieber um den Pferderipper und Mörder kümmern, statt unbescholtenen Bürgern aufzulauern!"

„Unbescholten ist gut. Sie sind festgenommen, Herr Bloempott. Wir haben einen Zeugen, der sie zur fraglichen Zeit in der Nähe des Tatortes gesehen hat. Es nutzte nichts, den Wagen in der Seitenstraße abzustellen, um dann zu Fuß zur Reithalle zu gehen."

„Märchen, Ammenmärchen."

„Das werden wir Ihnen nachweisen. Was haben Sie mit Miriam Czerlikowski gemacht? Wo ist sie und wo ist ihr Komplize Marek Zielinski?"

„Sie spinnen doch, Kerkhoff. Von Miriam weiß ich nichts und der Pole ist zurück in seine Heimat! Abgereist."

„Das können wir alles auf der Wache klären. Kommen Sie jetzt hinter dem Wagen hervor!", ordnete der Hauptkommissar an.

Bloempott nahm die Hände von der Klappe herunter und griff in den Kofferraum. Blitzschnell hielt er einen Drilling in der Hand und richtete das Jagdgewehr auf Gerrit Kerkhoff. „So, Sie Schlaumeier, nun mal die Hände hoch." Bloempott dirigierte Kerkhoff zur Eingangstreppe. „Fingern Sie mal ganz vorsichtig Ihre Waffe aus dem Schulterholster, aber ganz vorsichtig. Ich hab einen nervösen Zeigefinger und Sie müssten wissen, was eine Schrotladung auf dieser Entfernung anrichten kann", sagte Bloempott drohend. Doch Gerrit Kerkhoff ließ sich nicht beirren: „Seien Sie vernünftig, Bloempott, sonst bläst Ihnen mein Kollege das Hirn weg! Er steht direkt hinter Ihnen!", sagte Kerkhoff.

„Schöner alter Trick. Für wie doof halten Sie mich eigentlich?" Bloempott sah den Hauptkommissar zornig an. Plötzlich sackte er zusammen, denn Jan Czerlikowski trat ihm mit voller Wucht in die Kniekehlen, griff mit der linken Hand die Flinte, um die Richtung des Laufes von Gerrit Kerkhoff weg zur Seite zu lenken. Keine Sekunde zu früh. Der Schuss, der sich löste, schlug ins Fenster über dem Hauptkommissar ein. Glasscherben fielen auf die Eingangstreppe herunter. Kerkhoff machte einen Sprung nach vorn, drückte Bloempott, zusammen mit seinem Kollegen, der ihm zusätzlich die Pistole an den Kopf hielt, auf den Boden. Etwas rabiater als nötig drehten sie dem aufstöhnenden Bloempott die Arme auf den Rücken und legten ihm Handschellen an.

„Wo ist meine Tochter?", brüllte Czerlikowski. Als Bloempott nicht reagierte, zog er ihm den Pistolenschaft über den Schädel. Blut spritzte aus der aufgeplatzten Haut und lief an Bloempotts Schädel herunter.

„Jan!", rief Gerrit Kerkhoff seinem Kollegen mahnend zu. „Reiß dich zusammen!" Dann wandte er sich zu Bloempott. „Nun sagen Sie schon, wo sie ist."

„Einen Scheißdreck werde ich", schrie Bloempott. „Verrecken soll sie." Er spuckte vor den beiden Polizisten aus.

„Das werden wir ja sehen." Jan Czerlikowski war außer sich. „Wenn hier jemand verreckt, dann wirst du das sein, du mieses Dreckschwein. Ich knall dich ab und wenn es das Letzte ist, was ich mache!"

„Na, dann drück doch ab. Ist mir sowieso alles egal. Aber wenn ich tot bin, dann findest du deine Tochter nie", giftete Bloempott. Plötzlich sackte er durch den Faustschlag, den Czerlikowski ihm in die Magengrube versetzte, zusammen. Jan Czerlikowski riss ihn hoch und schleppte ihn an die Seite des Hauses.

„Was hast du vor, Jan?“, fragte Kerkhoff, denn er sah, dass sein Kollege außer sich war vor Wut.

„Wir spielen das ostfriesische Waterboarding!“ Wütend zerrte Czerlikowski den sich erfolglos wehrenden Bloempott zu einem Regenfass und schleuderte den Deckel mit einem wuchtigen Fußtritt zur Seite.

„Wo ist meine Tochter?“ Mit diesen Worten drückte er Bloempotts Kopf in die Tonne, bis er gänzlich vom Wasser bedeckt war. Mit eisernem Griff hielt er ihn fest. Dann riss er Bloempott an den Haaren zurück und schrie erneut: „Wo ist sie?“

Bloempott prustete und hustete. Seinen Oberkörper blähte er mit einem mächtigen Atemzug auf, während sein Kopf die Farbe einer Leuchtboje auf Backbord annahm. „Das kostet Sie Ihren Job!“, prustete er schwer atmend. „Ihr Kollege ist mein Zeuge! Das ist Folter! Und Sie haben keine Beweise, nichts.“

„Ich seh' grad nichts, Bloempott. Alles, was ich erkennen kann ist, dass Sie Widerstand gegen die Staatsgewalt leisten: Mordversuch an einem Kriminalbeamten usw. ... Sehen Sie es endlich ein: Sie haben verloren! Wollen Sie auch noch das Leben dieses jungen Mädchens auf dem Gewissen haben? Wo ist sie?“

Bloempott blickte vorsichtig von einem zum anderen.

„Wird's bald?“, schrie Jan Czerlikowski ungeduldig. Das dauerte ihm alles zu lange. Vielleicht lebte Miri auch gar nicht mehr! Wahrscheinlich sagte Bloempott auch deshalb nichts.

Bevor er noch einmal Luft holen konnte, drückte Czerlikowski erneut Bloempotts Kopf unter Wasser. Mit der anderen Hand versetzte er ihm einen Leberhaken, der ihm die letzte Luft aus dem Körper trieb; große Blasen drängten an die Wasseroberfläche. Obwohl sein Opfer nach Leibeskräften um sich trat, zappelte und sich wand, hielt Jan ihn mit eisernem Griff fest.

„Übertreib's nicht, Jan. Der muss noch aussagen. Alles andere nützt uns nichts!" Kerkhoff zog seinen Kollegen zurück, der seinerseits Bloempott aus dem Wasser hob.

Bloempotts Lungen pfiffen, er keuchte und sog geräuschvoll den Sauerstoff durch seine Bronchien.

„Also. Zum letzten Mal: Wo ist meine Tochter? Ich mach dich kalt!" Jan Czerlikowskis irrer Blick ließ keinen Zweifel an seiner Aussage.

Die angstvoll hervorquellenden Augen Bloempotts zeigten, dass er die Botschaft verstanden hatte. „Güllegrube", keuchte er kaum hörbar. „Hinten in der Güllegrube!"

Sofort drückte Jan ihn zur Seite, worauf Bloempott zusammensackte und zur Seite kippte. Dabei knallte er mit dem Kopf auf den Boden.

Restaurant Sturmfrei, Esens

„Prost!“ Willi Wedell hob gut gelaunt das Weizenbierglas und stieß mit Manuel Ortega an. Sie hatten sich in der oberen Etage des Restaurants Sturmfrei in eine Ecke gesetzt, wo sie sich seit über einer halben Stunde intensiv unterhielten und auch bereits das ein oder andere Glas geleert hatten.

Manuel Ortega war erstaunt, wie gut Willi über die südamerikanischen Verhältnisse in Argentinien, aber auch in Chile, informiert war.

„Als 1973 gegen den demokratisch gewählten Präsident Salvador Allende wieder mal mithilfe der CIA geputscht wurde, bildeten wir chilenische Solidaritätskomitees und sammelten Geld. Wir waren entsetzt, wie grausam General Pinochets Regime gegen Oppositionelle vorging“, erzählte Willi.

„Die Ereignisse wiederholten sich dann leider bei uns in Argentinien“, sagte Ortega und trank einen Schluck.

„Vorhin erzählten Sie von der Verhaftung und dem Verschwinden von Miguel Geiger-Pereira und seiner Mutter Luiza. Und was ist mit Ihnen? Wie sind Sie damals den Militärs entkommen? Ist Isabel Pereira auch gefasst worden?“ Willi setzte das Weizenbierglas ab und sah Ortega an.

„Isabel und ich hatten Glück. Wir konnten fliehen und gelangten nach langer Odyssee nach Deutschland. Zunächst kamen wir bei Isabels Vater unter. Unsere deutschen Wurzeln waren sehr hilfreich, um hier Fuß zu fassen. Isabel und ich heirateten und verlegten unseren Lebensmittelpunkt nach Osnabrück, wo wir beide einer Anwaltssozietät beitraten."

„Hatten Sie Kontakt nach Argentinien?" Willi sah Manuel Ortega aufmerksam an und vergaß sogar, sein Bier zu trinken.

„Selbstverständlich! Juan Osorio hielt uns auf dem Laufenden. Nach dem Sturz der Junta wurde das ganze Ausmaß des Grauens bekannt. Leider ist das Schicksal vieler Verschwundener bis heute nicht aufgeklärt und gesühnt worden; so konnten wir auch das Schicksal von Isabels Mutter Luiza und ihrem Bruder Miguel nicht aufklären. Nach Zeugenaussagen soll Miguel mit anderen Gefangenen von dem Schlächter Francesco Monzorro aus Buenos Aires abtransportiert worden sein. Vermutlich kam er bei einem der Todesflüge über dem Rio de la Plata ums Leben." Ortegas Stimme bekam einen leisen, traurigen Ausdruck, als er endete.

Willi orderte zwei weitere Getränke. „Einen Schnaps dazu?"

Ortega nickte.

Nach einer Pause meinte Willi: „Dieser Juan Osorio blieb in Argentinien?"

„Ja. Juan bewegte sich während der Militärdiktatur im Untergrund. Sie waren ihm dicht auf den Fersen, aber er hatte Glück!" Manuel Ortega lächelte. „Ein guter Freund, ein anständiger Kerl. Man konnte sich hundertprozentig auf ihn verlassen. Unermüdlich kämpfte er und er fand, was er suchte."

„Was suchte er?", fragte Willi Wedell, dessen neues Weizenbier unberührt auf dem Tisch stand, weil er nach wie vor gebannt an Ortega Lippen hing.

„Seine Tochter! Er hat seine Tochter gefunden!" Der Rechtsanwalt nahm das Schnapsglas und kippte den Inhalt herunter. „Seine junge Frau hatte man aus der Wohnung geholt, als er nicht Zuhause war. Sie war hochschwanger! Unter unwürdigen und unhygienischen Bedingungen brachte sie im Gefängnis eine Tochter zur Welt. Wie bei vielen anderen inhaftierten Frauen nahmen die Ärzte ihr das Kind weg, fälschten Geburtsurkunden und übergaben es einer systemtreuen Militärfamilie. Seine Frau verschwand in den Folterkellern. Auch hier war der Schlächter Monzorro beteiligt." Erneut stockte seine Stimme. „Mittlerweile konnten viele dieser Verbrechen aufgeklärt werden. Aber natürlich erlebten die Kinder ein Trauma, wenn sie die Hintergründe erfuhren und aus diesen Familien geholt wurden. Auch heute noch ist Juan mit der Aufarbeitung der Untaten der Videla-Junta beschäftigt. Große Hilfe lieferten die Unterlagen, die wir damals aus dem Rechtsanwaltsbüro retteten. Und es zeigte sich immer deutlicher, wie tief Monzorro in dem Grauen verwickelt war. Juan machte es sich zur Lebensaufgabe, diesen Verbrecher zu jagen. Isabel und ich unterstützten ihn dabei finanziell. Leider verstarb meine Frau vor fünf Jahren. Es ist sehr traurig, dass sie nicht mehr miterleben kann, dass dieser Verbrecher, diese Bestie, nun offenbar selber ums Leben gekommen ist. Diese Bestie. Man muss dem Täter in der Reithalle fast noch dankbar sein."

„Entschuldigung. Wir schließen gleich. Kann ich vielleicht abkassieren?" Die Bedienung lächelte die beiden Männer freundlich an.

„Oh je. So spät ist es bereits? Die Rechnung übernehme ich", sagte Willi Wedell und zückte sein Portemonnaie. „Gänsehaut pur. Haben Sie morgen noch Zeit, ich würde gerne noch mehr erfahren."

„Na, klar. Jetzt habe ich jede Menge Zeit. Und die Rechnung möchte ich gerne begleichen, denn ich habe etwas zu feiern: den Tod Monzorros!“

71

Bensersiel, Scheune

Gerrit Kerkhoff rannte hinter seinem Kollegen her, doch er konnte dessen Spurt kaum folgen. Jan lief am Bauernhaus und an den Sträuchern und Büschen vorbei, wobei ihm Äste und Blätter durchs Gesicht fegten und blutige Schrammen in die Wangen ritzten. Von der Angst getrieben, zu spät zu kommen, ignorierte er das jedoch völlig und rannte auf die grüne Seitentür zu; nein, er lief nicht nur auf sie zu, er schoss förmlich durch sie hindurch, sodass die marode Tür in ihrer ganzen Länge nachgab und aus den Scharnieren flog. Unbeirrt setzte er seinen Lauf fort und rief: „Miriam, wo bist du? Melde dich! Miri!"

Mühsam hetzte Gerrit Kerkhoff hinterher und verlor seinen Kollegen aus den Augen. Allerdings hörte er ihn deutlich nach seiner Tochter rufen.

Als der Hauptkommissar um die Ecke bog, brüllte Jan: „Hier ist sie, hier ist sie! Stell die Güllepumpen ab. Stell sie ab!"

Gerrit Kerkhoff sah sich hilflos um. Wo verflucht konnte man diese Scheißpumpen abstellen?, dachte er und rannte auf die Reste des Scheunentores zu, das nicht mehr grün gestrichen, sondern vom Brand rußig schwarz war und schief in den Angeln hing.

„Dort drüben; wieder zurück zur Eisentür!", brüllte Jan. „Dort ist der Sicherungskasten!" Er kniete am Spaltenboden und fasste mit einer Hand das Betonteil, mit der anderen zeigte er in Richtung der feuerhemmenden Tür. Gerrit lief darauf zu und kippte alle

Schalter nach unten. Das monotone Dröhnen des Motors erstarb; die Pumpen arbeiteten nicht mehr.

„Komm, Gerrit, hilf mir."

Kerkhoff rannte zu seinem Kollegen und umfasste ebenfalls einen Teil des Spaltenbodens. Mit vereinten Kräften bewegten sie die Spalten zur Seite, sodass sich eine ausreichende Öffnung auftat. Darunter sah er Miriam, die den Kopf von Marek Zielinski über die schwarzgrüne Brühe hielt. Zu zweit zogen die beiden Polizisten zuerst den Polen und dann Miriam aus dem Güllekeller.

Während Czerlikowski überglücklich mit Tränen in den Augen seine schluchzende Tochter im Arm hielt, drehte Gerrit Kerkhoff den verletzten Marek Zielinski in die stabile Seitenlage. Anschließend telefonierte er mit der Einsatzzentrale und forderte Hilfe an.

Schweigend stand er auf und umarmte wortlos Miriam und Jan, die immer noch eng umschlungen zusammenstanden.

„Das stinkt aber mindestens so schlimm, als wenn man mit dem Fahrrad in einen Güllegraben gefahren wäre", versuchte Gerrit einen kleinen Scherz. Er ließ die beiden stehen. „Ich kümmere mich mal um Bloempott."

Polizeiinspektion Wittmund

„Guten Morgen!" Staatsanwalt Nordbeck klopfte Kerkhoff auf die Schulter. „Gute Arbeit!"

„Moin! Danke für die Blumen", antwortete der Hauptkommissar kurz und nieste in sein Taschentuch.

„Den Täter haben wir dann wohl. Was hat die Vernehmung ergeben? Sehr kooperativ gab sich Bloempott ja nicht, oder? Ist an der Geschichte etwas dran, dass Czerlikowski ihn misshandelt haben soll?" Nordbeck blickte Kerkhoff ins Gesicht.

„Der Mann richtete das Jagdgewehr auf mich und hat abgedrückt. Jan Czerlikowski rettete mir das Leben. Das konnte nicht ohne Gewaltanwendung über die Bühne gehen. Also robuste Gewalt, unvermeidbar", entgegnete Kerkhoff. „Bloempott gab zu, zusammen mit Marek Zielinski in der Reithalle zuerst das Pferd und dann den Eindringling Fritz Mahluss bzw. Francesco Monzorro getötet zu haben. Zuvor hatte es einen gnadenlosen Kampf gegeben. Bloempott konnte Monzorro/Mahluss niederschlagen und überwältigen."

„Dann hatte Bloempott also vor, die Pferde in der Reithalle, in der auch sein eigenes stand, zu töten, um die Versicherung zu kassieren; genauso, wie bei dem Pferd auf seinem Bauernhof." Nordbeck rieb sich die Nase.

„Nur sollte diesmal alles plausibler sein. Es sollten nämlich alle Pferde dran glauben. Sinnigerweise wurden sie vom eigentlichen Pferderipper überrascht.

Bloempotts Plan lief ziemlich aus dem Ruder. Als sie auch noch merkten, dass Jans Tochter Miriam sie vom Heuboden beobachtet hatte, musste er handeln."

„Wie haben sie das Mädchen entdeckt?"

„Miriam sagte, sie hätte etwas am Bein gespürt. Eine der Katzen muss sich an sie geschmiegt haben, während Miriam dachte, es wären womöglich Ratten."

„Ratten?", fragte Nordbeck.

„Ja, Ratten. Wie auch immer. Miriam erschrak, schrie vor Ekel entsetzt auf und stieß gegen einen Heuballen, der in die Stallgasse fiel. Bloempott holte sie dann recht brutal von dort herunter und legte sie in Fesseln."

„Diese Drecksau!", platzte es aus dem Staatsanwalt heraus. „Wenn das meiner Tochter passiert wäre, hätte ich dem Bloempott ordentlich auf die Fresse gehauen. Nur gut, dass Jan so besonnen reagiert hat." Er grinste.

„Ach", sagte Hauptkommissar Kerkhoff. „So etwas geht aber nicht. Da muss man Profi sein." Er kniff ebenfalls ein Auge zu und grinste zurück.

„Natürlich. Bliebe noch die Frage: Warum wollte Bloempott den Polen … Wie heißt der noch?"

„Marek Zielinski!"

„Also, warum wollte er Zielinski beseitigen?"

„Erpressung: Zielinski wollte Geld. Endlich hatte er die Oberhand. Jahrelang musste er sich von Bloempott drangsalieren und herumkommandieren lassen. Er hat wohl nicht damit gerechnet, dass Bloempott das Wasser bis zum Hals stand. Der konnte gar nicht anders. Er wollte alle Zeugen ausschalten!"

„Okay, vielen Dank für die Zusammenfassung. Ich werde dann erst mal deinen ausführlichen Bericht abwarten. Viel Spaß dabei", spöttelte Nordbeck.

„Du mich auch!“ Gerrit Kerkhoff dachte mit Grausen an den ganzen Schreibkram und fand es nicht witzig, dass der Staatsanwalt sich darüber auch noch lustig machte.

Nordbeck winkte mit einem Aktendeckel und machte kehrt. Dann drehte er sich noch einmal um und sagte: „Wie sicher ist es eigentlich, dass dieser Mahluss/Monzorro mit der Leiche identisch ist?“

„Ziemlich sicher! Achtzig bis neunzig Prozent schätze ich. Heute Nachmittag sagt der Rechtsanwalt Manuel Ortega aus. Er hat interessante Unterlagen, die den endgültigen Beweis liefern könnten“, entgegnete Kerkhoff über den halben Flur hinweg. „Übrigens, spricht etwas dagegen, dass Willi Wedell bei dieser Aussage zugegen ist?“

„Wer viel fragt, bekommt viel Antwort. Seit wann kümmerst du dich bei deinen Methoden darum, was okay ist und was nicht“, frotzelte Nordbeck. „Du wirst das schon machen!“

Mit wehenden Rockschößen verschwand er durch die Flurtür.

Kerkhoff guckte auf sein Handy. Immer noch keine Nachricht von Nina. Er drückte die Buchstaben und schrieb ihr, dass er sie gerne sehen würde und dass sie sich melden solle. Kurz bevor er die SMS abschicken wollte, stoppte er und fügte schlitzohrig hinzu: „Übrigens haben wir Miriam gefunden und die Tierquäler zur Strecke gebracht!“

Gerrit war zufrieden. Ein gelungener Schachzug! Auf diese Nachricht müsste Nina als Tierfreundin total abfahren. Mit einem Druck auf die Taste schickte er die Kurznachricht los.

„Ach, Kollege Kerkhoff!“ Gerrit hörte die Stimme seines Vorgesetzten, stellte sich aber taub, sodass dessen Stimme nun etwas lauter zu hören war. „Herr Kerkhoff! Kommen Sie doch bitte nachher in mein Büro! Wir müssen die Pressekonferenz vorbereiten. Sagen wir in einer Stunde?“

Während Gerrit Kerkhoff sich langsam umdrehte, dachte er: Aha. Da will doch wohl wieder einer den Rahm abschöpfen! Diese faule Gesichtsbaracke wollte sich doch tatsächlich den Ruhm ans Revers heften. Er stoppte kurz. Dann sah er zu seinem Vorgesetzten herüber und sagte laut: „Gerne!“

Er ging den Flur entlang, verließ das Polizeigebäude und fuhr in Richtung Esens.

73

Esens, Polizeiwache

„Zur Identifizierung unbekannter Toter existieren sowohl im Einzelfall als auch bei einer Katastrophe mit einer größeren Anzahl getöteter Personen nach dem derzeitigen Stand molekular-genetische Untersuchungen, besser bekannt als DNA-Analyse, Fingerabdrücke und zahnmedizinische Befunde." Wie befürchtet holte Alois Grambauer weit aus.

Hauptkommissar Gerrit Kerkhoff hatte ihn in die Runde mit Willi Wedell und Manuel Ortega gebeten, um die Frage zu klären, ob es sich dabei tatsächlich um den gefürchteten Schlächter der Videla-Junta Francesco Monzorro alias Fritz Mahluss handelte oder nicht.

„Die wissenschaftlichen Methoden, die sich am Vergleich von postmortalen mit antemortalen Befunden orientieren, können natürlich nur dann erfolgreich sein, wenn auch antemortes Vergleichsmaterial vorliegt. Antemortale Fingerabdrücke ..." Alois Grambauer wurde jäh von Kerkhoff unterbrochen.

„Mensch, Alois. Mach halblang! Fingerabdrücke waren bei der Leiche nicht zu entnehmen. War alles verbrannt! Wir wissen auch bereits, dass die Fingerabdrücke aus Mahluss' Wohnung in Oldenburg identisch mit den Fingerabdrücken Monzorros sind. Die wurden Monzorro bei seinem Prozess in Spanien abgenommen."

„In Spanien?", fragten Willi Wedell und Grambauer gleichzeitig.

In diesem Moment griff Manuel Ortega in das Gespräch ein: „Herr Kerkhoff hat recht. Lassen Sie mich das kurz erklären. Francesco Monzorro ist vor der Verfolgung seiner Straftaten in den achtziger Jahren nach Mexiko geflohen und hat dort eine Zeit lang unter seinem richtigen Namen unbehelligt gelebt. Da während der Diktatur in Argentinien viele Ausländer verschwanden – hundert Deutsche etwa, aber auch Spanier –, stellten die spanischen Behörden einen Auslieferungsantrag an Mexiko. Monzorro bekam davon Wind und versuchte, außer Landes zu kommen, konnte aber festgenommen und nach Spanien überstellt werden."

„Und warum wurden die Deutschen nicht aktiv?", fragte Willi. „Das ist mal wieder typisch. Ich habe dir, lieber Gerrit, einen Artikel aus dem Focus mitgebracht. Darin wird die Rolle deines heiß geliebten DFB während der Fußballweltmeisterschaft in Argentinien beleuchtet. Aber das nur nebenbei!" Willi stand auf und steckte Kerkhoff einen Zeitungsausschnitt in die Brusttasche seines Hemdes.

„Ich bin Fußballfan und hab nichts mit den Funktionären zu tun. Wie dem auch sei. Die Spanier stellten Monzorro vor Gericht ..."

„Das haben die doch auch mit dem Banditen Pinochet versucht, oder?" Willi unterbrach erneut.

„Ja, das hat allerdings nicht geklappt. Monzorro wurde aber in Spanien verurteilt. Doch mithilfe von Franco-Anhängern, die wiederum mit deutschen Nazinetzwerken zusammenarbeiteten, gelang ihm die Flucht", berichtete Ortega.

„Ich sag nur Gladio!", warf Willi Wedell wieder ein. Sein Gesicht lief vor Eifer ganz rot an. „Gladio wurde während des Kalten Krieges gegründet. Die Geheimarmeen der NATO, des CIA und des MI6 sollten im Falle eines sowjetischen Durchbruchs einen Guerillakrieg führen. Inszenierter Terror. Rechtsradikale Mitglieder verübten etliche Terrorakte: zum Beispiel den Bombenanschlag auf den Bahnhof in Bologna. Es soll auch einen möglichen Zusammenhang mit dem Attentat auf das Münchner Oktoberfest von 1980 geben. Der Attentäter hatte Kontakte zur rechtsextremen Wehrsportgruppe Hoffmann und so weiter und so fort ..."

„Ja, gut. Das führt mir jetzt zu weit", sagte Kerkhoff, der mittlerweile schon bereute, Willi Wedell dazugeholt zu haben. „Wir halten fest, dass Monzorro von rechtsextremen Kreisen unterstützt von Spanien nach Deutschland geflohen war. Er tauchte unter dem Namen Fritz Mahluss unter und wohnte zuletzt in Oldenburg. Wir sind aber immer noch bei der Frage: Ist der Tote von der Reithalle Francesco Monzorro? Fingerabdrücke sind also schwierig. Was bleibt noch?"

„Es blieben die molekular-genetischen Untersuchungen ...", führte Alois Grambauer aus.

„DNA-Analyse", ergänzte Kerkhoff.

„Genau und der Vergleich der zahnmedizinischen Befunde", sagte Grambauer.

„Moment!" Manuel Ortega stand auf und holte eine Aktentasche, die auf dem Tisch neben dem Eingang lag.

In diesem Moment lugte Marikes Kopf durch die Tür. „Gerrit, ein Anruf für dich!"

„Nina?", fragte Kerkhoff gespannt.

„Nee, von oben; wegen der Presseerklärung."

„Keine Zeit! Er soll sich etwas aus den Fingern saugen!", erwiderte Kerkhoff barsch.

„Wie du meinst! Möchten die Herren vielleicht einen Kaffee?“

Ein vielstimmiges „Ja“ ertönte. Alle waren froh über eine Pause.

„Okay. Wird gleich gebracht!“ Lächelnd verschwand sie wieder durch die Tür.

Ortega nahm Platz und kramte in der Aktentasche. Dann zog er einen vergilbten Aktenordner heraus, den er aufklappte. „Im militärischen Institut für Medizinal-Statistik in Buenos Aires konnten wir eine Dokumentation von Monzorros Zahnstatus sicherstellen. Es wurden umfangreiche Teilsanierungen und Restaurationen seines Gebisses vorgenommen. Das Regime sorgte gut für seine Schergen!“

„Das ist ausgezeichnet.“ Grambauer streckte die Hand aus. „Mit einer solchen zahnärztlichen Karteikarte und den Röntgenaufnahmen lässt sich zweifelsfrei eine eindeutige Identifizierung durchführen. Unsere Zähne sind die widerstandsfähigste Substanz unseres Körpers und wären auch nach mehr als dreißig Jahren derartig gut erhalten, dass ein Vergleich möglich wäre. Wenn Sie erlauben, dann nehme ich die Unterlagen mit nach Oldenburg in die Rechtsmedizin. Ich werde den zuständigen forensischen Zahnarzt beauftragen, die Angaben dieser Behandlungskarte mit dem Zahnstatus der Leiche abzugleichen. Da kommen wir schnell zu einem Ergebnis.“

Manuel Ortega reichte die Unterlagen über den Tisch und bedankte sich. „Ich bleibe noch ein paar Tage hier und mache Urlaub. Es wäre schön, wenn Sie mich frühzeitig über das Ergebnis unterrichten könnten; ich will endlich meine Ruhe finden und die Gewissheit, dass diese Bestie Monzorro tot ist.“

„Sie können sich darauf verlassen! Und wenn alles nichts hilft, dann gäbe es noch die mitochondriale DNA-Analyse, die verwandtschaftlichen Verhältnisse zu klären ..."

„Alois, es reicht. Vielen Dank für den Vortrag. Identifiziere Monzorro einfach über den Zahnvergleich und gut ist!" Gerrit Kerkhoff war ungeduldig geworden. „Jetzt machen wir erst einmal Pause. Ich hole uns den Kaffee."

Er eilte zur Tür hinaus und kam kurze Zeit später mit einem Tablett voller Kaffeetassen zurück.

74

Esens, Schaffhauser Wald

Nina meldete sich einfach nicht. Dass sie so stur sein muss, dachte Kerkhoff. Er fuhr mit dem Fahrrad und dem Labrador auf dem Radweg durch den Schaffhauser Wald. Zuvor hatte er Lena Schuster erzählt, dass der Einbrecher und Mörder Mahluss ebenso wie Bloempott gefasst war. Lena freute sich riesig, als sie hörte, dass es Miriam Czerlikowski gut ging. „Ehrlich gesagt, hatte ich große Angst um sie", gestand Lena. „Übrigens geht es Hannes Gerken auch wieder gut. Es war wohl nur ein kleiner Schwächeanfall und kein Herzinfarkt. Du sollst dich mal bei ihm blicken lassen, meinte Hermine."

Kerkhoff war gut drauf. Er trat in die Pedale und stellte zufrieden fest, dass er einen guten Job gemacht hatte. Nun wurde es Zeit, einige Überstunden abzubauen. Fröhlich pfiff er ein Liedchen. Am Ende des Weges leinte er den Hund an und entschloss sich, in den Spezialitätenladen von Emre Demirci zu fahren. Dort legte er Harry ab und verschwand im Laden. An der Käsetheke wählte er den sahnigen Schafskäse, den Nina so gern aß; dazu ließ er sich ein Stück Ziegenkäse abschneiden. Als er den Supermarkt verließ, verstaute er außerdem eingelegte Oliven, Peperoni, Schafskäse, Tomaten, eine Kaviarstange und einen guten, teuren Rotwein in der Gepäcktasche des Fahrrads.

„Sitz!" Erwartungsvoll sah der Labrador ihn an. Gerrit warf dem Hund ein Würstchen zu, das der mit der Schnauze auffing und mit wenigen Bissen herunterschlang.

„Komm. Wir fahren zu Nina!"

Gerrit drehte das Fahrrad in Fahrtrichtung, hielt die Leine fest und stieg in die Pedale. Nina würde Augen machen, wenn er mit dem Abendessen vor der Tür stünde. Gerrit stellte sich einen tollen Abend mit ihr zunächst am Küchentisch und später vielleicht auf dem Tisch vor.

„Los, weiter", feuerte er den Hund an. Harry zog und fast etwas zu schnell bogen sie in die Straße zu Ninas Haus ein. Aus dem geöffneten Fenster des Hauses drangen aufreizendes Lachen und leise Musik. Erstaunt starrte er auf das Fenster. Er hielt neben Ninas Wagen, der vor der Auffahrt geparkt war, an.

Gerrit konnte seinen Blick nicht vom Fenster nehmen. Was war das? Durch die Vorhänge konnte er die Silhouetten zweier Menschen ausmachen. Etwa Nina und dieser Tom? War das der Grund, weswegen sie nicht anrief? Jetzt küsste der Typ sie auch noch und umarmte sie. Saß sie etwa auf ihrem Küchentisch? Und was war mit ihrem Haar? Hatte sie es kürzer schneiden lassen? Und dieser blöde Referendar knutschte sie nun von oben bis unten ab?

„Scheiße!" Soeben wollte er mit dem Rad wenden, als eine bekannte, weibliche Stimme sagte: „Hey, du Spanner! Lässt du dich auch noch mal blicken?" Schmunzelnd blickte Nina aus dem Seitenfenster ihres Autos.

„Ich ..." Gerrit begann zu stottern und blickte etwas debil zum Küchen- und dann zum Autofenster hin und her. „Ich ... Ich dachte, ... du und dieser Tom, da ..." Unbeholfen wie E.T. deutete er mit dem Zeigefinger in Richtung Haus.

Nina lachte laut los: „Das ist Britt. Meine Schwester. Sie hat Semesterferien und ist mit ihrem Freund zu Besuch. Ich kam grad vom Einkauf zurück und wollte sie nicht stören. Um ein Haar wäre ich wieder weggefahren." Sie lachte. „Ein schönes Missverständnis wäre das geworden. Holla, die Waldfee. Und du dachtest, ich würde mit diesem Tom ..." Ihr Lachen war schon wieder gewichen. Sie stieg vehement aus. „Kerkhoff! Gerrit Kerkhoff! Du hast nie Zeit für mich und dann auch noch so etwas? Solche Verdächtigungen?" Gespielt wütend stapfte sie auf Gerrit zu und packte ihn am Arm. Harry ließ ein tiefes Knurren hören. „Aus!", befahl Gerrit.

„Wie redest du denn mit mir?" Nina mühte sich, ein Grinsen zu unterdrücken.

„Der Hund. Ich meinte doch den Hund. Du machst mich ja ganz verrückt." Gerrit legte seinen Arm um Nina, zog sie zu sich heran und küsste sie.

„Ich habe etwas zu Essen mitgebracht. Lass uns zum Deich fahren. Hol dein Fahrrad und eine Decke aus der Garage, ja?"

75

Radweg Bensersiel/ Ostbense

Nina fuhr plötzlich schneller. „Na, los! Halt dich ran, alter Mann!“

Nicht schon wieder, dachte Kerkhoff.

Dennoch trat er vehement in die Pedalen. So ohne Weiteres würde er sich nicht abhängen lassen. Er nahm die Herausforderung an. Ninas Vorsprung war zwar schon recht groß, doch das müsste zu schaffen sein. Gerrit strengte sich an. Lange, tiefe Atemzüge füllten seine Lungen. Das Rad kam in Schwung. Die Beinmuskulatur spannte sich und übertrug die Kraft von den Pedalen über die Kette auf das große Ritzel, das er mit der Gangschaltung gewählt hatte. Doch die Kraftanstrengung fiel ihm schwerer, als er zunächst gedacht hatte. Trotzdem verringerte sich der Abstand etwas. Nina schaute zurück und lachte ihm übermütig zu. Sie schien gut in Form zu sein.

Fünfhundert Meter hatten sie nun schon zurückgelegt. Kerkhoff legte noch einmal auf. Er schaltete hoch. Der Fahrtwind strich ihm durchs Haar. Der Ehrgeiz hatte ihn gepackt. Jetzt lief das Rad gut. Die gefettete Kette schnurrte über die Ritzel. Er wurde schneller, er kam näher heran. Nina ging aus dem Sattel. Sie hielt dagegen. Doch ganz langsam schob sich Kerkhoff vor. Jetzt lagen nur noch etwa fünf Meter zwischen ihnen. Sein Vorderrad schob sich heran. Konnte er überholen? Nina fuhr auf der Mitte des Radweges, um das zu verhindern. Sein Vorderrad reichte jetzt an ihr Hinterrad heran. Er blickte voraus.

Kerkhoff sah seine Chance gekommen. Er setzte zum Überholen an. Es war genau die Stelle, an der Nina neulich urplötzlich und für ihn ohne ersichtlichen Grund abrupt gebremst hatte. Aber diesmal ging es gut. In schnellem Tempo fuhren sie weiter und wurden erst in Bensersiel etwas langsamer. Sie querten die Straße und befuhren den asphaltierten Deichfuß bis zum großen Findling in Ostbense. Hier setzen sie sich auf die Bank auf der Deichkrone und packen die mitgebrachten Antipasti aus.

Dabei erlebten sie einen grandiosen, fast kitschig anmutenden Sonnenuntergang. Die Sonne schimmerte rot über dem Watt.

„Übrigens!" Gerrit nahm einen Schluck aus der Weinflasche. „Nordbeck will für uns kochen. Hast du Lust?"

„Ich habe immer Lust", antwortete Nina und rückte dichter an ihn heran. Sie öffnete zwei Knöpfe seines Hemdes und ließ ihre Hand über seine Brust gleiten.

„Was ist das?", fragte sie.

„Was?"

„Da knistert etwas. In der Hemdtasche! Ein Liebesbrief?" Nina grinste.

„Ach das. Von Willi!"

„Liebesbrief von Willi Wedell? Höchst interessant!", sagte Nina und lachte laut auf.

„Hör auf zu spinnen. Der Willi hat mir einen Artikel aus dem Focus vom 10.6.2010 mitgegeben.

Es geht um die unrühmliche Rolle des DFB während der Weltmeisterschaft 1978 in Argentinien, als Videla noch an der Macht und die Menschenrechtsverletzungen schon bekannt waren. Aber das kannst du auch bei Google finden: Gib nur „Die doppelte Schande von Córdoba"[1] ein, dort kannst du das nachlesen, wenn dich das interessiert." Gerrit nahm Nina den Zeitungsausschnitt weg und zog sie zu sich heran.

Er knabberte an ihrem Ohr und flüsterte: „I werd narrisch!"

---

[1] http://www.focus.de/sport/fussball/wm-2010/historie/tid-18546/wm-1978-die-doppelte-schande-von-cordoba_aid_511870.html

Antjeflott/ Aantjeflott/ Ointjeflött	Entengrütze, Wasserlinsen
Backbord	Die linke Seite eines Bootes, steuerbord ist rechts
Berme	Seitenstreifen neben der Fahrbahn
Bohnen - Updrögt Bohnen	Ostfriesisches Nationalgericht: "Updrögt Bohnen" ist ein Eintopf aus der "Ostfriesische Speckbohne", einer Buschbohne mit dickfleischigen Hülsen, die dazu auf das sogenannte Bontje-Band aufgefädelt und mehrere Wochen getrocknet wird.
Bontje-Band	Dünner Faden zum Auffädeln von ostfriesischen Speckbohnen. (Updrögt Bohnen); Paketband
Bootshaken	Stange mit Haken, z.B. für Ab- und Anlegemanöver
Bord	Außenkante eines Schiffes

Bug	Der vordere Teil eines Schiffes
Buhnen	Wellenbrecher an der Küste
Deck	Schiffsebene
Deich	Künstlicher Damm zum Schutz gegen Sturmfluten; der Deichbau spielt eine wichtige Rolle in der Geschichte Ostfrieslands
Deichfuß	Unten am Deich
Deichkrone	Oben auf dem Deich
Drilling	Ein mit Schrot- und Kugelläufen kombiniertes Jagdgewehr
Dünen	Durch Wind und Wellen entstandene Sandhügel; sie werden besonders gepflegt und dienen dem Küstenschutz
Ebbe	Absinken des Meeresspiegels; bei Flut steigt der Meeresspiegel
Gatt, Seegatt	Plattdeutsch für Loch. Ein Durchlass zwischen den

	Inseln, durch den starke Strömung bei Ebbe und Flut fließt
Geiht so: Leben sitt d'rin	Wörtl.: „Geht so: Leben sitzt drin"; Antwort auf die Frage, wie es geht. Es geht gerade so. Könnte schlechter, könnte aber auch besser gehen.
Groden	Eingedeichtes Marschland; auch Polder oder Koog genannt
Heck	Der hintere Teil eines Schiffes
Hobbles/ Hobbels	Gauchos engten mit diesen Fußfesseln die Bewegungsfreiheit ihrer Pferde ein
Jauche	Flüssige, tierische Exkremente; Gülle
Kappzaum	Gebissloses Zaumzeug (ohne Kandare oder Trense)
Krummhörn	„Krumme Ecke", Gemeinde im Landkreis Aurich

lelelelele	Rickelhausener Kuhruf © by Menz Willms
Loddel	Zuhälter
Matjes	Junger, in Salzlake eingelegter Hering; Nieuwe Haring- holländische Varinate
Moin	Ostfriesischer Gruß. Er wird sowohl tags als auch nachts gebraucht.
Ochsenziemer	Getrockneter Ochsenpenis; oft im KZ als Schlag-/ Folterwaffe eingesetzt.
Persenning	Verdeck, Abdeckung
Pier	Anlegeplatz, Steg
Polder	Eingedeichtes Marschland
Priel	Wasserverlauf, -ader im Watt; kann zum Teil als Fahrwasserrinne genutzt werden
Rheiderland	Landstrich im Ems-Dollart-Gebiet
Salzwiesen	Vom Meer wiederholt überflutete Küstenberei-

	che, insbesondere auf den Inseln
Sandbank	Sandablagerung im Meer durch Ebbe und Flut
Schlot	Entwässerungsgraben
Seenebel	Nebelart an der Küste, die schnell auftritt, bedingt durch Warmluftzufuhr
Seetang	Kurz: Tang; Algenart
Siel	Deichtor zur Entwässerungsgraben
Stampede	Panische Flucht einer Tierherde
trockenfallen lassen	Boote während der Ebbe auf den Meeresgrund aufsetzen lassen, um dann bei Flut wieder aufzuschwimmen.
Unter Deck	Im „Bauch" eines Schiffes, in den Aufbauten
Yatagan	Militärmesser mit geschwungener oder gerader Klinge

... möchte ich mich

• bei meiner Familie, meiner Frau Helga Reisewitz-Schmidt, meinen Söhnen Tilman und Joke, meinem Bruder Heinrich Joachim Schmidt,

• beim Team der CW Niemeyer Verlage, Carsten Holzendorff, Rebecca Frankowitz, Christina Schneider, Carsten Riethmüller und Ingrid Hilgers,

• bei vielen Freunden und Bekannten, Melanie Klute-Simon, Janine und Menz Willms, Birgitt Hedlefs, Annette Liebrenz, Klaus-Peter Wolf, Christiane Franke, Regine Kölpin u.v.a. mehr

für die Unterstützung mit kleinen und großen Tipps, Zuspruch, Vertrauen, Geduld, Korrekturen und Hinweisen, die wesentlich zur Vollendung dieses Romans beitrugen, bedanken.

Ohne euch würde es dieses Buch so nicht geben!

Als aus der Innenstadt Holzmindens ein Kind verschwindet, versuchen nicht nur die beiden Kommissare Kofi Kayi und Stefan Ollner, dem Täter auf die Spur zu kommen. Auch die Bürger organisieren sich. Trotzdem können sie nicht verhindern, dass noch ein Kind entführt wird. Da alle Erwachsenen Wichtiges zu erledigen haben, hört niemand zu, als Kim von dem Mann mit den Katzenbabys erzählt …

Sabine Hartmann. Nur ein Katzensprung
400 Seiten. Paperback. ISBN 978-3-8271-9413-8
E-Book 978-3-8271-9614-9 (Pdf)
978-3-8271-9814-3 (Epub)

Wesemanns 4. Fall

Merkwürdige Dinge erschüttern die Kleingartenkolonie „Grüne Bohne“ an Töneböns Teichen. Der Knochen eines menschlichen Zehs taucht auf und verschwindet wieder. Kleingärtnerulk? In einigen Parzellen bricht ungewöhnlicher Wohlstand aus. Niemand scheint misstrauisch zu werden. Wesemann muss zu Spaten, Harke und Gießkanne greifen, um undercover zu ermitteln und wird fündig …

Günter v. Lonski. Teufelskralle
288 Seiten. Paperback. ISBN 978-3-8271-9418-3
E-Book 978-3-8271-9629-3 (Pdf)
978-3-8271-9829-7 (Epub)

Wem gehört die Hand, die vertrocknet aus der Entengrütze des Hexenteiches ragt? Wer ist der Serienmörder, der seine Opfer mit einem Draht vom Leben ins Jenseits befördert? Diese und andere spannende Fragen stellen sich Hauptkommissar Wolf Hetzer, seine Kollegen in anderen Städten. Oft geschehen böse Taten im Schatten des Alltags und niemand kommt auf die Idee, dass eine arme Seele noch leben könnte, wenn sie denn gehört worden wäre.

Nané Lénard. KurzKrimis und andere SchattenSeiten
288 Seiten. Paperback. ISBN 978-3-8271-9419-0
E-Book 978-3-8271-9630-9 (Pdf)
978-3-8271-9830-3 (Epub)